HET HUWELIJKSBUREAU

Farahad Zama

Het huwelijksbureau

VAN HOLKEMA & WARENDORF
Unieboek BV, Houten/Antwerpen

Oorspronkelijke titel: *The Marriage Bureau for Rich People*
Vertaling: Mariëtte van Gelder
Omslagontwerp: Andrea Barth/Guter Punkt
Omslagfoto boven: Hugh Sitton/Zefa/Corbis
Omslagfoto beneden: Guterpunkt/Shutterstock
Opmaak: ZetSpiegel, Best

www.unieboek.nl

ISBN 978 90 475 0685 0 / NUR 302

© 2008 by Farahad Zama
© 2008 Nederlandstalige uitgave: Uitgeverij Unieboek bv, Houten
Oorspronkelijke uitgave: Abacus

Voor mijn ouders,
mijn vrouw
en mijn zonen

afgeschreven

Leven we niet vooral om onszelf door onze buren te laten bespotten, en op onze beurt weer om hen te lachen?

– Jane Austen, *Trots en vooroordeel*

Rijkdom heeft niets te maken met een grote hoeveelheid bezittingen. Ware rijkdom is tevredenheid.

– Profeet Mohammed (vrede zij met hem)
Sahih al-Bukhari, deel 8, 453

Zomaar een paar dingen die nodig zijn
voor een volmaakte brahmaanse bruiloft:

De hennatatoeages waarmee de bruid wordt versierd
Sobere kleding voor de bruidegom, die zich tijdens de rituelen voorafgaand aan de ceremonie als monnik kleedt
Een draagstoel om de bruid naar het huis van de bruidegom te vervoeren
Twee bij de wortels gekapte bananenbomen waar het fruit nog aan hangt
Kettingen van mangobladeren en bloemstukken van jasmijn, goudsbloemen en kanakambarambloemen
Een kokosnoot om voor de bruidegom te breken wanneer hij aankomt
Twee hoge geelkoperen lampen
Een beeld van de olifantgod Ganesha
Rijstmeel en rood stof om de vloer te versieren op de plek waar bruid en bruidegom zitten

Een sari die in de eerste fases van de ceremonie als scherm tussen bruid en bruidegom in wordt gehangen

Een haard en kleine houtblokken voor het vuur; *ghee* en kamfer om het vuur aan te steken

Vijf soorten verse vruchten, betelnoten en bladeren, kristalsuiker en gedroogd fruit

Bloemenkransen voor de bruidegom, zijn ouders en de echtgenoten van zijn zusters

Een kleine foto van de familiegodheid en foto's van de ouders van bruid en bruidegom wanneer deze overleden zijn

Komijn- en palmsuikerpasta, kurkumastokjes, *kumkum*, schaal met bloemen

Witte hangers met patronen voor op het voorhoofd van bruid en bruidegom, gemaakt van piepschuim

Rijst om als confetti te gebruiken

Een geelkoperen schaal en beker voor het wassen van de voeten van de bruidegom

Een bronzen klok en beeldjes van Krishna, Ganesha en andere godheden tot wie te bidden in de nieuwe huishouding

Een zilveren beker met water en een lepel voor het zalven en drinken

Spruiten van negen soorten linzen voor de Gayatri-puja

Een vrije ruimte voor het tentoonstellen van de huishoudelijke voorwerpen die de bruid zal meenemen

Zilveren of gouden teenringen die de bruidegom zijn bruid omdoet

Een slijpsteen waarop de bruid haar voet zet terwijl de bruidegom haar de teenringen omdoet

1

Het getoeter begon vroeg. Het was nog geen zeven uur
's ochtends, maar meneer Ali hoorde de verkeersgeluiden op
de weg nu al. Het huis stond op het oosten en de warme
zonnestralen vielen door de boomkruinen aan de overkant
van de straat op de veranda. Het krulpatroon van het ijzeren
veiligheidshek werd weerspiegeld in de gepolijste zwartgra-
nieten vloer en tot halverwege de lichtgroene muur. Motor-
fietsen, scooters en bussen trokken in een gestage stroom
voorbij, rumoerig toeterend. Een vrachtwagen in volle vaart
verjoeg het andere verkeer van zijn pad met een krachtige
knijptoeter. Het was een frisse winterochtend en sommige
motorrijders en voetgangers hadden zich in wollen kleren
gehuld en een muts opgezet. Meneer Ali maakte het hek
open en liep naar buiten.

Meneer Ali was dol op de tuin die hij had aangelegd op

het bescheiden erf van ongeveer zes bij drie meter. Hij wreef in zijn handen om ze te warmen. Het kon nog geen twintig graden zijn. Aan één kant stond een guaveboom, die zijn takken uitspreidde over het grootste stuk van het huis tot de tuinmuur. Eronder groeiden veel kerrieplanten, een henna-plant en een klimjasmijn. Er stonden ook planten in potten, zoals een bonsai-banyan die hij elf jaar eerder had geplant. Naast de put aan zijn linkerkant die voor drinkwater zorgde, stonden een papajaboom en een hibiscus. De ochtenddauw schitterde zilverig wit op het volmaakt symmetrische spin-nenweb dat zich ertussen uitspreidde. De lage muur die om het hele huis heen liep, scheidde zijn erf van de weg. Hij haalde diep adem, snoof de geur van de jasmijnbloemen op en koesterde zich in de illusie dat hij in een klein, groen dorp was, al stond zijn huis aan een drukke straat midden in een bedrijvige stad.

Er waren die nacht twee donkerrode bloemen aan de hibis-cus uitgekomen. Ze zaten hoog aan de stam, boven de muur. Meneer Ali liep erheen om ze van dichtbij te bekijken. De bloemblaadjes waren stevig en glanzend, met tere franjes aan het eind van een lange, geribbelde trompet. De meeldraden piepten uit het midden van de bloemen, met knalgeel stuif-meel aan het eind van de piepkleine, fluweelzachte, dieprode haartjes. Meneer Ali streek met de rug van zijn vinger langs een bloemblad en genoot van de zijdezachte aanraking.

Prachtig, dacht hij. Hij bukte zich om wat gele, gevallen guavebladeren op te rapen en legde ze in de kleine plastic em-mer met het kapotte hengsel die hij als afvalbak gebruikte.

Hij draaide zich om, zag een man over de muur leunen om een bloem te plukken en riep: 'Hé!'

De man trok zijn hand in een flits terug, met de afgebro-ken bloem erin. Meneer Ali liep naar het tuinhek en maakte het open. De dief zag er fatsoenlijk uit. Hij droeg dure kleren. Hij had een mobiele telefoon in de borstzak van zijn overhemd en hij droeg aan zijn ene hand een leren koffertje. In de andere hield hij de fleurige bloem.

'Waarom steelt u bloemen uit mijn tuin?' vroeg meneer Ali.

'Ik steel ze niet,' zei de man. 'Ik breng ze naar de tempel.'

'Zonder mijn toestemming,' zei meneer Ali verontwaardigd.

De man draaide zich gewoon om en liep weg, met de bloem in zijn hand.

'Wat is er?' vroeg mevrouw Ali vanaf de veranda. Meneer Ali draaide zich om en keek naar zijn vrouw. Haar handen zaten vol meel en deeg van de *chapatti's* die ze voor het ontbijt had gebakken.

'Zag je dat?' zei meneer Ali met schrille stem. 'Die man heeft zomaar...'

'Waarom ben je zo verbaasd? Zo ongebruikelijk is het niet. Die mensen willen bloemen aan de voeten van het afgodsbeeld in de tempel leggen. Alleen ben jij op dit uur meestal nog niet wakker. En trouwens, ga niet zo tekeer op de vroege ochtend. Dat is niet goed voor je gezondheid,' zei ze.

'Er mankeert niets aan mijn gezondheid,' bromde meneer Ali.

'Ik heb je wel gehoord,' zei mevrouw Ali.

'Er mankeert in elk geval niets aan jouw oren,' zei hij terwijl hij zich omdraaide om het hek te sluiten. 'Hé!' riep hij uit. 'Weg jij... Weg. Weg...'

Een scharminkelige witte koe maakte rechtsomkeert en stormde door het hek de tuin uit. Ze moest de tuin in gelopen zijn toen meneer Ali even niet keek. Er flitste iets roods in haar bek. Meneer Ali keek naar de hibiscus, die kaal was. Allebei zijn bloemen waren weg.

Hij sloeg vertwijfeld met zijn hand tegen zijn voorhoofd en mevrouw Ali schoot in de lach.

'Wat nou?' zei hij. 'Vind je het grappig dat ik alle bloemen uit de tuin kwijt ben nog voordat de zon helemaal op is?'

'Nee,' zei ze, 'maar je maakt je te druk om kleinigheden. Sinds je pensioen ben je net een werkloze kapper die zijn kat maar scheert omdat hij niets beters te doen heeft. Laten we hopen dat je vanaf vandaag iets meer gaat doen, zodat ik een beetje rust krijg.'

'Hoe bedoel je?' vroeg hij.

Mevrouw Ali wendde haar blik ten hemel. 'Ik doe al meer dan veertig jaar het huishouden en de laatste paar jaar, sinds je pensioen, waren verschrikkelijk. Je blijft je maar overal mee bemoeien en mijn routine in de war gooien,' zei ze. 'Je bent niet de eerste die met pensioen gaat, hoor. Azhar is ook gepensioneerd en die kan zich wél vermaken.'

'Je broer gaat regelmatig naar de moskee om even zijn gebeden te zeggen en dan nog veel langer op de koele marmeren vloer te zitten om belángrijke dingen te bespreken zoals de politiek, het overheidsbudget, het schaamteloze gedrag van de hedendaagse jeugd en de Palestijnse kwestie.'

'Nou, wat is daar mis mee? Zolang hij in de moskee zit, valt hij zijn vrouw thuis tenminste niet lastig,' riposteerde mevrouw Ali.

Meneer Ali wist dat hij deze discussie niet kon winnen, dus deed hij er het zwijgen toe. Daar kwam nog bij dat hij zijn zwager graag mocht en goed met hem kon opschieten, ondanks Azhars pas ontdekte vroomheid (hij liet sinds kort zijn baard staan).

Mevrouw Ali knikte toen het dienstmeisje het hek openzette. Leela was een magere vrouw van in de veertig met een eeuwige brede glimlach waarbij ze haar grote tanden ontblootte, en ze droeg een oude, verschoten katoenen sari die van mevrouw Ali was geweest. Ze liep de tuin in.

'Begin hier maar te vegen,' zei mevrouw Ali tegen haar.

Leela knikte. 'Goed, *amma*.'

Mevrouw Ali draaide zich om naar het huis. 'Kom je ontbijt eten, voordat de schilder komt,' zei ze tegen haar man.

Meneer Ali wierp een laatste blik op zijn kale hibiscus en schudde zijn hoofd voordat hij achter zijn vrouw aan naar binnen liep.

Kort nadat ze hadden ontbeten, werd er aangebeld. Meneer Ali liep naar de veranda en deed het hek open. De schilder grinnikte en wees naar een groot, rechthoekig pak in krantenpapier dat aan een fiets vlak achter het hek was vastgebonden.

'Ik ben er klaar voor,' zei hij, 'maar u moet me helpen het op te hangen.'

'Goed,' zei meneer Ali, en hij liep met de man mee naar de straat.

Ze haalden de kranten van het pak af en er werd een verzinkt bord op een houten frame zichtbaar. Ze droegen het naar de muur. Meneer Ali hield het bord recht en de schilder sloeg lange spijkers door het hout om het te bevestigen.

Meneer Ali was tevreden over hoe het eruitzag, maar hij zei puur uit gewoonte: 'Vijfhonderd roepia is te duur voor zo'n simpel bord.'

De schilder glimlachte niet meer. 'Meneer, we hadden de prijs al afgesproken. Ik heb u een speciaal tarief gerekend. De verf wordt met de dag duurder. Kijk,' zei hij, en hij legde zijn hand op de rand van het beschilderde metaal. 'Ik heb speciaal zinkplaat gebruikt dat niet na de eerste regenbui al gaat roesten. Ik heb het ook nog voor u opgehangen. Ik heb het toch niet als een hoop schroot op uw stoep gegooid?'

Meneer Ali gaf de schilder zonder iets te zeggen zijn vijf-honderd roepia en hij vertrok. Hij wilde het bord beter zien, dus stak hij de straat over. Een magere fietser in een slecht passende bruine trui botste bijna tegen hem op en meneer Ali moest opzij springen om hem te ontwijken.

'Kijk uit waar je loopt,' zei de fietser.

'Je had moeten bellen,' zei meneer Ali. 'Hoe weten de mensen nou dat je eraan komt als je niet belt?'

'Ik reed vlak voor je. Ben je blind sinds je grijs wordt?' zei de fietser hoofdschuddend, en hij fietste weg voordat meneer Ali iets terug kon zeggen.

Meneer Ali zette de onbeschofte man die de verkeersregels niet eens kende uit zijn hoofd en liep door tot hij in de scha-duw van de huizen aan de overkant stond, onder een grote vlammenboom. De kruin van de boom was nog groen, met hier en daar een rode knop. Een kraai kraste schor tussen de takken. Mussen kwetterden en vlogen heen en weer, druk met hun taken. Meneer Ali draaide zich om en keek naar het bord aan zijn muur.

ALI'S HUWELIJKSBUREAU VOOR RIJKE MENSEN, stond er in gro-te rode letters op een blauwe achtergrond. Daaronder stond iets kleiner: DIRECTEUR HYDER ALI, AMBTENAAR (B.D.) en: TEL. 236678.

Meneer Ali's woning werd aan weerszijden overschaduwd door flatgebouwen van drie verdiepingen. Alleen zijn huis had een voortuin. De andere waren vlak aan de straat gebouwd. Twee deuren naar links zag hij de tempel, die hem een doorn in het oog was. Tegen de muur van de tempel aan gedrukt stond een winkeltje met kranten, tijdschriften, fruit en bloemen. Het was al open. Meneer Ali keek naar de bloemen voor de winkel en trok een lelijk gezicht. Waarom stalen de mensen bloemen uit zijn tuin terwijl ze ze vlak bij de tempel konden kopen?

16

Meneer Ali keek weer naar zijn huis en zag twee jongens op weg naar school hun pas inhouden om het nieuwe bord te lezen. Hij was zo blij dat hij snel de straat overstak en de jongens vroeg te wachten terwijl hij binnen guaves voor ze haalde.

Meneer Ali's huis stond op een lange, smalle strook grond van een meter of zes breed en de kamers bevonden zich allemaal naast elkaar. Het had een voorveranda onder hetzelfde dak als het huis, die aan drie kanten licht en frisse lucht binnenliet, maar met een muurtje van een meter hoog en daarop een ijzeren hekwerk tot aan het dak dat indringers buiten hield. Daarachter begon het huis zelf: een woonkamer, slaapkamer, eetkamer en keuken. Achter het huis was een betonnen plaatsje.

Meneer Ali, die op de veranda stond, riep: 'Laten we het kantoor gaan inrichten.'

Zijn vrouw kwam naar buiten, haar handen afdrogend aan de rand van haar oude blauwkatoenen sari. Ze had haar haar geborsteld en gevlochten. De vlecht was niet meer zo dik als vroeger en er zaten grijze strepen in het zwart.

'Laten we eerst alles weghalen. Er staat hier veel rommel die niet in een kantoor thuishoort,' zei meneer Ali.

Mevrouw Ali knikte en ze gingen aan de slag.

'We hadden dit gisteren moeten doen,' zei meneer Ali terwijl hij een lampenkap pakte. 'Stel dat er klanten komen? Wat zullen ze wel niet denken?'

'De advertentie komt toch pas morgen in de krant?' zei mevrouw Ali. 'Trouwens, je hebt tegen me gezegd dat ons adres er niet bij stond. Dat klopt toch?'

Meneer Ali keek naar zijn vrouw en lachte. 'Niet zo wantrouwig. Natuurlijk heb ik ons adres niet in de krant gezet. Maar stel dat iemand het bord ziet en komt kijken?'

'Ik betwijfel of er zo snel iemand zal komen. Kom, laten we dit afmaken. Ik moet koken. Denk erom dat Azhar en zijn vrouw komen lunchen,' zei mevrouw Ali. Ze pakte een stapel oude exemplaren van *Reader's Digest* en liep ermee het huis in.

'Haal die foto van de muur,' zei ze toen ze terugkwam.

Meneer Ali keek naar de foto van hun zoon met een jong echtpaar en een jongetje van drie die met een lus van ijzerdraad aan een spijker hing. Hij wilde hem pakken, maar bedacht zich. 'Laat maar hangen,' zei hij. 'Hij misstaat niet in een kantoor en Rehman heeft hem opgehangen.'

Mevrouw Ali keek hem vreemd aan en meneer Ali zei: 'Wat?'

Ze schudde haar hoofd, maar zei niets.

Een halfuur later was de veranda helemaal leeg. Toen Leela de spinnenwebben had weggeveegd en de vloer had gedweild, namen meneer en mevrouw Ali de ruimte in ogenschouw.

'Goh!' zei mevrouw Ali. 'Ik was vergeten hoe groot die veranda eigenlijk is.'

'Laten we het vanuit het standpunt van de klant bezien,' zei meneer Ali.

Hij liep de tuin in en sloot het hek van de veranda. Hij wachtte even, duwde het smeedijzeren hek toen open en stapte de veranda op. Hij bleef vlak achter het hek in een hoek staan en wees naar links. 'Laten we de tafel zo neerzetten dat ik met mijn rug naar die muur zit en binnenkomende klanten kan zien,' stelde hij voor.

Hij liep naar de muur die hij bedoelde en ging er met zijn rug naartoe staan, zodat hij de hele breedte van het huis kon zien. 'Goed,' zei hij. 'Ik ga hier zitten, achter de tafel. Ik moet een kast hebben voor de dossiers en kantoorartikelen. Daar kunnen we de kleerkast wel voor nemen.'

Mevrouw Ali knikte en zei: 'Laten we de bank tegen de muur aan de voorkant zetten, dan kunnen de klanten met je praten zonder dat ze hoeven te schreeuwen. Langs de andere twee muren kunnen we stoelen zetten, dan kunnen daar ook klanten zitten.'

'Goed, dat doen we,' zei meneer Ali.

Ze haalden de meubelen uit het huis. De tafel en de stoelen waren betrekkelijk makkelijk te verplaatsen, maar de houten kleerkast en de bank bleken een stuk moeilijker, zeker op de drempel tussen de woonkamer en de veranda.

'We zijn eigenlijk te oud voor dit zware werk,' zei mevrouw Ali. 'Ik zal Rehman bellen, die helpt ons wel. Daar zijn zonen tenslotte toch voor, om hun ouders bij te staan op hun oude dag?'

'Nee!' zei meneer Ali vastbesloten. 'Ik heb je toch gezegd dat ik hem hier nu niet wil hebben? Als hij komt, wordt het toch maar ruzie. Ik wil geen onenigheid vandaag.'

Ten slotte stonden alle meubelstukken op hun plaats. Mevrouw Ali keek hijgend om zich heen en zei: 'Ik zal gordijnen voor het hekwerk hangen, dan heb je privacy. En hou de deur naar het huis zoveel mogelijk dicht, zodat de mensen niet naar binnen kunnen kijken.'

De volgende dag ging meneer Ali op een stoel in zijn nieuwe kantoor zitten en spreidde de krant op zijn bureau uit. Hij bladerde naar de huwelijksadvertenties. Zondag was de meest geliefde dag voor de advertenties, die een hele, dichtbedrukte pagina besloegen. Meneer Ali gleed met zijn vinger naar beneden, zoekend naar de zijne. Hij kon zich geen grote, commerciële advertentie veroorloven en had dus voor een particuliere annonce gekozen. Hij had zitten piekeren om hem zo bondig mogelijk te maken, want de krant rekende per woord en hij wilde niet meer betalen dan nodig was. Hij gleed met zijn vinger langs een 'lichte, slanke 22-jarige...', een 'christelijke *mala*, 28...', een 'computerprogrammeur met baan in Bangalore...' en een 'in Londen gevestigd arts, kaste van geen belang'.

Hij was al op meer dan drie kwart van de bladzij voordat hij zijn eigen advertentie vond: 'Voor de grootste keus aan hindoestaanse, islamitische en christelijke bruiden/bruidegoms gaat u naar Ali's Huwelijksbureau voor Rijke Mensen...'

Meneer Ali wist dat hij een tikje overdreef met die 'grootste keus'. Het voornaamste probleem van een huwelijksbureau, dacht hij, is dat het begin zo moeilijk is. Als hij had besloten een restaurant te beginnen, had hij een ruimte ingericht, een paar obers en een kok of twee aangesteld en een opening gegeven met alle *dhoom dhamaka* die hij zich kon permitteren, en dan kwamen de mensen vanzelf het eten proeven. Misschien zou het restaurant op den duur een flop blijken te zijn, maar als meneer Ali de wil en het geld had gehad, had hij makkelijk een restaurant kunnen openen. Een huwelijksbureau is een heel ander geval. Wanneer de eerste klant binnenkwam en geschikte kandidaten wilde zien voordat hij geld op tafel legde, kón meneer Ali niets laten zien. Om dit probleem te omzeilen had hij besloten zijn adres niet in de advertentie te zetten en zijn zaken telefonisch af te handelen.

Hij voelde zich trots toen hij zijn naam in druk zag. Hij pakte een rode balpen en omcirkelde zijn advertentie. 'Vrouw, kom eens kijken!' riep hij.

'Wat nu weer? Hoe kan ik ooit iets doen als je me steeds blijft roepen?' zei mevrouw Ali, die de veranda op liep.

Meneer Ali liet zijn vrouw de krant zien. Ze las de advertentie en glimlachte.

'Heel mooi,' zei ze. Toen betrok haar gezicht plotseling.

'Wat staan er veel advertenties in die krant. Zou iemand de onze wel zien?'

Meneer Ali had dezelfde bange vermoedens, maar hij hield zich groot. 'Natuurlijk wel!' zei hij.

Mevrouw Ali ging weer naar binnen en meneer Ali begon de krant te lezen. Hij nam de koppen door: een terreuraanslag in Kasjmir, een ruzietje tussen twee staten over het water van de rivier de Krishna en een nieuw winkelcentrum dat op het terrein van de oude Centrale Gevangenis moest komen, die naar buiten de stad was verhuisd. Hij vouwde de krant netjes op en herschikte de nog lege dossiermappen.

Een uur later kwam mevrouw Ali met twee koppen thee naar buiten. Ze gaf meneer Ali een kop. Hij stond op en ging met haar op de stoelen bij het hek van de veranda zitten. Ze dronken hun thee en keken naar de mensen en het verkeer op straat.

'Heeft er al iemand gebeld?' vroeg mevrouw Ali.

'Nee, maar het is nog vroeg.'

'Zou er iemand bellen, denk je?' vroeg mevrouw Ali.

Op hetzelfde moment ging de telefoon. Meneer Ali sprong op en grijnsde zelfvoldaan naar mevrouw Ali. Hij nam op en zei met zijn zakelijkste stem: 'Ali's Huwelijksbureau.'

'*Salaam, bhai jaan!* Hoe maak je het vandaag? Heb je al klanten?'

Het was Azhar, de broer van mevrouw Ali. 'Nog niet,' zei meneer Ali met een stem die dof was van teleurstelling.

'Ik overweeg voor de middaggebeden naar de Pension Line-moskee te gaan. Waarom ga je niet met me mee?'

'Waarom?' zei meneer Ali. 'Het is niet eens vrijdag.'

'Waar in de Koran staat dat je alleen op vrijdag naar de moskee mag?' vroeg Azhar.

'Nee, dank je,' zei meneer Ali. 'Ik heb het druk.'
Hij gaf de hoorn aan zijn vrouw.

Het huwelijksbureau kwam langzaam van de grond, zoals verwacht. Een paar mensen schreven zich in en meneer Ali adverteerde voor hen. Hij stuurde de reacties door naar zijn klanten, maar bewaarde de gegevens ook zelf, en naarmate de weken voorbijgingen, groeide zijn voorraad dossiers gestaag.

2

Toen meneer Ali aan de eettafel ging zitten, rook hij de geur van gebakken braam, zijn lievelingsvis. Er was een maand verstreken sinds hij zijn huwelijksbureau had geopend en de zaken gingen traag, maar gestaag. De honoraria die hij ontving, waren nauwelijks genoeg om de kosten van de advertenties en andere uitgaven te dekken, maar het werk nam zijn tijd in beslag, zodat hij zijn vrouw niet in de haren kon zitten, en daar ging het maar om. Die dag was het uitzonderlijk stil. Hij had de hele ochtend niet één telefoontje gekregen.

De telefoon rinkelde – een, twee, drie keer.

Hij kwam in de verleiding hem te laten rinkelen, maar stond op omdat de zaken zo slecht liepen. De stoel schraapte over de granieten vloer toen hij hem achteruitschoof.

'Waar ga je heen? Ik wil net de vis op tafel zetten,' zei mevrouw Ali vanuit de keuken.

'Ik ben zo klaar. Dien het eten maar op,' zei meneer Ali, die naar de woonkamer liep en het toestel daar opnam.

'Goedendag, met Ali's Huwelijksbureau,' zei meneer Ali.

'Hallo, ik heb uw advertentie in de krant gezien. Hebt u baliga kapu-bruiden?' vroeg een mannenstem.

'Vertel me alstublieft iets meer, meneer. We kunnen vast wel iemand voor u vinden,' zei meneer Ali terwijl hij een pen pakte en een leeg vel papier naar zich toe trok om de gegevens te noteren.

'U spreekt met Venkat. Ik zoek een bruid voor mijn zoon. Hij is programmeur en werkt momenteel in Singapore.'

'Hoe oud is hij, meneer?'

'Zevenentwintig.'

'Wat heeft hij gestudeerd?'

'Informatietechnologie.'

'Hoeveel verdient hij?'

'Anderhalve lakh, honderdvijftigduizend roepia per maand. We hebben ook grond in het district Krishna die een goed inkomen oplevert.'

Meneer Ali was onder de indruk. Meneer Venkat en zijn zoon zouden goede klanten zijn. 'Hoeveel kinderen hebt u verder nog, meneer?' vroeg hij.

'Geen. Bharat is mijn enige zoon.'

'Hoe lang is hij?'

'Één achtenzeventig.'

'Is hij licht of donker?'

'Licht, net als zijn moeder,' antwoordde meneer Venkat.

Meneer Ali besloot dat eerlijk in dit geval het langst duurde en dat hij beter niet kon bluffen. 'Ik heb nu geen geschikte kandidates voor u, meneer,' zei hij, 'maar ik weet zeker dat we heel makkelijk een bruid kunnen vinden voor zo iemand als uw zoon. Als u lid wordt, adverteren we voor u en krijgt u een ruime keus.'

'Ik weet niet...' zei meneer Venkat aarzelend.

'Wees maar niet bang, meneer. Wij regelen alles. Uw naam wordt zelfs nergens genoemd. Wij krijgen de brieven en die sturen we aan u door. Het honorarium is vijfhonderd roepia en het grootste deel daarvan gaat op aan de advertentie.'

'Goed, wat is uw adres? Dan kom ik vanavond,' zei meneer Venkat.

Meneer Ali had zijn adres nog steeds niet in de krant gezet. 'U hoeft niet zelf te komen,' zei hij. 'U kunt me een cheque sturen.'

'Nee, nee, ik wil u zien voordat ik mijn beslissing neem,' zei meneer Venkat.

Meneer Ali gaf toe en noemde het adres. 'Langs de grote weg naar de snelweg, op twee huizen van de Ram-tempel. Er hangt een bord aan het huis.'

Om vijf uur die middag was mevrouw Ali in de voortuin bezig. Ze putte water in een emmer met een nylonkoord eraan om de potplanten water te geven. Toen ze de dorst van alle planten had gelest, maakte ze het hek open en keek hoe de wereld voorbijkwam. Even later zag ze een dunne, donkere vrouw van in de zestig langslopen. Ze droeg een kostbare, robijnrode sari en had de vermiljoenrode *sindoor* van een getrouwde hindoevrouw op haar voorhoofd.

'Hallo, Anjali, hoe is het met je?' zei mevrouw Ali.

'*Saibamma*, moslimdame, wat fijn u te zien. Alles goed?' zei Anjali.

De Ali's waren lang geleden buren van Anjali en haar gezin geweest, toen beide gezinnen nog veel armer waren en in een slechtere buurt woonden. Anjali, die wasvrouw was, kwam uit een lagere kaste en zou mevrouw Ali nooit met haar naam aanspreken, ook niet na al die jaren.

'Hoe is het met je zoons?' vroeg mevrouw Ali.

Anjali en haar man waren zelf niet verder gekomen dan de lagere school, maar ze hadden zich veel moeite getroost om hun twee zoons een goede opleiding te laten volgen. Hun inspanningen hadden vrucht afgeworpen: beide zoons hadden een goede baan en zaten er warmpjes bij. De oudste werkte als docent bij een overheidsinstelling en de jongste had de leiding over de ziekenbroeders in een plaatselijk ziekenhuis.

'Het gaat met beiden goed, door Gods genade. Hoe is het met meneer Ali? Houdt hij zich goed?' vroeg Anjali. Ze kwam iets dichterbij en zei zacht: 'Hebt u al gehoord dat Lakshmi door haar zoon het huis uit is gegooid?'

Lakshmi, een buurvrouw uit hun oude buurt, was weduwe en woonde bij haar zoon in.

Mevrouw Ali sloeg een hand voor haar mond. 'Nee!' riep ze uit. 'Wat is er gebeurd?'

'Zijn vrouw wilde haar niet in huis hebben, dus heeft hij zijn moeder weggestuurd, het arme mens.'

'Al die moeite die ze heeft gedaan om haar zoon op te voeden, en dan komt zo'n vrouw haar op straat schoppen. Wat een slecht mens. Ze vergeet dat zij op een dag ook oud en schoonmoeder zal zijn,' zei mevrouw Ali.

'U hebt gelijk, saibamma. Boontje komt om zijn loontje. Maar die zoon zou ook beter moeten weten. Hoe kan hij zijn moeder, een weduwe, nu op straat zetten, alleen maar omdat zijn vrouw dat wil?'

Mevrouw Ali schudde haar hoofd. 'Waar is Lakshmi nu?' vroeg ze.

'Ze logeert bij haar zus, maar hoe lang kan ze daar blijven?'

Ze bezonnen zich allebei even zwijgend op de veranderingen in de wereld.

'*Kali kaalam,*' zei Anjali, doelend op het tiende tijdperk van de wereld volgens de hindoes. 'In dit tijdperk liegen en bedriegen de mensen; ze ontduiken hun plicht en de deugdzaamheid sijpelt langzaam uit de wereld tot God op aarde neerdaalt en de wereld verwoest.'

Mevrouw Ali knikte instemmend. De profeet Mohammed had hetzelfde gezegd: de wereld zou steeds slechter worden, en dan kwam de dag des oordeels.

Anjali nam afscheid en liep door.

Mevrouw Ali keek even naar het verkeer dat in beide richtingen voorbijzoefde. Net toen ze naar binnen wilde gaan om te koken, zag ze een langzaam naderende witte Ambassador. De auto stopte bij het winkeltje bij de tempel en de bestuurder stapte uit en vroeg iets aan de winkelier. Mevrouw Ali kon niet in de winkel kijken, maar de bestuurder kwam weer naar buiten en stapte in zijn auto. Hij reed langzaam weg en stopte vlak voor mevrouw Ali.

Het achterraampje schoof naar beneden en een donkere, vlezige man vroeg: 'Mevrouw, is dit het huwelijksbureau?'

'Dat klopt. Komt u binnen,' zei mevrouw Ali.

Meneer Venkat droeg een witte broek, een gesteven witkatoenen *kurta* en een streep heilige witte as op zijn voorhoofd. Twee gouden ringen, waarvan een met een maansteen, sierden zijn vingers en om zijn nek hing een zware gouden ketting. Hij was groot, lang, dik en donker van huid, met een pens en het onbewuste, bijna pochende zelfvertrouwen van iemand die rijk geboren is en bij zijn leven nog rijker is geworden. Hij vertelde meneer Ali dat zijn voorouders boeren waren (kaste: kapu; subkaste: baliga) en dat hij grote landerijen had in de vruchtbare Krishnadelta en onroerend goed in de stad.

'Zoals ik u telefonisch al heb verteld, heb ik maar één zoon,' zei hij. 'Hij werkt als programmeur bij een grote Amerikaanse bank in Singapore en heeft een goed salaris. Je zou denken dat het makkelijk is een bruid voor zo iemand als mijn zoon te vinden, dus u zult zich wel afvragen waarom ik een huwelijksbureau nodig heb.'

Meneer Ali, die zich dat inderdaad afvroeg, was blij dat meneer Venkat zo kieskeurig was. Dat betekende meer werk voor hem. Hij knikte zwijgend.

'Om de een of andere reden is ieder meisje dat we hebben gevonden ongeschikt. Ik heb mijn zwager gevraagd iemand te zoeken, maar hij brengt er niets van terecht. Hij komt telkens met gegevens aanzetten van totaal ongeschikte kandidates. Als ze niet te donker zijn, zijn ze wel te oud of te klein. Of ze hebben geen opleiding. Ik heb tegen mijn vrouw gezegd dat ze haar broer moet laten ophouden.'

'Ja, het vinden van de juiste bruid voor een zoon is een heel belangrijke taak voor de ouders,' zei meneer Ali op sussende toon.

'Dat klopt,' zei meneer Venkat. 'En de tijd dringt. Over twee weken heeft mijn zoon vakantie en dan komt hij naar huis. Hij blijft een week en ik wil dat hij verloofd is voordat hij weer teruggaat.'

'Dan is er niet veel tijd,' zei meneer Ali.

'Nee. Na zijn vertrek komt hij pas weer terug in de herfst, voor Deepavali, het feest van het licht. Een jonge zoon die ver van huis is, kun je maar beter zo snel mogelijk uithuwelijken. Wie weet aan welke verleidingen hij anders ten prooi valt? We kunnen hem deze keer nog niet uithuwelijken, maar een verloving zou tenminste iets zijn.'

Meneer Ali knikte instemmend, pakte een formulier en zei: 'Ik heb de informatie die u me telefonisch hebt gegeven, hier al op ingevuld. Laten we het afmaken, dan kunnen we aan de slag.'

Meneer Venkat stelde niet weinig eisen aan de bruid van zijn zoon, dacht meneer Ali spijtig. Ze moest licht van huid zijn, lang en slank en goed opgeleid, maar niet ambitieus. Haar ouders moesten rijk zijn, het liefst grondbezitters, en uit dezelfde kaste komen als meneer Venkat. Het zou helemaal mooi zijn als ze uit dezelfde stad kwamen. Ze moesten bereid zijn een grote bruidsschat te betalen, in overeenstemming met de rijkdom van zijn eigen familie en het inkomen van zijn zoon. Meneer Ali noteerde het allemaal.

'Wie kiest de bruid?' vroeg hij.

'Hoe bedoelt u?' vroeg meneer Venkat met een wuivend gebaar.

'Is het uw keus of die van uw zoon? Of kiest uw vrouw misschien, of uw ouders...'

'Mijn ouders leven niet meer, dus het is mijn keus. Mijn vrouw heeft natuurlijk ook iets in te brengen. En tegenwoordig willen jongens het meisje eerst zien en ook iets te zeggen hebben, nietwaar? Dat was in onze tijd wel anders. Mijn vader vertelde me op een dag gewoon dat hij mijn huwelijk met de dochter van zijn compagnon had gearrangeerd en dat was het dan. De tijden veranderen. Ikzelf geef de schuld aan de films. Daar leren de jongelui allemaal verkeerde dingen van,' zei meneer Venkat.

'U hebt waarschijnlijk gelijk,' zei meneer Ali, 'maar uw zoon zit in het buitenland en heeft vast met eigen ogen gezien hoe het daar toegaat.'

'Ja, dat doet de zaken ook geen goed.'

Ten slotte overhandigde meneer Venkat het honorarium en vertrok.

De zondag daarop stond de advertentie voor meneer Venkat in *Today*. Meneer Ali had zichzelf overtroffen, zo kort en bondig was de advertentie: 'Baliga kapu, salaris vijf nullen, vermogen zeven nullen, zoekt mooie bruid uit zelfde kaste...'

Meneer Ali's telefoon stond van 's ochtends vroeg tot 's avonds laat roodgloeiend. Er werd geklaagd dat hij constant in gesprek was. Iedereen was benieuwd naar die rijke man die een bruid zocht. Iedereen had wel een dochter, een nichtje of een zus die de aangewezen kandidaat was. In de dagen daarna kwamen er ook nog eens tegen de honderd brieven. Meneer Ali stuurde ze allemaal door naar meneer Venkat, die heel blij was zo'n ruime keuze aan bruiden voor zijn zoon te krijgen. De gegevens van al die meisjes werden ook in meneer Ali's dossiers opgenomen. Hij schreef iedereen dat hij te veel reacties had ontvangen op die ene advertentie, maar dat hij ook andere geschikte mannen in zijn dossiers had, die hij wilde doorspelen wanneer ze zich inschreven bij het huwelijksbureau. Hij moest zoveel mensen schrijven dat hij een brief typte en ermee naar de winkel bij de tempel ging. Daar werden niet alleen losse sigaretten, bananen, kindersnoep, tijdschriften, kranten en bloemen en kokosnoten voor de god in de tempel verkocht; er stond ook een kopieerapparaat. Meneer Ali vroeg de winkelier honderd kopieën te maken.

'Waarom die moeite, meneer? Hier is mijn mobiele nummer. Bel me in het vervolg maar, dan stuur ik mijn nietsnut van een zoon om het werk bij u op te halen,' zei de winkelier, die beloofde de kopieën een paar uur later te bezorgen.

Meneer Ali schudde verwonderd zijn hoofd toen hij de

winkel verliet. Winkeliers met een mobiele telefoon? De tijden gingen echt vooruit.

De zondag daarop adverteerde meneer Ali naar waarheid:
'Ruime keus aan baliga kapu-bruiden. Neem contact op
met...'

Drie weken later waren mevrouw Ali en haar echtgenoot
's ochtends vroeg in de tuin. Mevrouw Ali wees guaves aan
en meneer Ali sloeg ze met een lange bamboestok uit de
boom. De dienstmeid, Leela, kwam aanlopen. Twee jongetjes
verstopten zich achter de plooien van haar sari.

'Kom maar tevoorschijn, jongens,' zei mevrouw Ali. 'Verstop
je maar niet achter je grootmoeder. We eten jullie niet op.'

Ze kwamen langzaam tevoorschijn, ieder aan een kant van
Leela. Mevrouw Ali glimlachte naar de driejarigen, die als
twee druppels water op elkaar leken, en vroeg: 'Wanneer zijn
jullie naar de stad gekomen?'

'Gisteravond,' zeiden ze als uit één mond. 'We komen het
Grote Feest bij oma vieren.'

Meneer Ali stapte achteruit en legde de bamboestok in het
steegje naast het huis. Leela schoof de potten naar voren om
erachter te kunnen vegen. De tweeling draaide om haar heen
als twee planeten rond een ster, zonder haar sari ook maar
even los te laten.

Meneer Ali wees naar de jongen links en zei: 'Jij bent Luv,
hè?'

De jongens giechelden en schudden hun hoofd. 'Nee,' zei
de jongen. 'Ik ben Kush.'

'Onze oma haalt ons ook door elkaar. Alleen onze moeder
kan ons uit elkaar houden,' zei Luv trots.

'Zelfs onze vader noemt ons bij de verkeerde naam,' vulde
Kush aan.

Mevrouw Ali lachte. 'Het zijn schatten van jongens,' zei ze tegen Leela. 'Heb je het boze oog afgeleid door het een offer te brengen?'

'Zeker, amma, maar wat we ook offeren, uiteindelijk beschikt God,' antwoordde ze.

Mevrouw Ali knikte en liep terug naar het huis, gevolgd door meneer Ali. Op de veranda keek hij over zijn schouder en zei tegen de jongens: 'Als jullie binnenkomen, heb ik twee precies dezelfde tweelingguaves voor jullie.'

Een halfuur later werd er gebeld. Meneer Ali liep naar de deur en daar stond meneer Venkat, met een brede glimlach op zijn gezicht. Meneer Ali bood hem de bank aan en ging tegenover hem zitten.

'Aan uw gezicht te zien komt u vast goed nieuws brengen,' zei meneer Ali.

'Ja. Bharat heeft zich gisteren verloofd.'

'Fantastisch. Dat is echt goed nieuws,' zei meneer Ali.

'Ja, en dat hebben we aan u te danken. Een schitterende combinatie. De familie is ideaal: rijk, respectabel. Ze komen uit Vijayanagaram,' zei meneer Venkat met een vaag wuifgebaar naar het noorden.

'Niet zo ver weg, dus,' zei meneer Ali. 'Nog geen tachtig kilometer van hier. Wat vond uw zoon van de bruid?'

'Het is een beeldschoon meisje. Mijn zoon mocht haar op het eerste gezicht, dus dat is geen probleem.'

'Het is geweldig nieuws. Fijn dat u het me bent komen vertellen,' zei meneer Ali.

'Denk niet dat ik een ondankbaar mens ben. Ik heb een cadeau voor u en uw familie.'

'Dat was niet nodig geweest,' zei meneer Ali, zoals van hem werd verwacht.

'Nee, nee, sta me toe,' zei meneer Venkat.

Hij stond op van de bank en liep naar zijn auto. Meneer Ali liep mee. 'Breng de zak naar het huis van die meneer,' zei meneer Venkat tegen zijn chauffeur.

De chauffeur sjorde een zware jutezak uit de kofferbak van de auto. Meneer Ali vroeg hem om het huis heen te lopen en de zak bij de achterdeur te zetten. De man knikte en hees de zware zak op zijn rug.

'Het is dertig kilo zwarte linzen van onze eigen akkers,' verklaarde meneer Venkat. 'Ze zijn twee maanden geleden geoogst.'

'Dank u, dat is heel gul van u. Die linzen moeten meer waard zijn dan mijn honorarium; vermoedelijk kunnen we er voor een halfjaar *idli's* en *dosa's* van bakken!' zei meneer Ali, die glimlachte bij de gedachte aan de heerlijke rijstkoeken en flensjes die hem te wachten stonden.

Twee maanden later was het eind maart en warm buiten. Zelfs nu, 's avonds, was het meer dan dertig graden en de winter was nog slechts een herinnering. Mevrouw Ali, die *halwa* had gemaakt, een zoet gerecht met griesmeel, suiker, geklaarde boter-ghee, cashewnoten en rozijnen, kwam de keuken uit. Ze had het warm en ging onder de plafondventilator in de woonkamer zitten. Ze was liever buiten op de veranda gaan zitten, maar die was bezet: er zaten klanten van het huwelijksbureau. Toen ze een beetje was afgekoeld, pakte ze de telefoon om haar zuster te bellen, die in dezelfde stad woonde.

'... mensen zijn er nu,' hoorde ze meneer Ali zeggen, die aan het andere toestel zat.

Mevrouw Ali legde geërgerd de hoorn op de haak.

Het huwelijksbureau had naam gemaakt. Het was heel geliefd binnen de kapu–gemeenschap. Het had ook veel leden van andere hindoegemeenschappen, en ook moslims. Toch was mevrouw Ali niet blij. De veranda voor het huis was helemaal in beslag genomen door het bedrijf. Haar man zette tegenwoordig zijn adres in zijn advertenties en de bezoekers stroomden continu in en uit: leden, mogelijke leden, koeriers, advertentieverkopers en allerlei anderen. Als meneer Ali niet thuis was, moest zij de deur opendoen en die mensen te woord staan. De telefoon stond ook zelden stil, zodat ze niet meer met haar broers en zussen kon bellen. Ze belden haar ook niet meer, want de telefoon was altijd in gesprek, zeiden ze.

Haar echtgenoot had het heel druk gekregen en verwaarloosde al zijn taken in en om het huis. Ze had hem bijna een week geleden gezegd dat hij het losse handvat van de snelkookpan moest vastzetten, maar hij had het nog steeds niet gedaan. Stel dat het handvat losliet terwijl zij de pan van het fornuis pakte? Het leek haar ook niet goed dat een man van die leeftijd het zo druk had. Hij hoorde een gepensioneerde te zijn die het kalm aan deed.

Terwijl ze daarover zat te denken, eerst boos, toen somber en toen weer boos, hoorde ze haar broer Azhar op de veranda haar man begroeten. Hij duwde de deur naar de woonkamer open en kwam binnen.

'Salaam, *aapa*,' zei hij tegen zijn oudere zus.

Mevrouw Ali stond op van de bank en begroette hem. 'Ga zitten, Azhar. Ik zal thee voor je zetten. Ik heb net halwa gemaakt. Wil je daar iets van?'

'Nee. Ik ben gisteren bij de dokter geweest en hij zei dat mijn suikerspiegel weer te hoog was. Geen zoetigheid voor mij. Doe ook maar minder suiker in de thee.'

'Ben je ziek? Waarom ben je naar de dokter gegaan?' vroeg mevrouw Ali.

'Ik voel me prima. Het was gewoon de halfjaarlijkse controle.'

Mevrouw Ali zette thee voor Azhar en zichzelf. 'Dat is een goede gewoonte van je, regelmatig naar de dokter gaan. Het is goed om problemen snel te ontdekken, dan kun je ze in de kiem smoren.'

Ze dronken hun thee en het was stil, afgezien van het snorren van de plafondventilator en de verkeersgeluiden buiten.

'Hij heeft het altijd druk,' zei mevrouw Ali toen plotseling. 'Hij kan zelfs nu niet even bij ons komen zitten; hij moet zijn klanten helpen of zo. Hij verwaarloost zichzelf. Hij heeft niet eens tijd voor een middagdutje of een avondwandeling. Ik maak me zorgen. Hij is geen jongeman meer. Hoe lang kan dit zo doorgaan?'

'Ik weet het,' zei Azhar. 'Ik kwam Sanyasi gisteren tegen en hij zei dat bhai jaan niet meer met hem wandelde.'

Sanyasi was ook gepensioneerd en hij was bevriend met meneer Ali en Azhar.

'Ik weet me geen raad,' verzuchtte mevrouw Ali.

Op dat moment kwam meneer Ali glimlachend binnen. 'Er is weer een vis in het net gezwommen,' zei hij zwaaiend met vijf biljetten van honderd roepia.

'Gefeliciteerd!' zei Azhar. 'Maar bhai jaan, echt, hoe lang hou je dit vol? Ik zag Sanyasi gisteren; hij zegt dat je al bijna twee weken niet meer met je oude groepje hebt gewandeld. Ik kan mijn zuster en jou niet meer bellen om een praatje te maken.'

'Je hebt gelijk,' zei meneer Ali terwijl hij de vijfhonderd roepia in zijn zak stak, 'maar wat kan ik eraan doen? Ik kan de klanten toch niet wegsturen?'

Mevrouw Ali haalde een kop thee voor haar man.

'Ik moet de klanten helpen, de post beantwoorden, advertenties opstellen en lijsten maken. De dag is gewoon te kort,' zei meneer Ali.

'Het probleem van het succes!' zei Azhar met een lach.

'Niet lachen, Azhar. Het is niet grappig. Je zwager werkt zich nog dood,' zei mevrouw Ali. Ze fronste haar voorhoofd en wreef door haar sari heen over haar knie. De artrose in haar knieën speelde weer op, zoals altijd wanneer ze gespannen was.

'Wat een probleem, hè?' zei Azhar. 'De meeste mensen steken veel geld in een bedrijf en dan gaat het failliet. Dit is het omgekeerde.'

'Toch is het een probleem,' zei mevrouw Ali terwijl ze behoedzaam haar been strekte. 'Je moet op de een of andere manier meer tijd voor jezelf en voor mij vrijmaken. Als dat betekent dat je minder advertenties zet en minder klanten te woord staat, dan moet dat maar.'

'Zo werkt het niet in deze branche,' zei meneer Ali. 'Als ik minder klanten heb, kan ik ook minder kandidaten voor ze vinden. Als je in deze bedrijfstak niet populair bent, kun je er net zo goed niet aan beginnen.'

'Sluit het huwelijksbureau dan. We hebben het geld niet nodig en ik kan al dat gedoe niet aan,' zei mevrouw Ali opstandig.

Azhar hief verzoenend zijn handen en zei: 'Zo drastisch hoeft het niet. Ik heb een idee. Wat jij nodig hebt, is een assistent die je werk uit handen neemt en een extra telefoonlijn, zodat het nummer dat je nu hebt altijd beschikbaar is voor privégebruik.'

3

'Adverteren is de sleutel tot het succes,' zei meneer Ali. 'Hoe denk je dat mijn huwelijksbureau zo gewild is geworden? Dat komt doordat ik meer van mijn inkomsten aan advertenties uitgeef dan al mijn concurrenten.'

Mevrouw Ali antwoordde niet. Het was een paar dagen na Azhars bezoek en haar echtgenoot had haar zojuist verteld dat hij een advertentie naar een plaatselijke krant had gestuurd.

'Succesvol huwelijksbureau vraagt assistent. Slim, type-diploma...'

Er kwamen een paar reacties. Het eerste meisje dat zich meldde sprak geen woord Engels; het tweede kon maar tot drie uur 's middags werken, want dan kwamen haar kinderen uit school. De derde reflectant was een jongeman die ontzet was toen hij hoorde dat hij op zondag zou moeten werken; de vierde vrouw was intelligent en geschikt, maar wilde niet in een huis werken. Ze wilde op een 'echt' kantoor zitten.

Meneer Ali liet zuchtend de achtste kandidaat uit en zei: 'Het spijt me. We hebben geen airconditioning. Ja, het wordt heet in de zomer.'

Mevrouw Ali lachte. 'Waarom geef je het niet op?' zei ze. 'Die advertenties zijn geldverspilling. Ze zijn nutteloos. Ik zoek wel een assistent voor je.'

'Jij?' zei meneer Ali.

'O? Denk je dat ik dat niet kan?' vroeg mevrouw Ali.

'We zullen zien. Als het je lukt, ga ik met je uit eten.'

'Ik neem de uitdaging aan!' zei mevrouw Ali. 'Maar ik laat me niet afschepen met een portie idli met *sambhar* in een goedkope cafetaria. Je zult met me naar een groot hotel moeten gaan, waar ik kip tandoori krijg.'

De volgende dag was Leela te laat. Ze kwam meestal voor zevenen, maar die dag hadden ze hun ontbijt al op, het was acht uur geweest en Leela was nog steeds nergens te bekennen. Het was de nachtmerrie van iedere huisvrouw: de bergen afwas, het ongeveegde huis, de hele ochtendroutine in de war. Wanneer mevrouw Ali haar zusters of vriendinnen sprak, beklaagden die zich bijna altijd over hun personeel, en dan moest ze haar best doen om niet zelfvoldaan over te komen. Leela was uiterst betrouwbaar en de zeldzame keren dat ze niet kon komen, stuurde ze meestal een van haar dochters ter vervanging.

Mevrouw Ali werd geplaagd door een knagende onzekerheid. Zou Leela nog komen opdagen? Moest ze de afwas zelf doen of wachten? Ze besloot het huis te vegen. Het idee dat het huis nog niet was schoongemaakt terwijl de zon al half op was, was ondraaglijk. Stel dat er gasten kwamen? Wat moesten ze wel niet van haar denken?

Rond elf uur werd er op de achterdeur geklopt. Mevrouw Ali schoof de grendel opzij en zag dat Leela er was.

'Wat is er aan de hand? Waarom ben je zo laat?' vroeg ze.

Ze kreeg geen antwoord. Leela liep langs mevrouw Ali heen naar de keuken en begon de afwas naar het achtererf te brengen. Leela was begin veertig, maar ze zag er tien jaar ouder uit. Ze had een moeilijk leven met een alcoholistische echtgenoot en de beproevingen van de armoede in het algemeen, maar ze was altijd vrolijk, met een glimlach op haar gezicht en bereid een praatje te maken. Vandaag stond haar gezicht echter strak. Mevrouw Ali besloot haar even met rust te laten voordat ze haar uithoorde.

Mevrouw Ali schrapte een kokosnoot voor de chutney die ze voor de lunch maakte. Toen ze klaar was, waste ze haar handen en bracht de kokosschraper naar Leela, die hem zwijgend aannam.

Mevrouw Ali gooide de kokosbasten in de afvalbak en vroeg: 'Is je man gisteravond dronken thuisgekomen? Heeft hij je weer geslagen?'

'Nee, amma!' zei Leela. 'Was het maar zo simpel. Het gaat niet goed met Kush, mijn kleinzoon. Ze hebben gisteren een röntgenfoto van zijn hoofd gemaakt. Hij heeft een gezwel in zijn hersenen.' Ze barstte in tranen uit.

Mevrouw Ali was ontdaan. 'Stil maar! Niet huilen. Het komt vast goed. De artsen kunnen vandaag de dag zoveel ziekten genezen,.'

Mevrouw Ali kreeg het verhaal langzaam uit haar los. Het driejarige knulletje klaagde over hoofdpijn. Hij was ook snel moe en viel vaak in slaap. De ouders hadden de klachten genegeerd, tot hun zoontje begon te braken. Toen waren ze met hem naar een plaatselijke dokter gegaan, die hem een kuur penicilline-injecties had gegeven, maar toen de symptomen na een paar weken alleen maar ernstiger waren geworden, had de dokter het opgegeven en aangeraden het kind naar de stad te brengen. Daar was een röntgenfoto gemaakt, waarop een gezwel te zien was, maar de artsen wilden voor de zekerheid een CT-scan maken.

'Die scanner was zo griezelig... Hij slokte het kind op als een grote muil. Mijn arme kleinzoon, hij was zo dapper,' zei Leela, die weer tranen in haar ogen kreeg.

'Hebben jullie de uitslag van de scan al gekregen?' vroeg mevrouw Ali.

'Ja, amma. Het is zeker dat er een gezwel zit en ze moeten het operatief verwijderen. De arts was heel goed. Hij heeft alles geduldig uitgelegd en hoe eerder we de operatie laten doen, hoe beter, zei hij.'

'Wat kostte de scan?' vroeg mevrouw Ali.

'Vijfduizend roepia, amma,' zei Leela. 'Mijn dochter zegt dat al hun spaargeld nu op is. De operatie kost nog meer en ik weet niet waar we het geld vandaan moeten halen.'

De volgende ochtend ging mevrouw Ali zoals gebruikelijk om zes uur naar buiten om de melk te halen. Het was een oude gewoonte van jaren terug, toen de melkboer de koe nog echt voor het huis molk en zij erbij moest staan kijken om er zeker van te zijn dat hij de melk niet stiekem met water uit een fles aanlengde. De koeien waren al jaren weg en ze kreeg nu een pak melk van een halve liter van de zuivelfabriek, maar ze kwam het nog steeds bij het hek afhalen. Mevrouw Ali vond het ook prettig om bij het hek te staan terwijl het nog koel was en naar de mensen te kijken die langs haar huis liepen; ze leken op dat uur allemaal een stuk minder gehaast. Naarmate ze ouder werd, raakte ze steeds meer op stilte en rust gesteld. De meeste mensen die zo vroeg op straat liepen, waren óf magere gepensioneerden, óf dikke mensen van middelbare leeftijd die een ommetje maakten.

Boeiend, dacht ze, dat je nooit dikke gepensioneerden ziet. Zijn ze te arm om dik te worden of gaan dikke mensen dood voordat ze met pensioen gaan?

Ze zag een jonge moeder met een klein kind in haar armen en dacht weer aan Leela's kleinzoontje. Ze hoopte dat het goed zou komen. De melkboer was vroeg en gaf haar de melk, maar ze ging nog niet naar binnen. Ze bleef wachten. Het was haar opgevallen dat er elke ochtend een vrouw van begin twintig langs het huis liep, die een uur later terugkwam met opgerolde vellen papier in haar hand.

Na een paar minuten kwam de vrouw langs. 'Hallo! Heb je even?' riep mevrouw Ali.

Het meisje keek om zich heen, verbaasd dat ze door een vreemde werd aangesproken.

'Hoe heet je?' vroeg mevrouw Ali.

'Aruna,' zei het meisje.

'Ga je naar de typeschool?' vroeg mevrouw Ali.

'Ja!' zei Aruna verrast. 'Hoe weet u dat?'

'Ik heb je met rollen papier in je hand zien terugkomen en toen wist ik dat je leerde typen. Hoe snel ben je?' vroeg mevrouw Ali. Ze had zelf als tiener leren typen, maar ze had al jaren niet meer achter een typemachine gezeten.

'Tweehonderd aanslagen per minuut,' antwoordde Aruna.

'Dat is knap.'

'Dank u,' zei Aruna met een verlegen glimlach. 'Ik heb het eerste diploma gehaald en oefen nu voor het volgende examen.'

'Zoek je een baan?' vroeg mevrouw Ali.

'Wat voor baan?' vroeg Aruna wantrouwig.

Ze heeft alle reden om achterdochtig te zijn, dacht mevrouw Ali. Mensen die op straat lopen, krijgen niet dagelijks banen aangeboden.

'We hebben een huwelijksbureau,' legde mevrouw Ali uit, en ze wees naar het bord. 'We zoeken een assistent. Ik denk dat die baan geschikt zou zijn voor een meisje zoals jij, dat in de buurt woont.'

'O!'

Mevrouw Ali zag dat het meisje het verleidelijk vond, maar nog niet overtuigd was. 'Als je nu eens na je typeles terugkwam, als het bureau open is?' stelde ze voor. 'Dan kun je het zien en een beslissing nemen.'

Aruna knikte en liep door. Mevrouw Ali ging voldaan naar binnen. Ze wist dat het meisje terug zou komen. Aruna droeg altijd een simpele katoenen *salwar kameez*, een broek met een tuniek met zijsplitten tot aan haar knieën. De tuniek zag eruit alsof hij met de hand was gemaakt. Ze droeg geen dure confectiekleding. Ze had altijd kleine oorringetjes in en altijd hetzelfde dunne gouden kettinkje om haar hals. Haar familie was duidelijk niet welvarend en ze leek een bescheiden, verstandig meisje – precies het soort waar mevrouw Ali van hield. Ze had weinig op met die brutale 'moderne' meisjes die t-shirts en spijkerbroeken droegen en vloeiend Engels spraken.

Het was halfnegen en het was warm, maar nog niet snikheet. Er kwam nog veel verkeersgeluid van de weg. De postbode was net geweest en meneer Ali had het druk met het doornemen van de post van die dag. Meneer Ali hoorde een kuchje, keek op en zag tot zijn verbazing een jonge vrouw bij de deur staan – hij had het hek niet gehoord.

'*Namaste*,' zei ze met gevouwen handen.

'Namaste,' antwoordde hij afwezig.

'Kan ik mevrouw spreken?' vroeg de vrouw.

'Mevrouw?' herhaalde meneer Ali verbaasd. Hij was in gedachten nog bij de brief die hij zat te lezen en begreep niet over wie ze het had.

Gelukkig kwam zijn vrouw net op dat moment naar buiten. Ze glimlachte naar het meisje en zei: 'Hallo, Aruna! Fijn dat je bent gekomen. Dit is mijn man, meneer Ali. Hij drijft het huwelijksbureau.'

Mevrouw Ali wendde zich tot haar man. 'Ik heb Aruna gevraagd te komen kijken of ze hier als assistent zou willen werken,' zei ze.

'Juist,' zei meneer Ali, die de brief opvouwde en opzijlegde.

'Ja,' zei mevrouw Ali. 'Aruna kan uitstekend typen. Ze heeft haar eerste diploma al gehaald en bereidt zich nu voor op het tweede examen. Ze woont ook in de buurt.'

Meneer Ali wees naar de bank. 'Ga toch zitten, Aruna,' zei hij.

Toen ze zat, vroeg hij: 'Wil je een glas water?'

Aruna knikte en mevrouw Ali liep naar binnen om het te halen. Het was de traditionele Indiase hoffelijkheid, of je nu hindoe of moslim was. Wanneer die eenvoudige beleefdheid niet in acht werd genomen, konden er vetes uitbreken die generaties lang duurden. Van de profeet Mohammed werd gezegd dat toen hij ooit een prostituee water zag geven aan een jong hondje, hij had verklaard dat de vrouw zeker naar de hemel zou gaan. In een traditioneel hindoegebed, een puja, nodig je God uit als gast in je huis, en een van de eerste stappen van de bede is dat je de Heer iets te drinken aanbiedt. Mevrouw Ali kwam terug met een glas koud water uit de koelkast en reikte het Aruna aan.

'Heb je al werk?' vroeg meneer Ali haar.

'Ja, meneer. Ik ben winkelmeisje in de Modern Bazaar,' zei ze. Het was een nieuw warenhuis, het eerste met meer dan één verdieping in de hele stad. 'Ik ben er net drie weken geleden begonnen.'

'Waarom zou je bij zo'n grote winkel weggaan om hier te werken?' vroeg meneer Ali.

'O! Ik was niet van plan er weg te gaan, meneer, maar mevrouw zag me buiten en vroeg me langs te komen.'

Mevrouw Ali knikte. 'Dat klopt,' zei ze. Ze wendde zich tot Aruna. 'Wat zijn je werktijden?'

'Ik moet heel veel werken!' antwoordde het meisje, dat haar handen strak gevouwen op haar schoot hield. 'De winkel gaat om elf uur open, maar we moeten er om halfelf zijn. Om tien uur 's avonds sluiten we en een kwartier later mogen we weg. Het is heel moeilijk om zo laat nog een bus te krijgen en ik kom pas na elven thuis.'

Mevrouw Ali was ontzet. 'Zo'n jong meisje als jij...Vind je het niet eng om 's avonds zo laat nog over straat te gaan?'

'Eerst wel,' zei Aruna schouderophalend, 'maar nu ben ik niet meer bang.'

Mevrouw Ali leunde naar voren. 'Wat vinden je ouders ervan?'

'Ze vinden het niet prettig, maar wat kunnen we eraan doen? We zijn arm en we hebben het geld nodig om het hoofd boven water te houden. Tot voor kort studeerde ik nog, maar we raakten in de financiële problemen, dus moest ik mijn studie staken en werk zoeken.'

Ze zwegen allemaal even en toen zei meneer Ali: 'We beginnen om negen uur, nemen ergens tussen halftwaalf en één uur lunchpauze en gaan om drie uur 's middags weer open. We blijven tot zeven uur geopend. De zondag is de drukste dag, dus dan zul je ook moeten komen, maar in ruil daarvoor ben je op maandag vrij.'

'Dat zijn heel prettige werktijden in vergelijking met die in de winkel. Ik vind het ook niet erg om op zondag te werken. In de Modern Bazaar werk ik ook om de zondag. Wat is het salaris?' vroeg Aruna.

'Wat verdien je nu?' vroeg meneer Ali.

'Vijftienhonderd roepia per maand,' antwoordde Aruna.

'Wij kunnen je maar duizend betalen,' zei meneer Ali.

Aruna's gezicht betrok. 'De werktijden bevallen me wel, maar die salarisverlaging kan ik me niet veroorloven.'

Meneer Ali knikte en zei: 'Dat verwacht ik ook niet van je. Je salaris is duizend roepia, maar voor iedereen die zich inschrijft wanneer je bij me op kantoor bent, krijg je een bonus van vijfentwintig roepia, en voor iedereen die zich inschrijft wanneer je alleen op kantoor bent, krijg je een bonus van vijftig roepia.'

Aruna keek sceptisch.

Meneer Ali stak een vinger op en zei: 'Er is minstens één inschrijving per dag en soms zijn het er twee of drie. Je zult hier beslist meer verdienen dan bij de Modern Bazaar.'

Aruna zweeg even. Toen keek ze van meneer naar mevrouw Ali en zei: 'Dank u wel voor het aanbod. Ik moet erover nadenken.'

'Wacht niet te lang. Vanavond komt er een ander meisje solliciteren,' zei mevrouw Ali.

Meneer Ali keek Aruna na toen ze het hek achter zich sloot en wegliep, wendde zich tot zijn vrouw en vroeg: 'Heb je nog een meisje uitgenodigd?'

Mevrouw Ali lachte. 'Wat ben je toch een *buddhoo*,' zei ze.

'Natuurlijk komt er niemand anders, maar dat hoeft dat meisje toch niet te weten?'

Meneer Ali zweeg. Hij had zich vaak afgevraagd hoe het zijn vrouw zou zijn vergaan als ze zelf een bedrijf had geleid. Hij was ervan overtuigd dat ze veel succes zou hebben gehad.

'Waarom heb je haar die bonus aangeboden?' vroeg mevrouw Ali. 'Dat zou wel eens heel duur kunnen worden.'

Meneer Ali glimlachte. 'Ik wil veel geld betalen. Hoe meer ik betaal, hoe meer ik zelf verdien...'

Hij zag de twijfel op het gezicht van zijn vrouw.

'Weet je nog, toen we dit huis bouwden? Ik ging naar de steengroeve om de mooiste granieten stenen voor de vloer uit te zoeken,' zei hij, wijzend naar de gepolijste vloer.

'Ja...' zei mevrouw Ali verbaasd. Ze vroeg zich natuurlijk af wat granieten tegels en steengroeven te maken hadden met huwelijksbureaus en assistenten.

'Het is zwaar werk in de steengroeve en ik verwachtte dat de opzichter zijn arme arbeiders zou afbeulen, maar in plaats daarvan trof ik een vriendelijk uitziende man met ronde brillenglazen aan die in een kantoor zat terwijl de arbeiders zwoegden onder de hete zon. Het verbaasde me, dus vroeg ik hem hoe hij zijn mensen zo hard kon laten werken. Hij legde me uit dat hij zijn arbeiders stukloon gaf: de mensen die de steen hakten, de zagers, de slepers... Iedereen kreeg een bepaald bedrag per rotsblad. Hij zei dat ze uit zichzelf werkten en als er iemand lui was, losten ze dat onderling op, want daar leden ze allemaal onder. Ik wil dat meisje niet de hele tijd in de gaten moeten houden. Ik wil dat ze uit zichzelf hard werkt.'

Mevrouw Ali knikte. 'Stel je voor dat de overheid jou had betaald per dossier dat je had afgehandeld. Hoeveel efficiënter was je dan geweest?'

Meneer Ali lachte en zei: 'Dat weet ik niet, maar ik kan je wel zeggen dat Muthuvel, Rao en Sanyasi het dan wel uit hun hoofd hadden gelaten pas om tien uur te komen, om elf uur voor een lange theepauze naar de kantine te gaan, om één uur te gaan lunchen, om drie uur een uur thee te drinken en samosa's te eten en stipt om vijf uur weer naar huis te gaan.'

Toen er een kwartier later een potentiële klant kwam, ging mevrouw Ali weer naar binnen. De man heette Joseph. Zijn grootouders waren hindoes uit een lagere kaste die zich hadden bekeerd tot het christendom. Hij zocht een bruidegom voor zijn dochter. Kaste en godsdienst waren niet belangrijk.

De ervaring had meneer Ali geleerd dat het vinden van een partner voor iemand die geen belang hechtte aan kaste en godsdienst, vaak extra moeilijk was. Het was raar, maar waar, dacht meneer Ali: hoe specifieker het verzoek (een turpu kapu uit het district Krishna die minstens acht hectare grond had, bijvoorbeeld), hoe eenvoudiger het was een geschikte kandidaat te vinden. Daar kwam nog bij dat christenen uit de hogere kasten neerkeken op de lagere kasten, die ze 'bekeerde' christenen noemden.

'Het honorarium bedraagt vijfhonderd roepia, meneer,' zei meneer Ali.

'Moet ik dat nu meteen betalen?' vroeg Joseph. 'Als ik u het geld nu geef, wat spoort u dan nog aan een bruidegom voor mijn dochter te zoeken?'

'We hebben al veel mensen geholpen. Kijk maar naar onze dossiers. Waarom zouden we u niet willen helpen?' zei meneer Ali.

'Ik heb een ander idee. Ik betaal nu niets, maar zodra vaststaat dat mijn dochter gaat trouwen, geef ik u tweeduizend roepia. Hoe vindt u dat? Eerlijk is eerlijk,' zei Joseph, die zijn knokkels liet kraken.

Meneer Ali stond op en zei: 'Dit is nu precies waarom koppelaars niet in hoog aanzien staan. Zoals u weet, laten ze zich pas betalen wanneer het huwelijk is geregeld, een vast bedrag of een percentage van de bruidsschat. Vervolgens dringen ze je ongeschikte kandidaten op om hun geld maar te krijgen. Je kunt geen respect of vertrouwen opbrengen voor zulke mensen. Zo werken wij niet. We hebben geld nodig voor advertenties, het opstellen van lijsten, porto en andere dingen. Of uw dochter iemand vindt, is van veel dingen afhankelijk, waaronder Gods wil, maar mijn onkosten moeten hoe dan ook vergoed worden. Denk er maar eens over na, alstublieft, en kom dan terug.'

Hij liet Joseph uit.

Een paar minuten later ging het hek weer open. Meneer Ali keek door de vitrage de felle zon in. Aruna stond met een oudere man in de voortuin. De man keek om zich heen en zei iets tegen Aruna, die glimlachend knikte. Meneer Ali kwam achter zijn bureau vandaan en riep zijn vrouw.

Aruna stelde haar vader, meneer Somayajulu, aan hen voor.

'Namaste,' begroette meneer Ali meneer Somayajulu. 'Gaat u zitten. Wilt u een glas water?'

'Nee, doe geen moeite, alstublieft,' zeiden Aruna en haar vader precies tegelijk.

De zon stond hoog en het was nu erg warm buiten. Aruna's vader veegde zijn voorhoofd en tonsuur af met de witte katoenen sjaal die over zijn linkerschouder hing. Meneer Somayajulu zag eruit als een doorsnee brahmaan op leeftijd. Hij droeg een Gandhi-achtige lendendoek, een *dhoti*, en een lang overhemd. Zijn hoofd was helemaal kaalgeschoren, op een toefje haar achterop na. Op zijn voorhoofd had hij drie strepen witte as.

Mevrouw Ali liep het huis in.

'Wat hebt u een koel huis,' zei meneer Somayajulu.

'Ja, dat is een geluk,' beaamde meneer Ali.

Meneer Somayajulu zei: 'Dat is geen geluk. U hebt een stuk voor uw huis onbebouwd gelaten en er die bomen geplant. Daarom is het koel in uw huis. In het verleden stonden er bomen rond alle huizen en die hielden het binnen koel. Tegenwoordig kopen de mensen bouwinspecteurs om en bebouwen alle beschikbare grond, zonder ruimte over te laten voor planten of bomen. Geen wonder dat het met het jaar warmer wordt. Het is heel verstandig van u dat u wat grond open hebt gelaten.'

Mevrouw Ali kwam terug met glazen limoensap voor Aruna en haar vader.

'Ik zou graag een week op proef willen komen,' zei Aruna. 'Als het iedereen bevalt, blijf ik definitief, is dat goed?'

Meneer Ali dacht even na en keek vragend naar zijn vrouw. Toen die instemmend knikte, richtte hij zich tot Aruna. 'We vinden het goed.'

'Ik wilde zien waar Aruna zou komen te werken,' zei meneer Somayajulu. 'U lijkt me onmiskenbaar fatsoenlijk en het is hier goed. Je kunt een jonge dochter niet zomaar alleen bij iedereen binnen laten komen, toch?'

Aruna leek zich voor de woorden van haar vader te generen, maar mevrouw Ali knikte en zei: 'U hebt volkomen gelijk. Je kunt tegenwoordig niet voorzichtig genoeg zijn.'

Aruna glimlachte. 'Ik breng nu mijn vader terug naar huis en dan ga ik naar de Modern Bazaar om een week verlof op te nemen. Daarna kom ik terug en begin ik te werken.'

'Niet vandaag al,' zei haar vader. 'Het is *amaavaasya*, de dag zonder maan. Nu iets nieuws beginnen brengt ongeluk. Begin liever morgen.'

Aruna keek weifelend naar meneer Ali, die een wegwuivend gebaar maakte. 'Geen probleem,' zei hij. 'Morgen is ook goed. Ik vroeg me al af waarom er vandaag geen nieuwe klanten waren gekomen, behalve dan die christen.'

4

De volgende dag kwam Aruna stipt om negen uur aanlopen. Ze droeg een eenvoudige, versleten katoenen sari. Haar lange haar was geolied en zat in een vlecht die tot haar onderrug reikte. Ze had een takje geurige witte jasmijnknoppen in haar haar, een kleine bindi op haar voorhoofd en een lichte streep witte heilige as in haar hals. Ze was kennelijk naar de tempel gegaan voordat ze aan haar nieuwe baan begon. Meneer Ali wees haar een oude houten stoel aan met een kussen op de zitting en twee losjes op de armleuningen geschroefde planken. Toen ze zat, legde hij haar uit hoe ze de planken kon gebruiken om de armsteunen te verlengen. Vervolgens legde hij een plaat hardboard op de verlengde steunen. Zijn assistent had nu een kant-en-klaar werkblad.

'Je hoeft die stoel alleen te gebruiken als we er allebei zijn. Anders mag je gewoon aan de tafel zitten,' zei hij.

Aruna knikte.

Meneer Ali opende zijn 'dossierkast', de houten kleerkast, en vroeg Aruna te komen kijken. Hij legde haar uit hoe de dossiers op kaste waren geordend, en vervolgens op bruiden en bruidegoms. Er zaten ook vrij veel foto's in de dossiers. Dan was er nog een dossier voor alle actieve leden, met hun correspondentie erin.

Op dat moment kwam de postbode aangelopen, een donkere, lange, slanke man. Zijn kale hoofd glom. Hij bezorgde meneer Ali zijn post al zolang die in dit huis woonde. Hij liet de zware tas vol brieven van zijn schouder zakken, haalde er een stuk of tien uit en gaf ze aan meneer Ali.

'Dank je, Gopal,' zei meneer Ali. 'Ik heb briefkaarten nodig. Kan ik vandaag langskomen?'

'Ik weet het niet, meneer. Ik zal het vragen en dan vertel ik het u wanneer ik terugkom voor de middagronde,' zei Gopal.

Meneer Ali knikte. 'Wil je een glas water?'

'Nee, dank u, meneer.' Gopal keek naar Aruna. 'Hebt u een secretaresse aangenomen?'

'Aruna is mijn assistent. Ze is vandaag begonnen,' zei meneer Ali. Aruna glimlachte naar Gopal.

'Hoe is het met je dochter?' vroeg meneer Ali. 'Je hoeft geen gebruik meer te maken van onze diensten.'

'Ze maakt het goed. We hebben gisteren nog een kaart van haar gekregen. Ze heeft het naar haar zin bij haar schoonfamilie. En wat bent u een grappenmaker, meneer. Hoe zou een arme man als ik gebruik kunnen maken van uw diensten?' zei de postbode met een lach.

Zijn witte tanden blonken blij in zijn donkere gezicht – zijn dochter was kortgeleden getrouwd. Meneer Ali wist dat hij zich maar net kon redden van zijn schamele salaris. Gopal hees zijn tas met brieven weer over zijn schouder, knikte ten afscheid en liep weg.

'Het is een goed mens, altijd vrolijk, al moet hij zijn bejaarde ouders en een gehandicapte broer onderhouden van zijn postbodesalaris,' zei meneer Ali tegen Aruna. Hij scheurde de eerste envelop open, haalde er een vel papier uit en zei: 'Alle brieven moeten worden beantwoord op de dag van ontvangst. Dat is onze belangrijkste taak.'

Hij las voor: *'Ik heb uw advertentie voor een moslim-ingenieur gezien... licht van huid... twee oudere broers...'*

Hij gaf de brief aan Aruna en pakte het dunne dossier met de lijst van advertenties die hij in zowel Engelse als Telugu kranten had geplaatst.

'Je moet uitzoeken naar welke advertentie de brief verwijst. Ik zet altijd een code in mijn advertenties. Zie je het adres op de brief van dit meisje? Achter onze naam staat "MI26". Kijk maar in deze map, die advertentie is afgelopen zondag verschenen.'

Aruna keek in de map en vond de advertentie voor een moslim-ingenieur bij de marine, 26, fatsoenlijke familie, zoekt lichte bruid...

'We moeten twee dingen doen met deze brief,' zei meneer Ali. 'Eerst schrijven we terug om de ontvangst te bevestigen en de schrijfster uit te nodigen zich bij ons in te schrijven. Vervolgens stoppen we de brief in het dossier van de cliënt, zodat we hem over een paar dagen alle reacties kunnen sturen.'

Aruna, die een denkrimpel in haar voorhoofd had, knikte.

'Wat moet ik antwoorden, meneer?' vroeg ze.

Meneer Ali trok een la opzij van zijn tafel open en haalde er een stapeltje briefkaarten uit. Ze waren al keurig met de hand beschreven. Hij pakte er een en liet Aruna zien waar de brief begon. 'Geachte...' stond er. 'Hier moet je de naam van de briefschrijver invullen,' zei hij. 'Dan draai je de kaart om en adresseert hem. Dan leg je hem in dat mandje.' Hij wees naar een blauw plastic draadmandje.

Aruna deed wat haar was opgedragen.

'Doe de volgende ook maar,' zei meneer Ali.

Aruna haalde de brief uit de envelop en liet haar blik erover glijden. 'Meneer, hier staat geen code bij.'

'Dan zullen we ons verstand moeten gebruiken. Zoekt de schrijver een man of een vrouw?' vroeg meneer Ali.

'Een vrouw, meneer.'

'Welke kaste?' vroeg meneer Ali.

'Brahmanen,' zei Aruna.

'Ik weet het al. Kijk maar in de map, er is vorige week maar één keer voor een brahmaan geadverteerd.'

Aruna vond de advertentie, las de brief nog eens en knikte. 'Ja, meneer. Dit is hem.'

'Goed zo, dan weet je wat je moet doen,' zei meneer Ali.

Aruna en hij handelden zwijgend nog een paar brieven af. Toen stond hij op en liep het huis in om te zien wat zijn vrouw deed.

Die middag ging meneer Ali rond halfvier op de scooter naar het postkantoor. Het was niet ver: twee straten verderop. Meneer Ali zette de scooter op de zijstandaard, pakte de briefkaarten en liep langs de rijen wachtende mensen bij de loketten het kantoor in.

Een paar maanden eerder hadden meneer Ali en zijn zwager buiten in de rij gestaan voor postzegels, toen een van de beambten naar buiten was gekomen en had gezegd dat de directeur van het postkantoor vroeg of ze binnen wilden komen. Ze waren een tikje verwonderd naar binnen gegaan. Zodra de directeur en Azhar elkaar zagen, begroetten ze el-

kaar als lang verloren gewaande familieleden. Ten slotte hadden ze het aan de verbaasde meneer Ali uitgelegd. Naidu was
als jongeman bij de posterijen gaan werken. Hij was eerst in
de havenstad Machilipatnam tewerkgesteld, en de directeur
daar was Azhars vader, die alle postbodes en beambten op
zijn kantoor had behandeld als familieleden: hij nodigde hen
uit voor het eten en gaf raad wanneer ze problemen hadden.
Naidu was langzaam in de gelederen opgeklommen en uiteindelijk zelf directeur geworden, maar, zei hij, hij was de
goedheid van de oude man voor een onervaren jongen die
voor het eerst van huis was nooit vergeten. Sindsdien had
meneer Ali nooit meer buiten in de rij hoeven staan voor
postzegels of briefkaarten. Hij hoefde zijn brieven niet eens
in de bus te gooien.

Achter in het postkantoor zat een beambte met een grote
zak brieven die de postzegels op alle enveloppen stempelde met
een zwaar, rond houten blok. Hij was doorkneed in zijn taak
en het *bonk, bonk* op de postzegels ging heel snel. Meneer Ali
liep naar hem toe en vroeg: 'Zijn alle bestellingen al binnen?'

De beambte knikte, nam meneer Ali's brieven met zijn linkerhand aan en stempelde met de rechter door. Meneer Ali's
briefkaarten werden allemaal gestempeld en in een andere
zak gestopt, die al half vol was.

Meneer Ali liep door naar het bureau van de directeur. Het
was maar een klein postkantoor, en de directeur zat in een
hoek aan een iets grotere tafel dan het andere personeel. Hij
begroette meneer Ali beleefd en bood hem een stoel aan.
'Naidu, hoe is het met je?' zei meneer Ali. 'Ik moet nog wat
briefkaarten hebben.'

'Ja, dat zei Gopal al,' zei de directeur. 'Er is momenteel een
schrijnend tekort aan briefkaarten, maar ik heb het hoofd-
kantoor gebeld en er een paar voor u bemachtigd.'

Hij keek opzij en vroeg een beambte de briefkaarten uit een kast te pakken. Terwijl hij daarop wachtte, vroeg hij: 'Hoe is het met mevrouw?'

'Goed. Heb je gehoord van die beroving van het postkantoor in het bestuursdorp?' zei meneer Ali.

'Schokkend, meneer! Schokkend! Hoe kunnen ze een postkantoor beroven? Is er dan niets meer heilig? Ik zeg u, meneer, de wereld is niet meer wat ze geweest is.'

Meneer Ali knikte. Hij wist dat Naidu dacht dat het hele land bijeen werd gehouden door de post. Naidu had hem ooit verteld dat de Britten het recht hadden gehad de Koh-i-Noor voor de kroonjuwelen van hun koningin in te pikken omdat zij de posterijen in India hadden opgezet.

Meneer Ali betaalde de briefkaarten en ging naar buiten. Toen hij uit het donkere postkantoor de felle zon in stapte, knipperde hij met zijn ogen. Op weg naar zijn scooter zag hij aan de overkant van de straat een man die papaja's van een kar verkocht en liep erheen. 'Wat kosten ze?' vroeg hij.

'Vijftien roepia voor een papaja, meneer.'

De papajaplant in zijn tuin droeg alleen kleine, groene vruchten met veel zwarte, parelachtige pitten. Die nieuwe soort papaja's die de afgelopen paar jaar op de markt was gekomen, was anders. De vruchten waren groot, het vruchtvlees was dieporanje en er zaten bijna geen pitten in. Ze waren ook veel zoeter dan de gebruikelijke variant. Meneer Ali had iemand horen zeggen dat het gekruiste papaja's uit Thailand waren, maar hij wist niet of dat waar was.

'Ik hoef geen hele. Hoe duur is een halve?' vroeg hij.

'Acht roepia,' zei de verkoper. 'Ze zijn vers, meneer.'

'Vijf,' zei meneer Ali.

'U maakt zeker een grapje? Ze zijn net vandaag op de hellingen van Simhachalam afgesneden. Ze komen zó uit de heilige stad,' zei de verkoper. 'Acht roepia is een redelijke prijs. Vooruit dan, zeven.'

Er staat een beroemde hindoetempel in de tempelstad Simhachalam, en meneer Ali vroeg zich af of de man hetzelfde verkooppraatje had gehouden als hij had geweten dat zijn klant moslim was.

'Zes,' zei hij.

De papajaverkoper zei smekend: 'Hoe moet ik mijn kinderen voeden als u zo afdingt? Zesenhalf, laatste bod.'

'Zes,' zei meneer Ali onvermurwbaar.

'Goed dan, meneer.'

De verkoper wilde een al doorgesneden papaja in een oude krant pakken, maar meneer Ali liet hem een verse doormidden snijden, hoe hij ook tegenstribbelde, en liep terug naar zijn scooter.

Toen meneer Ali thuiskwam, zat er een gezin op de veranda de albums te bekijken, een echtpaar van in de vijftig met een dochter van voor in de twintig. De man was klein en dik, en had een dun, grijzend snorretje. Hij had niet veel haar op zijn hoofd, maar het weinige dat hij had, was goed geolied en keurig gekamd. Zijn vrouw droeg een knalgele sari van chiffon met groene noppen. Het meisje droeg een spijkerbroek en een katoenen kameez tot op haar knieën. Aruna stelde het gezin aan meneer Ali voor.

'Dit zijn meneer en mevrouw Raju, meneer, en Soni. Ze hebben zich een maand geleden ingeschreven.'

Meneer Ali herinnerde het zich en knikte. 'Ja, ja. Ik heb u vorige week de gegevens van de zoon van de hoofdingenieur gestuurd. U bent ook ingenieur, is het niet? Het leek me een goede combinatie.'

'Inderdaad, meneer Ali,' zei meneer Raju. 'We hebben elkaar zelfs aan de telefoon gesproken, als u het nog weet. Nadat u me de gegevens had gestuurd, kwam ik erachter dat de zwager van mijn neef de bruidegom kende. Ze hebben samen gestudeerd.'

'Nog mooier,' zei meneer Ali. 'Het is altijd het beste om een kandidaat persoonlijk te kennen, dan kun je uitzoeken wat voor iemand het is.'

'Ik weet het, meneer Ali. Het lijken in alle opzichten nette mensen, maar ze willen hun oudste zoon uithuwelijken. Ze hebben nog vier zoons en een dochter.'

'Dat is toch niet erg?' vroeg meneer Ali. 'Tegenwoordig leven de mensen toch niet meer in gezamenlijk familieverband?'

'Ik heb mijn neef gevraagd het er met zijn zwager over te hebben,' vertelde meneer Raju. 'De familie wil beslist dat de schoondochter bij hen komt wonen.'

'Alleen in het begin, denk ik. Na een paar jaar gaan ze vast op zichzelf wonen. De bruidegom is toch hoog opgeleid?' zei meneer Ali.

'Misschien, meneer,' zei meneer Raju, 'maar we kunnen het er niet op wagen. Soni is enig kind en ze zal zich moeilijk kunnen aanpassen in zo'n groot huishouden. We hoopten dat u een andere kandidaat voor haar had.'

Meneer Ali deed geen pogingen meer de ouders om te praten. Hij wist dat hun besluit vaststond. Zij kenden hun dochter tenslotte het beste. Hij dacht even na en zei toen: 'Het is de beste raju-kandidaat die ik op dit moment heb. Ik heb u alle lijsten tot vorige week al toegestuurd.'

Hij dacht weer even na en zei toen: 'Misschien heb ik iets voor u...'

Hij vroeg Aruna om de nieuwe aanmeldingen, een houten klembord met alle formulieren die de afgelopen dagen binnen waren gekomen en die nog niet op lijsten waren gezet.

Hij bladerde in de formulieren tot hij vond wat hij zocht. 'Daar heb ik het; drie dagen geleden binnengekomen. Een registeraccountant met maar één broer. O! Hij is te oud voor uw dochter. Hij is vierendertig en uw dochter is nog maar...' Hij keek Soni vragend aan.

'Tweeëntwintig,' zei ze.

Meneer Ali glimlachte naar haar. 'Een te groot leeftijdsverschil,' zei hij.

Meneer Raju knikte, maar stak toch zijn hand naar het klembord uit. Meneer Ali reikte het hem aan, met het formulier dat hij had gelezen bovenop. Het drietal las het formulier door en gaf het klembord terug aan meneer Ali.

'Het lijkt een goede combinatie, maar u hebt gelijk. Het leeftijdsverschil is te groot,' zei meneer Raju. 'En hij is maar één meter drieënzestig. Soni is vrij lang.'

Meneer Raju's opmerking over de lengte van zijn dochter herinnerde meneer Ali aan een oude klant. Hij vroeg Aruna de eerste correspondentiemap te pakken. Hij sloeg hem open en bladerde erin tot hij vond wat hij zocht.

'Daar heb ik hem! Bodhi Raju, een advocaat van zevenentwintig. Hij is één tachtig en zoekt een lange echtgenote. Hij was een van mijn eerste leden en ik weet niet of hij nog een vrouw zoekt of er al een heeft gevonden.'

'Waarom stond hij niet in de lijst die u ons hebt gestuurd?' vroeg meneer Raju.

'Dat wilde hij niet,' verzuchtte meneer Ali. 'Hij was een van mijn allereerste klanten en het was een zware slag voor me toen zo'n begeerlijke vrijgezel me zei dat ik zijn gegevens niet in onze lijsten mocht opnemen. Ik had toen nog niet zoveel leden, ziet u. Ik zei dat hij veel meer reacties zou krijgen als ik zijn gegevens in onze lijsten opnam, maar hij hield voet bij stuk, dus wat kon ik doen?'

Meneer Raju en zijn vrouw en dochter knikten begripvol. 'Ik zal hem bellen,' zei meneer Ali. 'Ik heb zijn mobiele nummer.'

Hij noteerde het nummer op een stukje papier en gaf het formulier van Bodhi Raju aan de drie mensen op de bank. Ze lazen het snel en keken weer naar meneer Ali. Het was duidelijk dat de kandidaat hun beviel.

De telefoon ging over tot meneer Ali op het punt stond het op te geven. Nog één keer, dacht hij.

Op hetzelfde moment werd er opgenomen. 'Hallo?'

Het was de stem van een vrouw en de moed zonk meneer Ali in de schoenen. Bodhi moest toch een vrouw hebben gevonden.

'Is meneer Bodhi Raju er ook?' vroeg hij.

'De advocaat is met een cliënt in bespreking. Wie kan ik zeggen dat er voor hem heeft gebeld?'

'Met wie spreek ik?' vroeg meneer Ali een tikje onbeleefd.

Gelukkig voor hem was de vrouw niet beledigd. 'Met zijn receptioniste. Moment, de cliënt gaat net weg. Ik geef de telefoon aan mijn baas.'

'Hallo, met wie spreek ik?' vroeg een man.

'Bodhi Raju?' zei meneer Ali.

'Ja, en wie bent u?' vroeg de man.

'Ali, van het huwelijksbureau. Hoe maakt u het?'

'Wacht even, moment,' zei de man. Meneer Ali hoorde een deur dichtgaan en opeens was het een stuk stiller op de lijn.

'Meneer Ali, ga door. Wat kan ik voor u doen? Ik hoop niet dat u me als advocaat nodig hebt,' zei Raju met een lach.

'Nee, dank u. Ik bel om te vragen of u nog steeds een bruid zoekt.'

'Ja, meneer. Ik heb nog niemand gevonden.'

'Goed zo,' zei meneer Ali tactloos. Hij stak zijn duim op

naar de Raju's en vervolgde: 'Ik heb hier een heel goede kandidaat tegenover me zitten. Een zeer respectabele familie, goed bij kas. Het meisje is lang en aantrekkelijk bovendien.'

Soni sloeg blozend haar ogen neer.

'Als u me de gegevens van uw ouders geeft, nemen de ouders van de bruid contact met hen op,' stelde meneer Ali voor.

'Mijn moeder is overleden, maar mijn vader woont bij mij op het adres dat ik u heb gegeven. U kunt hem thuis opbellen. Ik weet nog dat ik het nummer heb ingevuld op het formulier.'

'Dank u wel,' zei meneer Ali. Hij wilde al ophangen, maar toen schoot hem nog een vraag te binnen. 'Hoeveel broers en zusters hebt u?'

'Twee broers en een zus.'

'Wonen ze allemaal bij u?'

'Nee, mijn oudste broer en mijn zus wonen bij mij, maar mijn jongere broer studeert in Amerika.'

Ze bedankten elkaar en hingen op. Meneer Ali wendde zich tot de gespannen familie Raju.

'Hij is nog niet getrouwd,' zei meneer Ali, die met het goede nieuws wilde beginnen, 'maar hij heeft wel twee broers en een zus. Een van de broers studeert in Amerika, dus er wonen maar drie kinderen bij de vader.'

'O, maar dat is toch een grote familie, en ze wonen ook nog eens allemaal bij elkaar,' zei meneer Raju. De gezichten betrokken.

Meneer Ali knikte, maar toen schoot hem iets te binnen. 'Ha, ha!' zei hij. 'Ik ben nog iets belangrijks vergeten te zeggen. Zijn moeder is er niet meer. Ze is naar de hemel.'

Hij wees omhoog.

Meneer Raju keek nog somber, maar zijn vrouw fleurde op.

'Bedoelt u...' begon ze.

'Juist,' onderbrak meneer Ali haar. 'Uw dochter krijgt geen schoonmoeder. U kent het gezegde: een vrouw zonder schoonmoeder is een bijzonder gelukkige schoondochter.'

Meneer Raju twijfelde nog.

'U moet denken als een schaker,' zei meneer Ali. 'Zoals een toren twee lopers waard kan zijn, of een dame twee lopers. Hoeveel last bezorgt een schoonmoeder? Minder dan twee broers en een zus? Me dunkt van niet. Zeker niet als je bedenkt dat een van de broers in het buitenland zit en dat de zus op een gegeven moment gaat trouwen en het huis zal verlaten.'

Meneer Raju schudde nog steeds weifelend zijn hoofd.

Mevrouw Raju keek haar man aan. 'Die meneer heeft gelijk. Jij weet niets van zulke dingen. Volgens mij is het een uitstekende combinatie.'

Meneer Raju moest zwichten. Ze noteerden de gegevens, bedankten meneer Ali uitgebreid voor zijn hulp en vertrokken met de belofte contact op te nemen zodra ze de vader van de advocaat hadden gesproken.

Mevrouw Ali kwam naar buiten met drie kommen gekoelde papaja in dobbelsteentjes en ging bij haar man en Aruna zitten. Meneer Ali genoot van het koele fruit en koesterde zich in de gloed van een goed geklaarde klus.

Toen meneer en mevrouw Ali aanstalten maakten om naar bed te gaan, werd er gebeld. Ze keken naar de klok. Het was net negen uur geweest.

'Wie kan dat zo laat nog zijn?' zei mevrouw Ali. 'Als het klanten zijn, zeg je maar dat we dicht zijn.'

Meneer Ali pakte de sleutels van het haakje bij de woonkamerdeur en liep naar de veranda. Het was al donker en hij deed de buitenverlichting aan. Tot zijn verbazing zag hij zijn zoon Rehman staan, met de katoenen tas die zijn handelsmerk was over zijn schouder en een strak gezicht.

'Gaat het wel goed met je?' vroeg meneer Ali ongerust.

Rehman knikte. 'Ja, *abba*, het gaat goed,' zei hij.

Meneer Ali maakte het hek van de veranda open en nam zijn zoon mee naar binnen. Rehman was een paar centimeter langer dan zijn vader, maar haalde de één tachtig net niet. Hij droeg een lang overhemd van *khadi*, ruwe, zelfgesponnen katoen, en een onopvallende broek. De laatste keer dat meneer Ali zijn zoon zag, had hij nog geen kort, vlassig, enigszins onverzorgd baardje gehad.

'Heb je al gegeten?' vroeg mevrouw Ali.

'Nee,' zei Rehman, 'maar het geeft niet. Ik heb geen honger.'

'Onzin,' zei mevrouw Ali. 'Het is al na negenen. Hoe kun je nou geen honger hebben? Kom mee naar de eetkamer. Ik heb nog rijst en *rasam*. Ik zal een omelet voor je bakken.'

Rehman waste zijn handen en ging aan de eettafel zitten. Meneer Ali pakte een stoel en ging naast hem zitten. Terwijl zijn vrouw redderde en snel een eenvoudige maaltijd samenstelde uit de kliekjes, keek hij naar zijn zoon.

'Sinds wanneer heb jij een baard?' vroeg hij.

Rehman keek verbaasd op en wreef met zijn hand over zijn kin. 'Ik ben de afgelopen weken van dorp naar dorp getrokken en ik was vergeten mijn scheermes mee te nemen,' zei hij.

Voordat meneer Ali hem kon vragen waarom hij 'van dorp naar dorp' was getrokken, kwam mevrouw Ali binnen met de in haast bereide maaltijd.

'Wat fijn je te zien. Je had van tevoren moeten opbellen, dan had ik je een fatsoenlijke maaltijd kunnen voorzetten,' zei ze.

'*Ammi*, laat maar zitten. Dit is heerlijk. Ik hoef verder niets.'

'Hoe kan ik het laten zitten? Je geeft me amper de kans je iets te eten te geven, zo druk heb je het met je vader. Je bent broodmager. Was je maar getrouwd, dan hoefde ik me niet zoveel zorgen te maken. Dan had je iemand die voor je zorgde.'

'Begin nou niet weer, ammi.'

Rehman viel op zijn eten aan en iedereen zweeg. Meneer Ali vroeg zich af wanneer zijn zoon voor het laatst iets had gegeten. Toen Rehman eindelijk klaar was, stond hij op om zijn handen te wassen. Mevrouw Ali ruimde de tafel af. Rehman ging weer aan tafel zitten en mevrouw Ali kwam terug uit de keuken.

'Wat kom je hier zo laat nog doen?' vroeg meneer Ali.

'Ik ga vanavond met vrienden naar Royyapalem,' zei Rehman.

Meneer Ali fronste zijn voorhoofd. 'Ik ken die naam... Nu weet ik het weer. Is dat niet het dorp waar die Koreaanse onderneming een Speciale Economische Zone wil stichten? Dat is fantastisch nieuws. Ga jij daar gebouwen ontwerpen?'

'Dat dorp bedoel ik, amma,' zei Rehman, 'maar ik ga er niet heen om te werken. De dorpelingen worden onteigend. Mijn vrienden en ik gaan erheen om te demonstreren.'

Meneer Ali schudde teleurgesteld zijn hoofd. 'Wat ben ik ook dom!' zei hij. 'Hoe kom ik erbij dat jij voor een multinational zou gaan werken? Hoe lang blijf je nog latrines voor dorpelingen en huizen voor arme mensen ontwerpen? Werken voor mensen die je niet voor je diensten kunnen betalen, levert niets op. Het wordt tijd dat je eens grote projecten gaat aannemen. Met jouw opleiding kun je elke baan krijgen die je maar hebben wilt.'

'Abba, ik werk al aan de projecten die ik wil doen en ik verdien genoeg om rond te komen. Zo heb ik tijd over om de dingen te doen waar ik echt in geloof, zoals demonstreren tegen mensen die de boeren hun grond willen afpakken.'

'Waarom zou je je daartegen verzetten? Wat heeft het voor nut?' zei meneer Ali. 'Het is een grote onderneming en alle politieke partijen zijn vóór die zone. Wat kunnen eenvoudige mensen zoals wij bereiken door daartegen in opstand te komen?'

'We gaan demonstreren. We willen de aandacht van de media op het probleem vestigen. De mensen moeten weten dat de overheid en die multinational onrechtvaardig handelen,' zei Rehman.

'Is dat niet gevaarlijk?' vroeg mevrouw Ali met een bezorgd gezicht.

'Nee, dat lijkt me niet. We doen niets wat niet mag. Het wordt een vreedzame demonstratie,' zei Rehman.

'Doe niet zo belachelijk, Rehman. Natuurlijk wordt het gevaarlijk. De politie zal met een overmacht komen opdraven. Dat bedrijf zal zijn eigen beveiliging hebben,' zei meneer Ali. 'Heb je niet op tv gezien hoe de politie die protesterende arbeiders bij Delhi heeft afgetuigd? Zo zal het hier ook gaan.'

'De politiemannen die dat hebben gedaan, zijn bestraft,' zei Rehman.

'Dwaze jongen! Wat doet het ertoe dat ze straf hebben gekregen? Dat maakt de verwondingen van die arbeiders toch niet ongedaan? Ze zullen jullie vermorzelen,' zei meneer Ali, die met zijn vuist op tafel sloeg om zijn woorden kracht bij te zetten.

Ze schrokken alle drie van de klap.

Meneer Ali vervolgde zachter: 'Hoe dan ook, er moet toch ergens industrie komen. Onze bevolking groeit met de dag en we kunnen niet iedereen onderhouden van de landbouw.

Ik denk dat de regering juist handelt. De zone zal veel banen scheppen. Bovendien krijgen de boeren compensatie. Hun land wordt niet zomaar afgepakt.'

'Abba, hoe kun je zo naïef zijn? Die compensatie is maar een fractie van de werkelijke waarde van de grond. De dorpelingen zijn allemaal boeren. Wat moeten ze met dat geld beginnen? Ze kunnen niet gewoon ergens anders grond kopen. Hun hele gemeenschap wordt verwoest. De regering had die zone ook kunnen inrichten op *poramboke*, ongebruikte overheidsgrond. Waarom moeten ze eersteklas landbouwbedrijven vernietigen?' zei Rehman.

'Ik begrijp nog steeds niet wat je vrienden en jij tegen de overheidsmachinerie denken te kunnen bereiken,' zei meneer Ali.

'Als Gandhi zo had gedacht, was hij nooit aan de bevrijdingsbeweging tegen de Britten begonnen,' zei Rehman.

'O, dus nu vergelijk je jezelf met Gandhi? Wie volgt? Jezus Christus?' viel meneer Ali uit.

Rehman raasde terug: 'Hoe kun je werkeloos toezien bij zoveel onrechtvaardigheid? We kunnen in elk geval ons best doen, of het nu iets uithaalt of niet.'

'Je haalde altijd zulke goede cijfers. Je hebt op een van de beste hogescholen gezeten. Zoek een vaste baan. Je kunt aanzien genieten in de maatschappij. De mensen zouden tegen je opkijken. Kijk toch eens naar jezelf. Je bent bijna dertig, maar je loopt in slordige kleren, met een gehavende tas; je weet niet eens waar je volgende maaltijd vandaan komt. Het is nog niet te laat. Hou op met die flauwekul en zoek een goede baan bij een groot bedrijf. Je kunt je leven nog beteren,' zei meneer Ali, die vertwijfeld zijn hoofd schudde omdat hij niet begreep hoe zijn zoon zó dom kon zijn dat hij iets zo vanzelfsprekends niet eens begreep.

'Abba, misschien staat het je niet aan, maar het is belangrijk, wat ik doe. Als je het er niet mee eens bent, spijt me dat, maar ik kan er niets aan doen,' zei Rehman zacht.

'Het spijt je helemaal niet. Je bent gewoon een koppige idioot,' zei meneer Ali.

'Ophouden, allebei,' kwam mevrouw Ali tussenbeide. 'Kunnen jullie niet eens een halfuur bij elkaar zitten zonder ruzie te maken?'

Het bleef even stil. Toen zei meneer Ali: 'Die ambtenaar van de belastingdienst heeft vorige week weer gebeld. Hij is nog steeds bereid zijn dochter aan je af te staan. Hij heeft gezegd dat hij je wil helpen een bedrijf op te zetten. Ik weet niet waarom, maar hij wil je graag als schoonzoon hebben.'

'Ja, jongen,' vulde mevrouw Ali aan. 'Zijn dochter is heel knap. Denk eens over het huwelijk na. Hoe lang kun je zo blijven doorgaan? Het is tijd dat je een echtgenote neemt, een gezin sticht en over je toekomst gaat nadenken.'

'Ammi, ik heb nog nooit zo'n grillig, waardeloos meisje gezien. Weet je nog dat we die mensen tegenkwamen bij het huwelijk van Lori? Binnen de kortste keren verveelde ik me dood. Ze wist niets van de wereld, alleen maar van mode en kleding. En wat haar vader betreft, we weten allemaal hoe die aan zijn geld komt. Hij is een van de meest corrupte ambtenaren binnen zijn afdeling,' zei Rehman. 'Trouwens, dat kan allemaal wachten. Ik kwam jullie alleen even vertellen dat ik vanavond naar Royyapalem ga. De demonstratie kan een paar dagen duren, maar ook weken.'

'Ga niet, Rehman. Het klinkt gevaarlijk,' zei mevrouw Ali wanhopig.

'Ammi, ik moet erheen. Hou me niet tegen, alsjeblieft,' zei hij terwijl hij haar handen in de zijne nam.

Mevrouw Ali barstte plotseling in huilen uit. De tranen biggelden haar over de wangen en ze maakte een hand uit die van Rehman los om ze met de punt van haar sari af te vegen.

Meneer Ali werd driftig en riep: 'Kijk nou wat je doet. Je hebt je moeder aan het huilen gemaakt, harteloze bruut die je bent. Verdwijn! Uit mijn ogen, en laat je hier niet meer zien.'

Rehman stond op en omhelsde zijn moeder. Ze hield hem even stevig vast voordat ze hem liet gaan. Rehman keek zijn vader recht aan, knikte en liep weg. Meneer Ali liep achter hem aan naar de veranda om af te sluiten. Toen hij zijn zoon in het duister zag verdwijnen, sloeg zijn woede om in verdriet.

5

De volgende middag liep de temperatuur op tot veertig graden. Mevrouw Ali sprenkelde water op de granieten slaapkamervloer ter verkoeling en ging op bed liggen. Ze hield haar ogen dicht, maar ze kon niet slapen overdag, zeker niet als het zo warm was en ze zo piekerde. Meneer Ali lag aan de andere kant van het bed te slapen als een os. Mevrouw Ali luisterde naar het zoemende verkeer en het getoeter dat de plafondventilator zo nu en dan overstemde en dacht aan Rehman. Als kind had hij zijn vader aanbeden. Wanneer werden kleine jongens groot en begonnen ze zich tegen hun vader af te zetten? In elk geval niet wanneer hun moeder keek, dacht ze.

Ze hoorde de achterdeur twee keer ratelen voordat ze het geluid herkende. Ze stond op en maakte de solide deur van mangohout open. Het licht van buiten stroomde naar binnen en mevrouw Ali deed een pas achteruit om Leela erdoor te laten.

'Wat is er aan de hand? Waarom ben je vanochtend niet gekomen?' vroeg mevrouw Ali.

'We zijn bij de dokter geweest. Hij heeft uitgelegd wat de operatie inhoudt,' antwoordde Leela.

'Wat gaan ze doen?' vroeg mevrouw Ali.

'Kush' hoofd wordt geschoren en dan maken ze een gat in zijn schedel. Door dat gat verwijderen ze het gezwel,' zei Leela, die tranen in haar ogen kreeg.

'Arm knulletje. Zoveel problemen op zo'n jonge leeftijd,' zei mevrouw Ali meelevend.

'Hij is de laatste tijd heel stil, amma. Ik weet niet hoeveel pijn hij voelt.'

'Wat gaat de operatie kosten?' vroeg mevrouw Ali.

'Dertigduizend roepia,' zei Leela. 'De dokter zei dat het normaal gesproken honderdduizend roepia kost, maar omdat dit een staatsziekenhuis is, worden de meeste kosten vergoed. Die dokter was zo'n goed mens, amma. Hij nam ruim de tijd om ons alles in simpele woorden uit te leggen. En hij wil geen geld aannemen voor de operatie.'

'Heb je wel dertigduizend roepia? Als ze dertigduizend hebben gezegd, moet je vijfendertig of veertigduizend roepia hebben,' zei mevrouw Ali.

De angst dat een familielid ziek zou worden en een dure behandeling zou behoeven, was de reden dat meneer en mevrouw Ali door de jaren heen zo fanatiek hadden gespaard. Het was ook de reden waarom meneer Ali er zo op gebrand was dat Rehman aan zijn carrière ging werken. Maar hoe kunnen arme mensen sparen, dacht mevrouw Ali, wanneer elke aalmoes die ze verdienen onmisbaar is om te overleven?

'Nee, amma. Nadat we uit het ziekenhuis terug waren,

hebben we de hele ochtend zitten rekenen. Mijn dochter en schoonzoon hebben niets meer over na de scan en de onderzoeken, maar mijn dochter heeft de gouden oorringen nog die ik haar voor haar trouwen heb gegeven, en haar *mangalsutra*.'

Mevrouw Ali knikte begrijpend. 'Gaat je dochter haar mangalsutra verkopen?' vroeg ze.

De mangalsutra, een geel koord met twee gouden munten eraan, is, samen met de vermiljoenrode stip op het voorhoofd, het symbool van de getrouwde status van een hindoevrouw. Hij wordt als deel van de huwelijksceremonie door de echtgenoot om de hals van de bruid geknoopt en gaat pas weer af wanneer de vrouw sterft of weduwe wordt. Mevrouw Ali wist dat het opgeven van haar mangalsutra voor een hindoevrouw een wanhoopsdaad is waartoe pas wordt overgegaan wanneer er echt geen andere mogelijkheid meer is.

'Ja, amma,' zei Leela. 'Wat kan er belangrijker zijn dan dit? zegt ze. Haar echtgenoot is nu op weg naar de juwelier om hem te verkopen.'

'Een trieste zaak, een echtgenoot die de mangalsutra van zijn vrouw verkoopt,' verzuchtte mevrouw Ali. 'Wat moet je dochter dan dragen?'

'Ze knoopt twee kurkumastokjes aan een koord om haar hals,' antwoordde Leela verdrietig.

'Hoeveel zouden de sieraden opbrengen?' vroeg mevrouw Ali.

'De oorringen wegen acht gram en de mangalsutra twaalf,' antwoordde Leela.

Mevrouw Ali rekende het snel uit. 'Twintig gram; de juwelier zal er iets van aftrekken wegens slijtage. Dan krijgen jullie rond de vijftienduizend roepia.'

'Ik had tienduizend opzijgelegd voor de bruiloft van mijn tweede dochter. Ik weet me geen raad. Dit is heel belangrijk, maar ik wil mijn andere dochter geen onrecht aandoen.'

'Wat vindt je tweede dochter ervan dat je het spaargeld voor haar bruiloft wilt gebruiken voor de operatie?' vroeg mevrouw Ali.

'Het is een lief meisje. Ze zegt dat we het geld moeten uitgeven en dat we ons later wel druk kunnen maken om haar bruiloft... We hebben er vijftien jaar over gedaan om dat geld bij elkaar te sparen,' zei Leela, die intussen de borden naar buiten bracht en ging zitten om ze af te wassen. 'Destijds dronk mijn man nog niet zoveel, maar tegenwoordig...'

De stilte hing even tussen de beide vrouwen in de lucht. Een kraai streek naast Leela op de muur neer en wachtte tot ze hem de kliekjes toewierp.

'Hoe moet het met de rest van het geld?' vroeg mevrouw Ali.

'We kunnen onze stalen schalen en de tv verkopen, maar omdat het een zwart-wittoestel is, krijgen we er maar tweeduizend voor. We zullen naar een woekeraar moeten gaan.'

'Hoeveel rekent die?' vroeg mevrouw Ali.

'Drie roepia,' antwoordde Leela, 'per honderd per maand.'

'Als je eenmaal in de klauwen van een woekeraar bent beland, kom je er nooit meer uit. Ze zuigen je helemaal uit,' zei mevrouw Ali.

'Wat moeten we anders, mevrouw?' vroeg Leela, en ze schrobde de pan die ze afwaste nog eens extra met de bundel kokosvezels.

Mevrouw Ali aarzelde. Ze had het al met haar man besproken. Toen zei ze: 'Je hebt dus ongeveer zevenentwintigduizend roepia. Je komt er drieduizend tekort. Die willen wij je wel lenen. We geven je vijftienhonderd en de andere vijftienhonderd houden we het komende jaar op je salaris in, zodat je de helft nog overhoudt.'

'Dank u, amma. Dank u wel. Moge God u en uw familie altijd behoeden,' zei Leela. De tranen stroomden over haar wangen. Ze vervolgde: 'In dat geval kunnen we vanavond terug naar de dokter om te zeggen dat we het geld hebben. Hij zegt dat de operatie zo snel mogelijk moet gebeuren. Ik zal de andere mensen voor wie ik werk ook een lening vragen, dan hebben we iets in reserve als het duurder wordt.'

'Ja, doe dat. Dat zal je uit de inhalige klauwen van de woekeraars houden.'

Die avond kwam er een kleine, gedrongen man naar het huwelijksbureau. Meneer Ali begroette hem en vroeg hem naar zijn gegevens. Hij was zichtbaar welvarend, goed verzorgd en met een potlooddun snorretje.

Hij stelde zich voor: 'Ik ben meneer Ramana, civiel ingenieur, Openbare Werken. Ik zoek een echtgenoot voor mijn dochter.'

'Hoe bent u aan ons adres gekomen, meneer?' vroeg meneer Ali.

'Ik heb uw advertenties van de afgelopen weken in *Today* gezien,' zei meneer Ramana.

'Wilt u alstublieft dit formulier invullen? Dan hebben we alle benodigde gegevens. Het honorarium bedraagt vijfhonderd roepia,' zei meneer Ali. Hij kon zich niet bedwingen en voegde eraan toe: 'Niet dat zo'n bedrag een ambtenaar van Openbare Werken in de problemen zal brengen!'

De man glimlachte raadselachtig, maar leek zich niet beledigd te voelen. Alle overheidsprojecten op het gebied van infrastructuur werden uitgevoerd via Openbare Werken, een afdeling die berucht was om haar corruptie. Meneer Ali had wel eens gehoord dat aannemers een vast percentage van de contractwaarde van elk project aan de functionarissen van Openbare Werken moesten afstaan. Het gerucht ging dat de corruptie geïnstitutionaliseerd was: alle functionarissen kregen hun eigen aandeel, afhankelijk van hun rang binnen de afdeling, van de hoofdingenieur tot en met de knechtjes.

Meneer Ramana, civiel ingenieur, nam het formulier van meneer Ali aan en vulde het langzaam in. Aruna en meneer Ali werkten verder aan het opstellen van een nieuwe lijst. Meneer Ramana gaf het formulier aan meneer Ali, die het doornam om zich ervan te verzekeren dat het compleet was ingevuld.

Religie: hindoe
Kaste: arya vysya
Sterrenbeeld: Aswini (Tweelingen)
Leeftijd: 23
Naam bruid: Sita
Geboorteplaats: Vijayawada
Opleiding: bachelor
Lengte: 1,44 m
Huidskleur: tarwekleurig
Huidig beroep: geen
Geschatte waarde aandeel bruid in familievermogen: 50 lakh
Naam vader: Ramana Bhimadolu
Beroep vader: civiel ingenieur, afd. Openbare Werken
Broers en zusters (gehuwd/ongehuwd): een ongetrouwde broer, Viswanath, 25 jaar, civiel ingenieur, werkzaam als aannemer
Wenst u een huwelijk binnen de eigen kaste: ja
Betreft het een eerste huwelijk: ja
Wat voor bruidegom zoekt u?

Opleiding: hogeschool, liefst ingenieur
Leeftijd: 25-30
Lengte: min. 1,78 meter
Overige wensen: –

Meneer Ali nam het formulier knikkend door, tot hij bij de gewenste bruidegom aankwam. Hij keek verbaasd op en zei: 'Bent u zeker van de lengte van de bruidegom die u zoekt? Er is straks meer dan dertig centimeter verschil tussen uw dochter en uw schoonzoon.'

'O, ja. Dat is heel belangrijk voor me.'

Meneer Ali knikte. 'Goed, als u het zegt.'

Hij nam het geld aan, gaf het formulier aan Aruna en vroeg haar een lijst van arya vysya-bruidegoms aan meneer Ramana te geven. Hij legde uit dat hij ook voor zijn klanten adverteerde om een ruimere keus te kunnen bieden. Meneer Ramana knikte tevreden.

Aruna pakte de lijst en gaf hem aan meneer Ramana. Ze wees hem zijn lidmaatschapsnummer aan en zei: 'Wanneer u ons belt of langskomt, kunt u dan dit nummer geven? Dan kunnen wc uw gegevens sneller opzoeken.'

Kort daarop vertrok meneer Ramana. Aruna glimlachte naar meneer Ali en zei: 'Dat was makkelijk verdiend, meneer.'

Meneer Ali glimlachte terug. 'Misschien zijn die verhalen over Openbare Werken wel waar en stroomt er zoveel geld binnen dat die paar honderd roepia niets voor hem zijn.'

Even later liep meneer Ali het huis in en bleef Aruna alleen in het kantoor achter. Er kwam een jongeman binnen, modieus gekleed in spijkerbroek en een merkshirt. Hij had een dikke bos goed gekapt haar en een keurig verzorgd snorretje. Hij trok zijn glimmende zwarte schoenen niet uit toen hij de veranda betrad. Hij stelde zich voor als Venu.

Hij sprak goed Engels en Aruna vond het moeilijk om alleen maar Engels te spreken, dus zodra ze kennis met de man had gemaakt, liep ze naar de binnendeur en riep meneer Ali.

Meneer Ali kwam de veranda op. 'Hallo, ik ben meneer Ali,' zei hij in het Telugu.

'Ik ben Venu,' antwoordde de jongeman in het Engels.

Meneer Ali schakelde ook op het Engels over. 'Wat kunnen we voor je doen?'

'Ik zoek een bruid,' luidde het antwoord.

'Voor wie?' vroeg meneer Ali.

'Voor mezelf.'

Meneer Ali vroeg Venu een aanmeldingsformulier in te vullen. Toen Venu ermee klaar was, gaf hij het terug aan meneer Ali, die het doornam en het aan Aruna gaf. Het was allemaal wel zo'n beetje wat ze had verwacht, ook het 'kaste maakt niet uit'. Een goed opgeleide man als Venu die een bruid voor zichzelf zocht, zou niet snel lastig doen over de kaste van de bruid. Hij was onderhoudsmonteur bij een computerbedrijf in de stad. Hij had aan een hogeschool in een kleine gemeente gestudeerd en was naar de stad getrokken om werk te vinden. Hij was zesentwintig jaar oud en had een ongetrouwde zus die in haar tweede studiejaar zat. Alleen het eind van het formulier bood een verrassing: daar las Aruna dat de jongeman tegenover haar al eens getrouwd en gescheiden was.

'Je bent dus gescheiden?' vroeg meneer Ali.

'Ja,' antwoordde Venu, 'ik ben een halfjaar getrouwd geweest. Het meisje was zo vreselijk onredelijk. Ze maakte elke dag ruzie met me en ik had thuis geen moment rust meer. Daarom zijn we gescheiden.'

'Bedenk alsjeblieft wel dat niet veel mensen hun dochter willen laten trouwen met een man die gescheiden of weduwnaar is. De keus zal beperkt zijn,' zei meneer Ali.

'Ik weet het. Daarom ben ik ook hier gekomen,' zei Venu terwijl hij het honorarium overhandigde.

Meneer Ali nam het geld aan en Aruna stopte Venu's formulier in de map met nieuwe aanmeldingen. Ze nam de lijsten door, op zoek naar mensen die geen bezwaar hadden tegen een tweede huwelijk.

'We zullen ook een advertentie voor je in de krant zetten,' zei meneer Ali tegen Venu. 'Omdat je geen belang hecht aan kaste, zijn de advertentiekosten lager.'

'Echt waar?' zei Venu, die ervan op leek te kijken. 'Dat wist ik niet.'

'De meeste kranten in India rekenen minder voor huwelijksadvertenties zonder kaste-eisen. Ze plaatsen trouwens ook geen advertenties waarin de hoogte van de bruidsschat wordt vermeld,' vertelde meneer Ali.

'Dat laatste verbaast me niets,' zei Venu. 'Het is tenslotte illegaal, al doet iedereen het. Maar dat van de kaste wist ik niet.'

'Hoe zit het met je ouders? Wonen die nog in je geboorteplaats?' vroeg meneer Ali.

'Ja,' antwoordde Venu. 'Ze zijn niet blij met mijn scheiding. Ze hebben gezegd dat ze geen tweede vrouw voor me gaan zoeken, dus als ik wil hertrouwen, zal ik er zelf een moeten vinden.'

'Het zal wel niet makkelijk voor ze zijn, zeker niet als ze in een dorpje wonen,' merkte meneer Ali op. 'En je hebt ook nog een ongetrouwde zus.'

Venu zuchtte en zei: 'Dat zeiden mijn ouders ook al, dat het moeilijk zal worden mijn zuster aan de man te brengen nu ik gescheiden ben. Maar wat kan ik eraan doen? Ik kon niet met mijn vrouw opschieten en ik weiger mijn hele leven met zo'n onredelijk mens opgescheept te blijven.'

'Meneer, er zijn maar vijf kandidates die een tweede huwelijk in overweging willen nemen, en dat zijn allemaal veel oudere weduwes,' zei Aruna tegen meneer Ali.

Meneer Ali nam de kandidaten door en gaf de gegevens aan Venu. 'Ik denk dat we beter voor je kunnen adverteren.'

Venu bekeek de gegevens, knikte en ging weg.

Na zijn vertrek zei Aruna tegen meneer Ali: 'Wat een egoïstische man, meneer. Hij denkt alleen aan zichzelf. Wat moeten zijn ouders wel niet doorstaan? En zijn zus, hoe moet die nog aan de man komen?'

Meneer Ali zuchtte. 'Zo zit de wereld in elkaar,' zei hij. 'Er zijn allerlei soorten mensen en wij zien ze hier op hun slechtst.'

Om zeven uur die avond hielp Aruna meneer Ali de zaak te sluiten en ging tevreden naar huis. Ze had twee dagen achter elkaar een bonus van vijftig roepia verdiend.

Een paar dagen later kwam er een jongeman met zijn ouders langs. Zijn vader droeg een dhoti met een overhemd, zijn moeder een roodbruine zijden sari. De jongeman, die in een T-shirt en een zwarte spijkerbroek gekleed was, had een dikke snor. Zijn vader en hij waren even lang: één tweeënvijftig. Hij stelde zich voor als Srinu.

Meneer Ali bood iedereen een stoel aan. 'Voor wie bent u op zoek?' vroeg hij vervolgens.

'Ik,' zei Srinu, en zijn ouders wezen allebei naar hem.

'Goed. Ik wil eerst wat gegevens van je hebben,' zei meneer Ali, en hij pakte een aanmeldingsformulier. 'Hoe ben je hier terechtgekomen?'

'We zien uw advertenties in *Today* al een paar weken.'

Meneer Ali gaf Srinu het formulier en vroeg hem het in te vullen. Srinu was een paar minuten bezig en gaf het formulier toen terug.

'Is het honorarium echt vijfhonderd roepia?' vroeg zijn vader.

'Ja,' bevestigde meneer Ali. 'Maar we vragen niets extra wanneer het tot een huwelijk komt. Dit bedrag is inclusief.'

'Hoe weten we of u wel een bruid voor ons kunt vinden?' zei Srinu's vader. 'Het is veel geld, zonder garantie op succes.'

Srinu keek gegeneerd.

Daar gaan we weer, dacht meneer Ali, en hij zei: 'Geen mens kan een huwelijk garanderen, meneer. Dat is afhankelijk van Gods wil en uw bereidheid compromissen te sluiten, maar we zullen ons best doen. We zetten de naam van uw zoon op een lijst. We zullen voor hem adverteren. Dat kost ons allemaal tijd en geld, en daar betaalt u voor.'

'Het is al goed, pap,' zei Srinu.

Hij wendde zich tot meneer Ali en zei: 'Ik wil geen traditioneel meisje uit een dorp. Ik wil een meisje dat redelijk Engels spreekt en uit een stad komt.'

'Hmpf,' bromde zijn vader, die achteroverleunde, zijn handen op zijn borst vouwde en stuurs voor zich uit keek.

'Uit dezelfde kaste,' zei Srinu's moeder, die nog geen mond open had gedaan.

'Ja, mam,' zei Srinu verveeld. Kennelijk speelde die kwestie al een tijdje. Meneer Ali begreep waarom deze mensen zijn hulp wilden inroepen.

Srinu pakte een gloednieuw biljet van vijfhonderd roepia en overhandigde het aan meneer Ali, die hem bedankte en het in het borstzakje van zijn overhemd stopte. Toen nam hij het aanmeldingsformulier door. Srinu werkte als accountant

bij een genationaliseerde bank en verdiende zevenentwintigduizend roepia per maand. Het gezin behoorde tot de kaste
van de vysya's, kooplieden.

Meneer Ali gaf het formulier door aan Aruna en vroeg
haar de lijst met vysya-bruiden te pakken. Aruna deed het en
gaf hem aan Srinu, wiens vader naar het plafond staarde alsof
hij in de Sixtijnse Kapel was. Srinu trok een lelijk gezicht en
ging naast zijn moeder zitten. Ze bekeken de lijst samen.

Srinu pakte een balpen en zette een vinkje bij de namen
van kandidaten die zijn moeder en hem wel geschikt leken.

Meneer Ali ging naar binnen en kwam terug met drie glazen water uit de koelkast. Srinu's vader glimlachte voor het
eerst sinds hij was binnengekomen en bedankte meneer Ali.

Toen Srinu en zijn moeder klaar waren, gaven ze de lijst aan
meneer Ali, die de gegevens van de uitgekozen meisjes doornam. Er waren er drie met een getal tussen haakjes achter hun
naam. Die meisjes hadden een foto meegestuurd, en meneer
Ali vroeg aan Aruna: 'Wil je foto 36, 47 en 63 pakken?'

Aruna vond de drie foto's in het album en gaf ze aan meneer Ali. Een van de meisjes was donker en aan de dikke
kant, maar de andere twee zagen er goed uit. Een van de
twee had haar foto in een studio laten maken, zag hij aan de
manier waarop ze met haar gezicht iets opzij tegen een donkerblauwe achtergrond poseerde. Hij zag zelfs een vleugje
lippenstift.

Hij gaf de foto's aan Srinu. Zijn moeder en hij bekeken
ze belangstellend. Srinu's moeder keek naar de foto van het
knappe meisje en zei: 'Die ziet er goed uit, hè?'

Srinu knikte zonder iets te zeggen. Zijn moeder wendde
zich tot haar man en zei: 'Kijk eens naar deze foto?'

Srinu's vader bromde iets, maar kon de verleiding niet
weerstaan de foto aan te nemen. Hij keek er even naar en gaf

hem toen zonder een woord terug aan zijn vrouw. Die vatte zijn zwijgzaamheid blijkbaar op als een teken van goedkeuring, want ze richtte zich tot meneer Ali en zei: 'Weet u meer van dit meisje?'

Aruna reikte meneer Ali het dossier aan voordat hij erom had kunnen vragen.

'Ze heet Raji,' las hij voor. 'Ze komt uit een respectabele familie. Haar vader is belastingambtenaar bij de staatsoverheid. Ze hebben twee dochters. De oudste is getrouwd en woont in Amerika. Raji heeft haar bachelor in de farmacie gehaald. Ze woont hier in de stad.'

Meneer Ali gaf het adres en telefoonnummer van Raji's vader en zei tegen Srinu: 'Zou je ons ook een foto willen geven? Die kunnen we dan aan mogelijke bruiden laten zien die hier komen. Op die manier krijg je meer reacties.'

Het drietal nam afscheid en ging weg.

Mevrouw Ali liep naar buiten om wat kerrieblaadjes van de planten in de voortuin te plukken. Toen ze terugkwam, gaf meneer Ali haar het biljet van vijfhonderd roepia en begon over Srinu en zijn ouders te vertellen, maar ze onderbrak hem. 'Ik heb net de *khatti dal* op het fornuis gezet. Ik doe de kerrie er even bij en zet het vuur wat lager, en dan kom ik terug.'

Een paar minuten later was ze terug. 'Zei je nu dat die mensen van daarnet vysya's waren?' vroeg ze.

'Ja, mevrouw,' zei Aruna.

'Was er gisteren geen koopmansfamilie die een bruidegom zocht?' vroeg mevrouw Ali.

Aruna zocht het meteen op in de map met nieuwe aanmeldingen.

'Ja, mevrouw. Arya vysya's. De vader van het meisje werkt bij Openbare Werken,' zei ze.

Meneer Ali keek op. 'Ja, ik heb er wel aan gedacht, maar de vader wilde pertinent een lange schoonzoon. Srinu is maar één tweeënvijftig.'

'Je kunt het toch proberen? Waarom bel je hem niet even?'

Meneer Ali knikte instemmend, pakte de gegevens erbij en belde op.

'Meneer Ramana? Dag meneer, u spreekt met meneer Ali van het huwelijksbureau.'

'Hallo, meneer Ali. Hebt u een bruidegom voor mijn dochter gevonden?'

'Ja,' antwoordde meneer Ali. 'Er heeft zich net een vysya-familie ingeschreven. Het is een respectabele familie, meneer. De vader heeft bij de staatsoverheid gewerkt. De zoon werkt bij een bank. Een goed salaris en uitstekende voor-uitzichten. Hij ziet er knap uit en zoekt een goed opgeleid meisje zoals uw dochter. Het zou een heel goede combi-natie zijn.'

'Dat klinkt boeiend,' zei meneer Ramana. 'Wat weet u nog meer van hem?'

'Er is een probleempje, meneer. De jongen is één tweeën-vijftig.'

'Meneer Ali, ik heb toch gezegd dat ik een lange schoon-zoon wil? Ik heb geen belangstelling voor iemand die maar één tweeënvijftig is.'

'Denk er alstublieft nog eens over na, meneer. Het is in alle andere opzichten een bijzonder goede combinatie. Ze heb-ben al interesse getoond in een andere bruid, maar de uwe zou beter kunnen zijn. Ik kan ze wel overhalen,' zei meneer Ali.

'Nee, nee...'

'Niet zo hardvochtig, meneer. Uw dochter is tenslotte ook klein. Het zou de ideale combinatie zijn,' zei meneer Ali.

'Ik ben helemaal niet hardvochtig. Ik bewijs mijn klein-
kinderen juist een dienst. Ik wil niet dat ze hun hele leven
met hun lengte worden geplaagd. Als ik mijn kleine dochter
uithuwelijk aan een lange man, krijgen ze hopelijk kinderen
van gemiddelde lengte.'

6

Twee dagen later was mevrouw Ali *pesaratt* voor het ontbijt aan het maken, pikante pannenkoeken van taugébonen, toen Leela binnenkwam. De dag daarvoor was ze niet komen opdagen.

'Hoe is het met Kush?' vroeg mevrouw Ali. 'Gaat het goed met hem?'

Leela zag er moe uit. Ze had donkere kringen onder haar ogen, alsof ze de hele nacht niet had geslapen. 'Ja, mevrouw. Ik denk dat het goed komt,' zei ze. 'De dokter heeft gezegd dat hij pas meer zou weten wanneer Kush bijkwam. Hij is gisteren de hele dag buiten bewustzijn geweest en vanochtend heel vroeg bijgekomen. Hij herkende zijn moeder, en de verpleegkundigen zeiden dat dat een goed teken was.'

'Goddank,' verzuchtte mevrouw Ali.

'Ja, mevrouw. De dokter zei dat hij zijn best zou doen,

maar in een geval als dit, als het om de hersenen gaat, ligt het uiteindelijk in Gods handen,' zei Leela, die met geloken ogen naar de hemel keek.

Ze zweeg even en zei toen: 'Ik kan vanavond niet terugkomen, amma. We gaan naar de *neem*-boom van Sitamma om haar te bedanken en haar zegen te vragen.'

'Ik begrijp het. Ik geloof niet dat ik je eerder over die tempel heb gehoord,' zei mevrouw Ali.

'We bidden meestal tot Ammoru, maar toen mijn kleinzoon uit de operatiekamer kwam en al die uren bleef slapen, werd ik bang. Ik liep het ziekenhuis uit om te wandelen en onderweg zag ik een neemboom. Ik stopte en deed de belofte dat als Kush wakker zou worden, we naar de heilige neemboom zouden gaan en Sitamma offers zouden brengen.'

'Ik heb vandaag wat hibiscus- en jasmijnbloemen geplukt. Die mag je wel naar de tempel brengen, als je wilt.'

'Dank u, amma,' zei Leela. 'Dan hoef ik alleen nog maar een kokosnoot en een paar bananen te kopen.'

Ze ging aan het werk en mevrouw Ali ging verder met het ontbijt.

De dagen verstreken. Toen meneer Ali en Aruna op vrijdag het kantoor sloten, kwam mevrouw Ali naar de veranda en zei: 'Aruna, je zou ons na een week laten weten of je hier wilt blijven werken of niet. De week is om. Wat heb je besloten?'

Meneer Ali keek verbaasd op. Hij was er al zo aan gewend dat het meisje bij hem werkte, dat hij was vergeten dat Aruna had gezegd dat ze een week op proef wilde komen voordat ze haar besluit nam. Hij kon zich niet voorstellen dat Aruna nog maar zó kort bij het huwelijksbureau werkte. Het leek alsof ze er altijd al was geweest.

Het was een goede week geweest, vond meneer Ali. Er

hadden zich zestien mensen ingeschreven en Aruna had vierhonderd roepia aan bonussen gekregen. Als het zo doorging, zou ze bij hem veel meer verdienen dan bij de Modern Bazaar.

'Ja, mevrouw,' zei Aruna. 'Het bevalt me hier goed. Ik blijf hier werken. De werktijden zijn veel prettiger en het werk is ook nog eens interessanter.'

Meneer Ali en zijn vrouw glimlachten. 'Uitstekend,' zei meneer Ali. 'Je zult er geen spijt van krijgen.'

Aruna nam afscheid en vertrok. Mevrouw Ali keek haar man aan en zei: 'Ik krijg een etentje van je.'

'We kunnen naar de Sai Ram Parlour gaan. Ze hebben een nieuwe zaal voor gezinnen met airconditioning,' zei meneer Ali plagerig.

'Nee!' zei mevrouw Ali. 'Ik had toch gezegd dat ik me niet laat afschepen met idli sambhar; gestoomde rijstkoek en linzensoep zijn voor doordeweeks. Ik wil naar een echt restaurant om kip te eten.'

Na het avondeten zette meneer Ali de tv in de woonkamer aan en zapte traag langs de zenders tot hij er een met het plaatselijke nieuws vond. De nieuwslezer zei: 'De demonstratie in Royyapalem is de zesde dag in gegaan...'

Hij ging rechtop zitten en keek naar zijn vrouw, die met grote ogen terugkeek. Toen richtte hij zijn aandacht weer op de televisie.

Een aantrekkelijke, jonge verslaggeefster met een microfoon stond bij een donkere, gedrongen man met een dikke buik in witte katoenen kleren en met een Gandhi-muts op. 'Wat vindt u van de protesten tegen de Speciale Economische Zone in Royyapalem?' vroeg ze.

'De demonstranten met hun politieke motivatie dienen de

belangen van de inwoners van Royyapalem en onze staat niet. We hebben de hoogst mogelijke compensatie voor de dorpelingen weten te krijgen, en die is helemaal in overeenstemming met de regelgeving van de overheid. De mensen waren er blij mee, tot er elementen van buitenaf kwamen om ze op te hitsen.'

'Gaat u met de demonstranten onderhandelen?' vroeg de verslaggeefster.

'Absoluut niet. Deze mensen houden de economische vooruitgang van onze staat tegen. In de kabinetsbespreking eerder vandaag heeft de premier persoonlijk belangstelling getoond voor deze kwestie. We zullen de politie opdracht geven hard op te treden tegen de demonstranten.'

De nieuwslezer kwam weer in beeld. 'Dat was Sun TV in gesprek met de minister van Industrie. Dan gaan we nu over naar Bhadrachalam, waar...'

Meneer Ali zette de tv uit en keek naar zijn vrouw, die haar hand voor haar mond had geslagen. 'Ik heb het hem gezegd, die idioot,' zei hij. 'Ik heb het tegen hem gezegd... We hebben allebei tegen hem gezegd dat hij het niet moest doen, en moet je nu zien. Waarom gaat hij tegen onze expliciete woorden in? Hebben we hem verkeerd opgevoed? Hadden we strenger moeten zijn toen hij nog klein was?'

'Daar hoef je nu niet over te piekeren,' zei mevrouw Ali. 'Bedenk liever hoe we Rehman kunnen helpen.'

'Je hebt gelijk,' zei meneer Ali. Hij dacht even na. 'Laten we hem opbellen. Hij zal zijn mobiele telefoon wel bij zich hebben.'

Meneer Ali belde. De telefoon ging een paar keer over en toen nam Rehman op. 'Hallo?'

'Rehman. We hebben net het interview met de minister van Industrie op tv gezien. Maak je het goed?' vroeg meneer Ali.

'Ja, abba. Het gaat geweldig hier. De dorpelingen staan vierkant achter ons en we krijgen met de dag meer aandacht.'

'De minister zei dat ze de politie zouden sturen om jullie weg te jagen. Je moeder en ik denken allebei dat het akelig gaat worden. Je hebt het probleem onder de aandacht gebracht, zoals je wilde; ga nu weg en kom naar huis,' zei meneer Ali.

'Abba, dat kan niet. Die mensen zijn afhankelijk van ons. Trouwens, ik denk niet dat de politie ons zal durven aanpakken. We zijn er nu bijna een week en ze hebben nog niets ondernomen.'

'Doe niet zo dom, Rehman. Je houdt een groot project tegen. Dat kan zo niet doorgaan. Hou op met die dwaasheid en kom terug,' zei meneer Ali.

'Nee, abba, dat kan echt niet,' zei Rehman.

Meneer Ali gaf de hoorn aan zijn vrouw, zakte in een stoel en sloeg zijn handen voor zijn gezicht. Hij hoorde dat zijn vrouw ophing en keek naar haar op. Ze hoefde hem niet te vertellen dat zij er evenmin in was geslaagd Rehman over te halen.

Aruna zat thuis op een mat in de keuken *brinjal*, aubergine, in dobbelsteentjes te snijden, die ze in een kom water legde. Haar moeder waste drie koppen rijst en goot het water af. Ze mat vierenhalve kop water af bij de rijst en zette de pan op het gas. 'Fijn dat je de groenten hebt gehaald,' zei ze tegen haar dochter. 'We hadden geen groenten meer in huis en toen ik je vader vroeg ze te kopen, tierde hij dat hij geen geld had.'

Aruna glimlachte. 'Zo doet *naanna* altijd tegen het eind van de maand. Zijn pensioen zal wel bijna op zijn en daar maakt hij zich zorgen om.'

Haar moeder knikte. 'Ik weet het... Maar het huishouden moet blijven draaien. We moeten eten. Wat heeft het voor zin om zo tegen me tekeer te gaan? Ik vraag toch niet om sieraden?'

Aruna zuchtte. Het ging financieel slechter de laatste tijd, en haar ouders leken vaker ruzie te maken.

Ze woonden in een klein huis: een kamer, een keuken en een badkamer. De kamer diende overdag als woonkamer en 's nachts als slaapkamer. Tegen een van de muren stond een bed en tegen een andere een donkergroene metalen kleerkast. Ze kon de kast vanaf haar plek in de keuken zien. Hij had betere dagen gekend en had een paar butsen.

Dat is ook niet zo gek, dacht Aruna. De kast, die als deel van haar moeders bruidsschat in huis was gekomen, was ouder dan zij. Ernaast stonden een paar metalen klapstoelen. De prent van de god Venkatesha met een plastic bloemenkrans om de lijst die aan de muur tegenover de voordeur hing, kon ze niet zien.

De kleine keuken was voorzien van een tweepits gasstel, drie koperen pannen met water om te koken en te drinken en een open houten voorraadkast. Tussen twee van de planken was fijn gaas gespannen tegen de insecten, en daarachter werden de melk, suiker en ghee bewaard. Alles in huis was oud, maar onberispelijk schoon.

Aruna's moeder stak de tweede gaspit aan en zette er een aluminium pan op, waar ze een paar lepels olie in schonk. Toen de olie heet genoeg was, pakte ze een oude, ronde houten bak. Ze tilde het scharnierende deksel op. De bak had acht vakjes voor verschillende specerijen. Ze pakte een snuif mosterdzaad en voegde die aan de olie toe. Toen de mosterdzaadjes begonnen te knappen, voegde Aruna's moeder er kruidnagel, kardemompeulen en een stokje kaneel aan toe. Vervolgens ging er een bordje gesnipperde ui in de olie. De heerlijke geur van gebakken ui zweefde door de keuken de rest van het huis in.

Aruna had de aubergine in dobbelsteentjes gesneden en voegde zich bij haar moeder. Toen de uien bruin waren, tilde ze de dobbelsteentjes uit het water, dat ze tussen haar vingers door liet weglopen, en gooide ze in de pan; ze knetterden luid. Haar moeder roerde de groenten door elkaar. Aruna pakte een oude Horlicks-pot met chilipoeder uit de kast en roerde een lepel van het donkerrode poeder door de uien en aubergine.

Ze draaide het deksel op de pot, zette hem op zijn plaats terug en zei: 'Amma, we hebben bijna geen chilipoeder meer.'

'Ik weet het,' zei haar moeder. 'Het is weer het seizoen voor chili's uit Bandar. Ik wacht tot je vader zijn pensioen krijgt, volgende week, en dan vraag ik hem vijf kilo te kopen. Als we te lang wachten, zijn de mooiste chili's al weg en moeten we een soort van het naseizoen kopen die minder goed is.'

'Ik heb vandaag wat geld gekregen,' zei Aruna. 'We kunnen ze morgen gaan kopen.'

Meneer Ali had Aruna elke dag haar commissie voor de nieuwe inschrijvingen gegeven. Ze had haar ouders niets over het geld verteld en begon zich schuldig te voelen toen ze haar vader steeds prikkelbaarder zag worden naarmate het eind van de maand dichterbij kwam en zijn pensioengeld langzaam opraakte.

'Hoe kom je daaraan?' vroeg haar moeder verbaasd. 'Je werkt daar nog geen maand.'

'Het is geen salaris, maar de bonus die ik krijg voor nieuwe leden.'

Aruna's moeder knikte. Aruna zag aan haar dat ze het niet goed begreep, maar ze vroeg niet door.

Aruna en haar moeder stonden al jaren samen in de keuken, en dankzij die routine konden ze de taken zwijgend verdelen, zonder erover te praten, en al snel was het eten klaar. Ze gingen in de kamer onder de ventilator op het bed zitten, dat overdag als bank diende. Aruna's jongere zus Vani kwam uit school en ging zich omkleden. Haar vader zat buiten en Aruna riep hem. Vani rolde een mat uit en haar moeder haalde de schalen uit de keuken. Aruna pakte de borden en glazen en ze gingen allemaal zitten om te eten.

'Vani, waarom ben je zo laat?' vroeg Aruna's vader.

'Ik ben met vriendinnen naar de bibliotheek gegaan. Ik heb vanochtend gezegd dat ik later thuis zou komen,' zei Vani.

'Hmpf...' bromde haar vader, en hij at door.

'Je zusje heeft vandaag geld gekregen,' zei Aruna's moeder tegen Vani.

'Echt waar, *akka*? Cool. Hoeveel?' vroeg Vani.

'Vierhonderd roepia,' antwoordde Aruna.

'Wauw. Fantastisch. Wil je me honderdvijftig roepia geven? Ik heb laatst een mooie lap stof voor een *churidar* gezien. Tante van hiernaast heeft gezegd dat als ik voor de stof zorg, zij me wel wil helpen hem naar de laatste mode te naaien.'

Aruna dacht er even over na. 'Goed,' zei ze toen. 'Ik krijg ook nog drie weken loon van de Modern Bazaar, dus dat kan wel.'

'Fantastisch. Laten we de stof morgen gaan kopen,' zei Vani zichtbaar opgewonden. 'Ik ga meteen na het eten naar tante om het haar te vertellen.'

'Dan is haar man al thuis. Ga morgen maar, als hij naar kantoor is.'

'O... Ik kan niet wachten,' zei Vani. Aruna zag haar gezicht betrekken en lachte.

'Het is zonde van het geld. Je hebt kleren genoeg,' zei haar vader.

'Niet zeuren. Het zijn jonge meisjes en ze vragen jou niet eens om geld. Waar zit je mee?' zei hun moeder.

'Het maakt niet uit wiens geld het is. Het blijft zonde,' zei Aruna's vader.

'Naanna! Alle andere meisjes op school hebben kleren voor verschillende gelegenheden. Ik ben de enige die er altijd hetzelfde bij loopt,' zei Vani.

'Was dan naar de overheidsschool gegaan. Daar zitten meer arme meisjes op zoals jij. Wie heeft je gevraagd naar de schoolvereniging te gaan?'

'Maar naanna, de verenigingen zijn veel beter en ze hebben me vijfenzeventig procent korting gegeven op mijn schoolgeld omdat ik zulke hoge cijfers haal.'

Haar vader wendde zich tot Aruna. 'Hoe kom jij opeens aan geld? Heb je je salaris nu al gekregen?'

'Nee. Weet je het niet meer? Meneer had gezegd dat hij me vijfentwintig roepia zou geven voor ieder nieuw lid. Nou, ik werk er nu een week en er zijn zestien nieuwe leden, dus heeft hij me vierhonderd roepia gegeven,' vertelde Aruna.

'Je zou je geld niet aan lichtzinnige dingen moeten verspillen,' zei haar vader.

'Aruna heeft vandaag groente gekocht en morgen gaat ze chili's uit Bandar kopen voor de huishouding. Niet zo mopperen,' kwam haar moeder tussenbeide.

Ze wendde zich tot Aruna. 'Als je het geld van de Modern Bazaar hebt gekregen, moet je ook maar kleren voor jezelf kopen.'

Aruna glimlachte en knikte. 'Ik zal morgenmiddag na mijn werk naar de Modern Bazaar gaan om mijn ontslag te nemen en mijn geld te vragen.'

'Ik zal vroeg thuiskomen, dan kunnen we samen gaan winkelen,' zei Vani.

'Nee. Ik weet niet hoe lang ik op het geld van de winkel moet wachten. Laten we maandag gaan, dan heb ik vrij,' zei Aruna.

Vani stemde ermee in, al was ze duidelijk teleurgesteld over het uitstel.

'Hmpf...' bromde hun vader, maar niemand besteedde er aandacht aan.

Onder het eten keek Aruna heimelijk naar haar moeder, die mager was en geen sieraden had, afgezien van haar mangalsutra en een paar smalle oorringen. Ze droeg een oude katoenen sari, die erg flets was geworden door het vele wassen. Net als moeder zelf, dacht Aruna. De stille armoede had haar moeder langzaam klein gekregen, maar Aruna kon nog zien hoe knap ze ooit geweest moest zijn.

Ze verbaasde zich erover hoe krachtig haar moeder zich tegen hun vader verzette. Het was ongebruikelijk, want meestal was ze heel gedwee. Dat haar dochter zelf geld verdiende, moest haar de moed hebben gegeven tegen haar echtgenoot in opstand te komen, dacht Aruna.

Op maandag voelde Vani zich 's ochtends niet lekker, maar een paar uur later was ze weer opgeknapt. Aruna vond de ziekte van haar zus maar raadselachtig: die sloeg altijd net op tijd toe om haar van school te houden, maar verdween zodra het tijd werd om te winkelen. De meisjes kleedden zich aan en vertrokken. Ze namen de bus naar het centrum en snuffelden in een aantal winkels, maar uiteindelijk gingen ze naar de winkel waar Vani de stof voor de churidar had gezien en kochten die.

'Dank je wel, akka. Hij wordt prachtig. Wat zullen we nu gaan doen?' zei Vani.

'Ik wil wel een sari voor moeder kopen. Ze heeft er geen gekocht voor het laatste festival omdat oom Vishnu toen was overleden, weet je nog?' zei Aruna.

'Wat een goed idee. Laten we naar Potana's gaan, daar hebben ze veel keus. We moeten ook iets voor jou kopen, denk erom, amma heeft het zelf gezegd,' zei Vani.

De zusjes gingen naar de sariwinkel. Ze gaven de tas met de stof voor de churidar af bij het meisje voor de winkel en kregen een bonnetje. Ze vroegen de weg en gingen naar de eerste verdieping, waar de hele vloer was bedekt met dikke matrassen. Boven aan de trap trokken ze hun schoenen uit, liepen langs de open bedrading en uitgeschakelde watersproeiers de matrassen op, vonden een verkoper die niet bezet was en vroegen hem of hij hun zijden sari's wilde laten zien. De man knikte en gebaarde naar de vloer.

Ze gingen op hun knieën op de matras zitten. De verkoper keerde hun de rug toe en pakte zonder iets te zeggen tien sari's. Hij spreidde ze allemaal zo voor hen uit dat ze de rand en de stof van de sari konden zien.

Aruna en Vani bekeken de sari's en fluisterden met elkaar.

'Welke vinden jullie mooi?' vroeg de verkoper.

Vani wees er drie aan. 'We vinden die kleur groen mooi, die heeft een mooie blauwe rand en die heeft een leuk motief van mangopitten.'

'Voor wie zijn de sari's, mevrouw?'

'Een voor onze moeder en een voor mijn zus,' zei Vani, en ze wees naar Aruna.

De verkoper legde de zeven sari's die de meisjes hadden afgekeurd opzij, liep terug naar de wand, pakte er nog tien en spreidde die ook uit.

Deze keus beviel de meisjes een stuk beter en nu duurde het langer voordat ze tot een keus kwamen. Aruna keek stiekem naar de prijskaartjes die aan de onderrand van de sari's waren geniet. Deze keer kozen ze er vier. De verkoper ruimde de andere zes op en pakte vijf nieuwe, maar Vani vond ze geen van alle mooi en schudde haar hoofd. Hij wilde andere pakken, maar Aruna zei: 'Genoeg! Ik vind dat we genoeg hebben gezien. We kiezen er hier een uit.'

'Geen probleem, mevrouw. Als u er meer wilt zien, zegt u het maar,' zei de verkoper.

Vani wees de sari's een voor een aan en zei: 'Ja, nee, nee, ja, nee, ja...'

De verkoper legde de sari's die Vani niet mooi vond op de grote stapel opzij. Ze hadden er nu nog vier over. Aruna en Vani overlegden nog even en kozen er toen twee uit: een effen lichtgroene sari met een donkergroene rand en een roodbruine met een traditioneel mangodessin.

Aruna wees ze aan en zei tegen de verkoper: 'Ik wil die effen groene graag voor mezelf, maar ik weet niet of ik die andere voor amma wil kopen.'

'Een goede keus, mevrouw. De groene sari is machinaal geweven, dus makkelijk in het onderhoud voor een jongedame zoals u. De rode is iets duurder, maar het is een handgeweven *kalamkari*-motief uit Bandar.'

Toen Aruna de havenstad hoorde noemen, keek ze verbaasd op. 'We raken die stad maar niet kwijt!' zei ze.

'Pardon, mevrouw?' zei de verkoper verwonderd.

'O, niets. We hebben alleen pas nog chili's uit Bandar gekocht.'

'De beste soort, mevrouw. Die sari komt er ook vandaan.

Een heel traditioneel motief. Uw moeder zal er heel blij mee zijn.'

De zusjes keken elkaar aan en knikten. 'Goed, pak ze maar in,' zei Aruna.

De verkoper vouwde de gekozen sari's snel op, wees naar Vani en vroeg: 'Verder nog iets, mevrouw? Nog iets voor de jongedame?'

'Nee, we zijn klaar,' zei Aruna.

De verkoper pakte een bonnenboek en stelde een nota voor hen op. Toen Aruna de rekening aannam, vroeg ze: 'Horen er bloesjes bij de sari's?'

'Bij de groene niet, mevrouw. U zult er zelf een moeten kopen.'

Ze stonden op en liepen over de matrassen naar de trap. Toen Aruna haar schoenen aantrok, zag ze de verkoper alle sari's die ze hadden afgekeurd opvouwen en terugleggen. Ze was blij dat ze niet meer in de Modern Bazaar werkte. Werken op de winkelvloer was zwaar. Aruna en Vani liepen naar beneden en gingen in de rij voor de kassa staan. De kassier zette een 'voldaan'-stempel op hun bon en gaf hem terug. De meisjes gingen naar de volgende balie, waar een bewaker stond. Hij nam de bon aan, pakte de sari's, die beneden waren aangekomen, stopte ze in een tas en zette een 'ontvangen'-stempel op de bon.

De meisjes liepen met de tas naar buiten, ruilden hun bonnetje in voor de tas met de stof en gingen naar huis.

7

De volgende ochtend, kort na elven, toen de zon al hoog aan de hemel stond, kwam mevrouw Ali met een glas water uit de koelkast de veranda op. Meneer Ali was er niet en Aruna zat alleen op kantoor. Mevrouw Ali bood haar het glas aan, dat ze leegdronk zonder het met haar lippen te raken.

'Dank u wel, mevrouw.'

'Geen probleem,' zei mevrouw Ali. 'Je bent al de hele ochtend druk aan het werk. Ik heb je sinds je aankomst met klanten horen praten.'

'Ja, mevrouw. Het is heel druk vandaag en meneer moest weg, dus ik had geen moment rust. Maar goed, er is nu niemand, dus ik kan even bijkomen,' zei Aruna.

Mevrouw Ali ging op een stoel zitten en Aruna typte door. Toen vroeg mevrouw Ali: 'Heb je nog kleren voor je zusje gekocht?'

'Ja, mevrouw. We hebben stof gekocht voor een churidar. Onze buurvrouw wil Vani wel helpen de broek te maken.'

'Grappig. Nog niet zo lang geleden droegen alleen moslims een churidar en nu lopen zelfs brahmaanse meisjes zoals je zus en jij erin,' zei mevrouw Ali.

'Ja, mevrouw. Mijn zusje draagt wel eens een halve sari, maar ze vindt een churidar makkelijker.'

'Gelijk heeft ze. Heb je ook iets voor jezelf gekocht?' vroeg mevrouw Ali.

'Ja, mevrouw. Een machinaal geweven zijden sari.'

'Wat voor kleur?' vroeg mevrouw Ali.

'Groen,' zei Aruna. 'Ik heb er ook een voor mijn moeder gekocht.'

'O, wat lief van je. Wat voor een?'

'Een handgeweven, van zijde, mevrouw. Hij is roodachtig bruin met een kalamkarimotief.'

'Mooi. Ik hou van die traditionele stoffen. Wat vond je moeder ervan?'

'Ze was er heel blij mee,' zei Aruna. Ze zweeg even en voegde er toen aan toe: 'Amma moest er zelfs van huilen.'

'Het is geen kleinigheid om iets van je kinderen te krijgen. Het is goed dat je voor je ouders zorgt. Tegenwoordig zijn er zoveel kinderen die geen aandacht meer aan hun ouders besteden.'

Aruna nam het compliment blozend in ontvangst en typte nog een paar adressen op haar lijst.

'Draagt je moeder de sari al?' vroeg mevrouw Ali.

'Nog niet, mevrouw. Volgende maand gaan we naar de bruiloft van een nichtje, daar wil ze hem voor bewaren.'

Terwijl Aruna werkte, nam mevrouw Ali haar op. Het is een knap meisje, dacht ze, maar niet echt mooi. Aruna had een lichtbruine huid, een ovaal gezicht en een rechte middenscheiding in haar haar, in de traditionele stijl. Ze had lange, zwarte wimpers. Op haar voorhoofd droeg ze een roze bindi. Om haar ene pols droeg ze een oud horloge en om de andere wel tien groenglazen armbanden die muzikaal tinkelden wanneer ze haar hand bewoog. Ze mochten blij zijn dat ze zo'n intelligent, hardwerkend meisje als Aruna hadden gevonden. Mevrouw Ali wist dat haar echtgenoot het nooit zou zien, maar Aruna had ook iets melancholieks, zelfs als ze lachte. Er schuilt een raadsel achter dit op het oog ongecompliceerde meisje, dacht mevrouw Ali. Wat zou het zijn?

'Hoe lang ben jij?' vroeg ze.

'Ik, mevrouw? Eén meter zestig.'

'Je vader is al gepensioneerd, hè?' zei mevrouw Ali.

'Ja, mevrouw. Mijn moeder zegt dat we laat zijn geboren. Ze was bijna vijfendertig toen ik werd geboren en mijn zusje kwam nog eens vijf jaar daarna.'

'Het moet een hele schrik voor je moeder zijn geweest om erachter te komen dat ze zwanger was, op haar leeftijd,' zei mevrouw Ali.

Aruna lachte alleen maar.

'Het zal je ouders wel veel zorgen baren dat ze twee dochters moeten uithuwelijken terwijl je vader niet meer werkt,' merkte mevrouw Ali op.

'Dat is het grote probleem bij ons thuis,' beaamde Aruna.

Mevrouw Ali knikte meelevend en wist Aruna al pratend langzaam uit haar schulp te krijgen. Toen er weer een klant kwam, ging ze naar binnen.

Een paar weken later zat Aruna alleen op kantoor toen er een echtpaar kwam. Ze herkende het paar en begroette hen. 'Hallo, meneer en mevrouw Raju. Komt u kandidaten voor Soni zoeken?'

Meneer en mevrouw Raju behoorden tot de eerste klanten die Aruna had leren kennen toen ze bij het huwelijksbureau kwam werken. Ze zochten een bruidegom uit een kleine familie voor hun dochter.

'Nee, we zoeken niet meer,' zei meneer Raju met een glimlach. 'De man die meneer Ali voor haar had gevonden, Bodhi Raju, de advocaat, was ideaal. Ze zijn gisteren verloofd.'

'Gefeliciteerd!' zei Aruna, die blij voor hen was. 'Meneer moest even weg. Ik zal het aan hem doorgeven wanneer hij terug is. Hij zal ook wel blij zijn.'

'Ja, het is jammer dat hij er niet is. Maar goed, hier zijn een paar foto's van Soni's verloving. Wil je ze zien?' vroeg mevrouw Raju.

Soni was een knap meisje, en ze zag er beeldschoon uit in haar knaloranje sari. Ze droeg een gouden neusringetje met een kettinkje eraan dat over haar wang naar haar linkeroor liep.

Aruna keek verbaasd op. 'Ik had niet gedacht dat uw dochter een gaatje in haar neus zou hebben,' zei ze.

'Het is een klemmetje,' legde mevrouw Raju uit.

Aruna knikte. 'Het staat haar heel goed,' zei ze. 'Ze ziet er mooi uit.'

Er was nog een foto waarop Soni en haar verloofde vormelijk naast elkaar stonden. Soni hield een boeket rode rozen vast en Bodhi Raju droeg een donker pak.

'Mogen we deze foto houden voor ons archief?' vroeg Aruna.

Meneer en mevrouw Raju keken elkaar even aan. Toen keek mevrouw Raju naar Aruna en knikte.

'Dank u,' zei Aruna. Ze stond op, zocht de foto van Soni die haar ouders aan meneer Ali hadden gegeven toen ze zich inschreven, en gaf hem aan mevrouw Raju.

'Dank je. Wil je tegen meneer Ali zeggen dat het ons een genoegen was zaken met jullie te doen? We zijn heel tevreden over de dienstverlening.'

Toen ze weg waren, keek Aruna naar de foto van de zoon van meneer en mevrouw Ali met het echtpaar en hun zoontje. Er speelde al een paar dagen een idee door haar hoofd. Ze plakte de foto van Soni en Bodhi Raju met plakband onder de foto die er al hing. Het wordt een mooie collage en het is goede reclame, dacht ze.

De volgende dag zag Aruna een lange, modieus geklede jongeman en twee vrouwen binnenkomen. Een van de vrouwen was ouder; ze droeg een traditionele zijden Kanjivaramsari en was vermoedelijk zijn moeder. Ze had minstens tien gouden armbanden om elke pols. Ze had oorringen en een ketting met diamanten. Aan haar mangalsutra hingen diamantjes die flonkerend het licht vingen. De andere vrouw was jonger en minder formeel gekleed, in een vrolijk bedrukte sari. Ze had minder sieraden dan de oudere vrouw, maar wat ze droeg, zag er kostbaar uit. Ook zij droeg een mangalsutra met diamanten. De man draaide zich om en drukte op een knopje op zijn sleutelhanger. De witte auto voor het huis piepte en sloot zijn portieren af.

Het liep tegen het middaguur en Aruna wilde naar huis, maar ze glimlachte en begroette de mensen op de traditionele hindoemanier. 'Namaste.'

'Namaste, is dit het huwelijksbureau?' vroeg de man.

'Ja, meneer. Gaat u toch zitten. Ik ben Aruna. Wat kunnen we voor u doen?' zei Aruna, die was gaan staan.

De bezoekers, die kennelijk niet wisten hoe het verder moest, keken elkaar aan. Aruna wachtte even en vroeg toen: 'Wat zoekt u?'

'Het is voor mijn broer,' antwoordde de jongste vrouw, en ze wees naar de man.

'Goed, mevrouw. U lijkt me brahmaans, klopt dat?'

'Ja, we zijn vaishnava-brahmanen. Hebt u kandidaten uit onze kaste?' vroeg de oudste vrouw.

'O, zeker, mevrouw. We hebben veel brahmaanse bruiden. Wilt u dit formulier invullen? Dan kunnen we een geschikte bruid voor u zoeken,' zei Aruna.

De jongeman nam het formulier van haar aan. 'Dank u.'

Hij is echt heel aantrekkelijk, dacht Aruna. De man was lang, was haar al opgevallen, minstens één tachtig. Hij was licht van huid en had een krachtige kin en een borstelige snor. Zijn stem was zacht, maar vol. Zijn ogen twinkelden als hij glimlachte.

De man pakte een zilveren vulpen, vulde het formulier in en gaf het terug. Hij heette Ramanujam Prabhu Rao, hij was achtentwintig jaar oud en chirurg in het King George-ziekenhuis, het grootste overheidsziekenhuis van de stad. De familie had een vermogen van vijf *crore*, vijftig miljoen roepia, en was dus heel rijk.

Aruna vroeg zich af waarom een man met zoveel kwalificaties een huwelijksbureau nodig had, temeer daar hij niet oud of gescheiden was. Hij overhandigde Aruna zwijgend een biljet van vijfhonderd roepia, zonder bezwaar te maken tegen het bedrag. Ze pakte de lijst met brahmaanse bruiden en gaf hem aan de zus van de man. De beide dames bogen zich over de lijst.

Meneer Ali kwam terug. 'O,' zei hij, 'ben je er nog? Ga maar naar huis om te eten, Aruna. Ik zorg wel voor deze mensen.'

'Het geeft niet, meneer. Ik kan wel iets later naar huis gaan. Dit is meneer Ramanujam Rao. We zoeken een bruid voor hem,' zei ze terwijl ze meneer Ali het ingevulde formulier en de vijfhonderd roepia gaf.

De dames zaten de lijst nog door te nemen. Meneer Ali wendde zich tot Ramanujam en zei: 'Hallo, ik ben meneer Ali. Ben je naar de wiskundige vernoemd, of naar de wijsgeer?'

De jongeman grinnikte. 'Geen van beiden. Ik ben naar mijn grootvader vernoemd.'

Meneer Ali lachte met hem mee en zei: 'Als je me vertelt wat je precies zoekt, kunnen we je beter van dienst zijn.'

Ramanujams zus keek op en mengde zich in het gesprek. 'Zoals u kunt zien, is mijn broer een hooggekwalificeerd man. We zoeken een mooi meisje met een goede opleiding. Ze moet lang, licht en slank zijn. Uit een goede familie die een bruidsschat van ten minste een crore kan betalen.'

Ramanujam leek zich te generen toen de bruidsschat werd genoemd, maar zei niets.

Meneer Ali knikte. 'Juist,' zei hij. 'We hebben een paar kandidaten die geschikt zouden kunnen zijn. Ik zal u er een laten zien.'

Hij strekte zijn hand uit naar de lijst, liet zijn blik erover glijden en wees een naam aan.

'Deze mensen zitten er warmpjes bij. De vader is een hoge ambtenaar bij de IAS, de Indian Administration Service. Ze komen van hier, maar wonen in Hyderabad. Ik heb het meisje gezien toen ze zich kwam inschrijven en ze is heel mooi, maar...' Meneer Ali maakte zijn zin niet af.

'Maar wat?' vroeg Ramanujams zus belangstellend.

'Ik geloof...' mompelde meneer Ali, die de kleerkast openmaakte en een dossier zocht. Hij pakte het, samen met een fotoalbum dat hij doorbladerde.

'Kijk, dit is het meisje.' Hij gaf het opengeslagen fotoalbum aan Ramanujams zus. Ze keken alle drie geïnteresseerd naar de foto. Het meisje was inderdaad heel knap, zoals meneer Ali al had gezegd. Ze stond op de foto in een kastanjebruine sari die haar lichte huid goed liet uitkomen. Ze had een hoekig gezicht met hoge jukbeenderen en volle lippen, die kunstig waren aangezet met lippenstift. De sari, die onder haar navel was geknoopt, accentueerde haar smalle taille. Aruna had de foto eerder gezien en wachtte gespannen de reacties af. Het was duidelijk dat het meisje Ramanujam beviel.

'Beeldig,' zei Ramanujams moeder. 'En haar vader is IAS-ambtenaar, zei u?'

'Ja, maar er is een probleem,' zei meneer Ali, die in het dossier had gekeken. 'Ik wist het niet helemaal zeker, maar hier staat het. Ze zoeken een bruidegom in Amerika.'

'O! We willen onze zoon niet naar het buitenland sturen,' zei de moeder.

'Waarom gaat u niet eens met ze praten?' opperde meneer Ali. 'Uw zoon is aantrekkelijk en heeft een goede opleiding. Het zou een mooi stel zijn. In alle andere opzichten is uw zoon precies wat die mensen zoeken. Het is de moeite waard om hier uw best voor te doen, misschien komen ze nog op andere gedachten.'

'Dat zullen we doen. Hebt u nog meer kandidaten?' zei Ramanujams zus.

'Niet een die zo ideaal is. Ik heb nog een meisje met een vader die professor aan de universiteit is. Een heel geschikt meisje, maar haar ouders kunnen niet zoveel geld betalen,' zei meneer Ali.

'Laat eens zien,' zei Ramanujam.

Meneer Ali wees de dochter van de professor op de lijst aan en zei: 'We hebben geen foto van haar. Die wilden ze niet geven.'

Ze praatten nog wat. Toen bedankte het drietal meneer Ali en vertrok. Aruna hielp meneer Ali alles op te bergen en ging naar huis om te eten.

Die middag was Aruna weer alleen, want meneer Ali was naar het postkantoor gegaan. Er kwam een man van achter in de twintig binnen. Ze had hem eerder gezien en wist nog hoe hij heette. 'Hallo, meneer Irshad,' zei ze. 'We hebben u pas nog een lijst gestuurd.'

'Ja, die heb ik gekregen, maar wat moet ik ermee? Ik heb er niets aan. Ik schrijf heel veel mensen, maar niemand schrijft terug. Ik begin me af te vragen of de adressen die jullie sturen niet gewoon verzonnen zijn,' zei de man.

'Natuurlijk niet, meneer. We verzinnen hier geen adressen. We krijgen dagelijks brieven en die adressen nemen we in onze lijsten op. Kijk eens naar die foto aan de muur. Die twee zijn dankzij ons verloofd. Hoe komt u erbij dat we adressen zouden verzinnen?' zei Aruna.

'Je praat maar raak. Volgens mij zijn jullie bedriegers. Hoe is het anders mogelijk dat ik niet één reactie heb gekregen?' zei de man met stemverheffing.

'Meneer, wilt u niet schreeuwen, alstublieft?'

'Ik schreeuw als ik dat wil. Ik heb vijfhonderd roepia betaald en het is weggegooid geld. Ik heb zin om mijn beklag te doen bij de politie,' zei Irshad.

Aruna raakte van streek, maar voordat ze iets kon zeggen, kwam mevrouw Ali naar de veranda.

'Aruna, wat is hier aan de hand?' vroeg ze.

'Deze...' begon Aruna.

'Dat zal ik u uitleggen, mevrouw. Dit bureau is bedrog. Jullie pakken ons geld wel, maar zijn niet van plan ons te helpen,' raasde de man.

'Wilt u niet schreeuwen?' zei mevrouw Ali. 'Denk erom dat ik uw moeder zou kunnen zijn.'

Aruna was onder de indruk van mevrouw Ali's kalmte. De man bond in, maar had nog steeds een opstandige uitdrukking op zijn gezicht.

'U zult moeten wachten tot mijn man terugkomt. Ik verwacht hem over tien minuten, misschien een kwartier. Leg uw klacht maar aan hem voor. Het heeft geen zin om tegen ons dames tekeer te gaan. Als u wilt, mag u hier rustig wachten, en anders komt u later maar terug,' zei mevrouw Ali.

Irshad knikte. 'Ik wacht wel,' zei hij zacht.

Mevrouw Ali richtte zich tot Aruna. 'Werk maar gewoon door. Als je me nodig hebt, roep je me maar,' zei ze.

Mevrouw Ali liep naar binnen en kwam terug met een glas koel water voor Irshad. Hij knikte dankbaar en dronk het halve glas in één teug leeg. Mevrouw Ali ging weer naar binnen. Aruna had niets dringends te doen, maar nam oude dossiers door om de schijn op te houden. Ze meed Irshads blik. Al snel was het stil, afgezien van het snorren van de ventilator, die in de hoogste stand stond, en de verkeersgeluiden buiten. Aruna zag dat Irshad zijn voorhoofd met een zakdoek afveegde. Hij was iets te dik en hij zweette. Tot haar opluchting kwam meneer Ali snel terug.

Toen hij de jongeman op de bank zag zitten, zei meneer Ali: 'Hallo, Irshad, ben je daar nu al weer? We hebben geen nieuwe moslimbruiden, alleen die van de lijst die we je een paar dagen geleden hebben gestuurd.'

Tot Aruna's verbazing zei Irshad deemoedig: 'Ik weet het niet, meneer. U stuurt me al die lijsten en dan bel of schrijf ik een paar mensen, maar niemand reageert. Toen ik me inschreef, zei u dat er waarschijnlijk ook mensen contact met mij zouden opnemen omdat mijn naam ook op een lijst zou komen, maar ik heb nog niets gehoord. Ik weet het gewoon niet meer.'

Meneer Ali vroeg Aruna of ze hem Irshads dossier wilde geven. Ze had het al op tafel gelegd, dus ze kon het zo aan meneer Ali geven. Hij glimlachte naar haar, ging op de stoel aan de andere kant van de lage tafel tegenover Irshad zitten en nam het dossier door. 'We hebben al twee keer voor je geadverteerd,' zei hij. 'Op de tweede advertentie zijn een paar reacties gekomen. Wat is daarmee gebeurd?'

'Niets,' zei Irshad. 'Ik heb de helft van de mensen teruggeschreven, maar van niemand meer iets gehoord, op een paar na.'

Meneer Ali keek belangstellend op. 'O? En wat schreven die mensen?'

'Dat ze geen interesse hadden,' zei Irshad.

'Hm... Dus ze reageerden wel op de advertentie, maar schreven je niet terug. Wat had je geschreven?'

'Gewoon, dat ik een succesvol verkoper ben met een vast salaris van achtduizend roepia per maand, dat meestal oploopt tot vijfentwintigduizend. Ik ben enig kind. Mijn vader is overleden en ik woon bij mijn moeder. Het is ons eigen huis, lang geleden gebouwd door mijn vader. We zouden zo'n huis in het centrum nu niet meer kunnen betalen.'

'Juist. Daar mankeert allemaal niets aan. Je bent ook niet te klein of te donker. Hoe zit het met het meisje? Vraag je een hoge bruidsschat of stel je andere bijzondere eisen?'

'Nee. Ik noem zelfs helemaal geen bruidsschat, want zo ver komt het nooit,' antwoordde Irshad vertwijfeld.

'Ja, het is een merkwaardige zaak. Ik zie geen reden waarom je geen reacties zou krijgen. Waarom loop jij je het vuur uit de sloffen? Doet je moeder niets?'

'Na de dood van mijn vader heeft mijn moeder zich helemaal op haar godsdienst gestort. Ze bidt de helft van haar tijd en de andere helft leest ze de Koran. Ze heeft net een pelgrimstocht naar Ajmer Sharif gemaakt en nu wil ze naar Mekka en daar blijven.'

'Mijn hemel! Je hebt wel veel zorgen aan je hoofd. Maar goed, als ze naar Mekka gaat, heb jij alle tijd voor je bruid, als je er een vindt,' zei meneer Ali schertsend.

'Ja, áls ik er een vind...' pruttelde Irshad zuur.

'Gewoon uit belangstelling, wat verkoop je?' vroeg meneer Ali.

Voor het eerst sinds Irshad er was, leefde hij op. 'Ik verkoop kleppen. Kleintjes voor chemicaliën en heel grote voor scheepswerven. Ik verkoop elektrische kleppen, pneumatische kleppen, handmatig te bedienen kleppen, alle soorten. Ik ben de beste verkoper van heel Zuid-India van onze onderneming.'

'Vind je kleppen belangrijk?' vroeg meneer Ali.

'Natuurlijk, meneer. Zonder kleppen zou het moderne bestaan niet mogelijk zijn. Stromend water, doortrekkers, noem maar op. Overal zitten kleppen in. Vergeet de moderne gemakken even... Zonder kleppen zou het bloed niet door uw lichaam kunnen stromen. Het leven zelf zou er niet zijn.'

Meneer Ali keek naar Irshads ernstige gezicht en zei: 'Praat je daarover tegen mogelijke schoonouders?'

'Soms,' zei Irshad. 'Als ze reageren en vragen wat ik doe, vertel ik het.'

Meneer Ali zuchtte en zei: 'Goed, ik moet erover nadenken. Ik zal me op je probleem beraden. Laat je niet ontmoedigen. Je bent een jongeman met een goed salaris en een eigen huis. Je bent niet lelijk en je hoeft geen zeven zusters uit te huwelijken. Ik weet zeker dat er zich binnenkort een bruid aandient. Heb je ooms of andere oudere familieleden die je kunnen helpen?'

'Nee,' zei Irshad. 'Mijn vader was de enige zoon en mijn moeder is een stuk jonger dan haar broers. Ze zijn allemaal overleden. Mijn vader werd telkens overgeplaatst en we zijn met al onze familie het contact verloren.'

'Ja, dat is een groot probleem in deze moderne tijd,' zei meneer Ali. 'Families worden verspreid als kaf op de wind. Maak je geen zorgen, jongeman. We zullen ons best doen om de ideale bruid voor je te vinden.'

Irshad bedankte meneer Ali en liep naar buiten. Even later hoorden ze zijn motorfiets starten.

Mevrouw Ali kwam naar buiten en zei: 'Voordat jij kwam, ging hij tekeer tegen Aruna. Hij tierde zelfs tegen mij. Hij beweerde dat we bedriegers zijn.'

'O,' zei meneer Ali, 'had dat dan gezegd. Dan had ik hem zijn excuses aan jullie laten aanbieden.'

'Het geeft niet,' zei Aruna. 'Ik was eerst wel bang, maar mevrouw Ali heeft hem goed op zijn nummer gezet. Daarna was hij zo mak als een lammetje. Ik dacht dat hij ook tegen u tekeer zou gaan, maar hij was zeker tot bedaren gekomen tijdens het wachten.'

Ze lachte opgelucht. Mevrouw Ali lachte mee. 'Ja, hij sprong op en neer als een garnaal, maar ik heb hem goed aangepakt, hè?'

'Ja. Voordat u kwam, had hij het erover dat hij naar de politie zou gaan en zo,' zei Aruna.

Meneer Ali fronste zijn voorhoofd. 'Toch vind ik het vreemd. Waarom krijgt hij geen reacties?'

'Waarom maakte je een grap over zijn moeder?' zei mevrouw Ali streng. 'Of ze nu naar Mekka gaat of naar Medina, wat kan het je schelen? Je moet geen grapjes maken over zulke dingen.'

'Hoe weet je dat?' vroeg meneer Ali.

'Ik was in de voorkamer, voor het geval hij Aruna weer zou afblaffen,' zei mevrouw Ali. 'Niet afdwalen.'

Meneer Ali knikte. 'Ik zag dat hij over zijn toeren was en ik wilde hem kalmeren.'

'Je hebt geluk gehad,' vond mevrouw Ali. 'Voor hetzelfde geld had je hem beledigd en was hij weer van voren af aan begonnen.'

Ze praatten nog een tijdje over Irshad en toen ging mevrouw Ali weer naar binnen. Meneer Ali wendde zich tot Aruna. 'Laten we eerst eens naar de nieuwe leden kijken en advertenties voor ze opstellen. De agent van *Today* komt morgenochtend vroeg de kopij halen.'

Ze gaf hem de lijst en meneer Ali ging zitten en begon advertentieteksten te schrijven, een taak die hij nu eens niet aan Aruna had overgedragen. Drie kwartier later gaf hij haar de teksten en zei: 'Wil je ze in de bovenste la leggen? Als ik er niet ben wanneer de advertentiejongen komt, zeg je maar dat ik hem later wel betaal.'

Aruna bladerde snel in de papieren en legde ze in de bovenste la.

Ze wendde zich tot meneer Ali en zei: 'Meneer, ik kan me voorstellen dat zo iemand als Irshad onze hulp kan gebruiken. Hij is een gewone man met een doorsnee baan. Hij heeft geen vader of andere oudere familieleden die hem helpen, dus is het geen verrassing dat hij zich tot ons wendt, maar waarom zou iemand als Ramanujam, de chirurg, een huwelijksbureau nodig hebben? Hij is knap, chirurg en vrij jong, en zijn familie is schatrijk. Waarom zou hij naar ons toe komen?'

Meneer Ali lachte en zei: 'Er zijn allerlei soorten mensen op de wereld, gelukkig voor ons. Ik weet niet waarom ze bij ons zijn gekomen, maar ik kan je één ding zeggen: zolang zijn zus een bruid voor hem blijft zoeken, zal hij nooit trouwen.'

'Meneer, waarom zegt u dat?' zei Aruna ontsteld.

'Noem het ervaring, noem het een zesde zintuig. Zijn zus zal de volmaakte bruid blijven zoeken, maar alleen God is volmaakt; er is geen volmaaktheid in deze wereld. Er wordt wel gezegd dat de dochters van de Mongoolse keizer Aurangzeb niet trouwden omdat ze niemand konden vinden die goed genoeg voor hen was, en zo zal het Ramanujam ook vergaan. Jammer, want het lijkt me een geschikte kerel.'

8

Ongeveer een maand later kwam Aruna op een vrijdag thuis en ging zoals gewoonlijk naar de keuken om haar moeder te helpen. Ze begon *ladies' fingers*, okra, in ringetjes te snijden. Haar moeder stond de uien in de pan te roeren. 'Maandag heb je vrij, hè?' vroeg ze.

Aruna keek op naar de rug van haar moeder. 'Dat weet je toch? Hoezo?' zei ze.

'Oom Shastry is hier vandaag geweest.'

'Die komt bijna elke dag,' zei Aruna met een lach. 'Wat is daar zo bijzonder aan?'

'Hij zei dat hij misschien een bruidegom voor je had gevonden,' zei haar moeder.

'Amma, ik heb geen zin meer in dat gedoe. Zeg maar tegen oom Shastry dat hij ermee moet ophouden, goed?' zei Aruna, die een verdwaalde lok haar uit haar oog streek.

'Het lijken goede mensen. Hij werkt bij de Indiase Bank. Zijn vader werkte ook op een bank. Ze komen uit het dorp naast het onze.'

'Amma, wat heeft het voor zin? Je weet toch...' begon Aruna.

'Aruna, laat je niet ontmoedigen. Misschien wordt het deze keer iets,' onderbrak haar moeder haar.

'Je weet dat het niets wordt. Ik wil dit niet meer doormaken. Echt niet,' zei Aruna. Ze wist dat ze klonk als een driftig kind, maar kon er niets aan doen.

'Arunáá...' zei haar moeder.

Aruna kende die toon. Haar moeder accepteerde het niet dat ze nee zei.

Aruna sneed mokkend verder.

'Dat het de vorige keer niets is geworden, wil niet zeggen dat het nu weer mislukt. Vergeet het verleden,' zei haar moeder.

Aruna zweeg een poosje en zei toen: 'Amma, we staan er financieel niet goed voor. Naanna krijgt nog maar de helft van zijn pensioen. Kunnen we niet beter twee jaar wachten, tot hij zijn volledige pensioen weer krijgt, voordat we weer op zoek gaan?'

'De seizoenen wachten op niemand, Aruna. Zeker niet op jonge meisjes van huwbare leeftijd. Het is al laat. Als God ons genadig was geweest, was je nu al getrouwd. We slaan ons er wel doorheen. We kunnen je huwelijk niet blijven uitstellen.'

Aruna zuchtte. Haar vader had voor zijn pensioen Telugu en wiskunde gedoceerd op overheidsscholen. De meeste docenten die in verre, afgelegen dorpen werden gestationeerd, betaalden smeergeld om een andere post te krijgen of vertoonden zich gewoon niet op de school. Haar vader had geen van beide gedaan: hij had elke benoeming laconiek aanvaard en zijn plicht gedaan. Zijn leerlingen zuchtten, wist ze omdat ze er een van was geweest, omdat hij de enige overheidsdocent was die nooit verzuimde. Hij beoordeelde zijn leerlingen streng maar rechtvaardig. Hij gaf nooit privélessen, maar als een leerling talent had, gaf hij die in het weekend les aan huis zonder er geld voor te vragen.

Bijna drie jaar geleden was Aruna's vader met pensioen gegaan. Ze waren naar een klein huis in Vizag verhuisd. Aruna had haar diploma gehaald en was gaan studeren. Vani was naar een plaatselijke school gegaan. Ongeveer anderhalf jaar later was de bom gebarsten. De overheid had Aruna's vader geschreven dat zijn pensioen verkeerd was berekend en dat hij al die tijd te veel had ontvangen. Zijn pensioen zou daarom anderhalf jaar worden ingehouden om de schuld te vereffenen. Aruna's vader was niet de enige die te veel had ontvangen. Alle werknemers die in die maand met pensioen waren gegaan, verkeerden in dezelfde positie. Haar vader had zich bij de anderen aangesloten en ze hadden geprotesteerd tot de overheid op andere gedachten kwam. De pensioenen werden niet anderhalf jaar lang ingehouden, maar drie jaar lang gehalveerd.

Het gezin had al financiële problemen en kon moeilijk rondkomen van de helft van het toch al schamele pensioengeld. Aruna had haar studie gestaakt en toen de financiële problemen te groot werden, was ze gaan werken om haar steentje bij te dragen.

Een paar dagen later nam meneer Ali een lijst van christelijke mala's door die Aruna eerder die dag had uitgetypt.

'Mooi,' zei meneer Ali, 'maar misschien kun je voortaan meer adressen op een bladzij krijgen. Je zou "geboortedatum" kunnen vervangen door "geb.".'

Aruna knikte.

Meneer Ali wees een adres op de lijst aan en zei: 'Kijk, hier heb je "Andhra Pradesh" getypt. We kunnen "AP" neerzetten of het gewoon weglaten.'

Aruna knikte weer. 'Het spijt me, meneer.'

'Nee, het hoeft je niet te spijten,' zei meneer Ali. 'Het was trouwens een goed idee van je om foto's van onze successen op te hangen. Er hangen er al heel wat, en meneer Konda heeft zich ingeschreven nadat hij al die foto's had gezien.'

Aruna glimlachte. 'Dank u, meneer. Ik wilde u iets vragen. Wie is dat echtpaar dat bij uw zoon op de foto staat?'

Meneer Ali keek naar de foto en zuchtte. 'Dat is een triest verhaal. Het waren klasgenoten van Rehman die verliefd op elkaar waren geworden. De jongen was een arme boeren- zoon uit een naburig dorp en het meisje was een rijke koop- mansdochter uit de stad. Ze gingen tegen de wens van hun ouders in toen ze trouwden. Ze kregen een zoon, zoals je op de foto kunt zien, maar de vader van het meisje is nooit bij- gedraaid. Een paar jaar geleden, toen het zoontje vijf was, is zijn vader bij een ongeluk op een bouwplaats omgekomen. Het meisje ging met haar zoontje naar haar ouders, maar de vader beledigde haar en zette haar eruit. Het arme meisje kon het niet verdragen en pleegde zelfmoord. Rehman denkt dat ze de hoop had dat als zij er niet meer was, haar ouders zich wel over hun kleinzoon zouden ontfermen, maar ze waren harteloos. Ze gingen niet naar haar uitvaart en hebben nooit naar hun kleinkind geïnformeerd.'

'Wat zijn sommige mensen toch koppig,' zei Aruna. 'Wat is er met dat arme jongetje gebeurd?'

'Zijn grootvader van vaderskant brengt hem groot op zijn boerderij in het dorp.'

Hij wilde nog iets zeggen, maar hoorde voetstappen buiten en keek op. Aruna pakte de lijst en ging weer op haar plaats zitten. Meneer Ali zag Irshad binnenkomen, de verkoper, en glimlachte. 'Fijn dat je zo snel kon komen na mijn telefoontje,' zei hij.

'Salaam, meneer,' zei Irshad. 'Bedankt dat u aan me hebt gedacht.'

Meneer Ali had een paar dagen over het probleem van de jongeman gepiekerd. Die ochtend had hij tijdens het ontbijt naar het nieuws op Radio All India geluisterd en een ingeving gekregen. Hij had Irshad gebeld en hem gevraagd te komen. Irshad had gezegd dat hij om één uur een afspraak in de haven had met de hoofdingenieur, maar dat hij kort na het middaguur zou komen.

'Vertel eens,' zei meneer Ali, 'wat zeg je tegen mogelijke schoonouders over je salaris?'

'Ik zeg dat ik een vast salaris van achtduizend roepia heb, maar dat het dankzij de commissies oploopt tot vijfentwintig- of dertigduizend roepia per maand.'

'Goed, en wat vertel je over je baan?' zei meneer Ali.

'Ik vertel dat ik verkoper ben, meneer. Ik vertel dat mijn bedrijf de op een na grootste distributeur van kleppen is in India. We werken ook samen met Duitse fabrikanten,' zei Irshad.

'Juist. Is je bedrijf een bekende merknaam?'

'Nee, meneer. Zo gaat dat met kleppen. Zonder kleppen zou niets werken, maar aangezien niemand erop let zolang ze het doen, is ons bedrijf niet echt bekend bij het grote publiek.'

'Ben je een goede verkoper?' vroeg meneer Ali.

'Ja, meneer. Ik heb u al verteld dat ik de beste verkoopcijfers haal van heel Zuid-India, nog beter dan de verkopers die in de grotere steden werken, zoals Chennai en Bangalore.'

'Praat je met je mogelijke schoonouders over kleppen?' vroeg meneer Ali. Hij zag dat Aruna haar werk had gestaakt en gretig meeluisterde.

'Nou...' zei Irshad weifelend.

'Ja of nee?' vroeg meneer Ali streng.

Irshad boog zijn hoofd en sloeg zijn ogen neer. Meneer Ali bleef hem zwijgend aankijken. Uiteindelijk keek Irshad op en bekende: 'Soms.'

'Als je potentiële kandidaten ontmoet, praat je dan over je moeder die altijd maar zit te bidden?' vroeg meneer Ali.

'Natuurlijk niet, meneer. Dat doet niet ter zake.'

'Precies,' zei meneer Ali. 'Als er mensen met je komen praten, begin je over dingen die niet ter zake doen. Als je die mensen een paar keer hebt gezien en verloofd of getrouwd bent met hun dochter, mag je naar hartenlust over kleppen praten zonder dat iemand het je kwalijk neemt, want dan ben je tenslotte hun schoonzoon. Tot het zover is, praat je niet over de dingen die jou na aan het hart liggen maar die verder niemand kunnen interesseren. Je bent verkoper, maar je verkoopt jezelf niet goed. Begrijp je dat?' zei meneer Ali.

'Ja, meneer,' zei Irshad zacht.

'Zie jezelf als een product. Een klep, een belangrijke klep zonder poespas. De klant heeft hem nodig, maar is zich daar nog niet van bewust. Het is jouw taak de klant ervan te overtuigen dat jij het uitgelezen product bent.'

Irshad keek meneer Ali met open mond aan. 'Eh...' zei hij.

'Nee, geen gemaar,' zei meneer Ali. 'We moeten een product verkopen en dat zullen we doen ook. Hoeveel verdien je?'

De jongeman, die van zijn stuk was gebracht door de snelle omschakeling, opende zijn mond en klapte hem weer dicht. Aruna giechelde. Irshad wierp een blik op haar en werd rood. 'Achtduizend,' zei hij.

'Fout,' zei meneer Ali. 'Wat is het minste dat je de afgelopen zes maanden hebt verdiend, met je commissies erbij?'

'Eh...' zei Irshad, die zichtbaar diep nadacht. 'Tweeëntwintigduizend.'

'Goed. Dan is je salaris tweeëntwintigduizend.'

'Wat voor werk doe je?' vroeg Aruna.

De beide mannen keken haar aan. 'Verkoper,' zei Irshad.

'Nee, je bent verkoopmanager,' verbeterde Aruna.

'Uitstekend. Dat is een heel goed idee.'

'Je hebt je eigen huis in het centrum van de stad. Je moeder is een vrome vrouw die haar schoondochter geen last zal bezorgen. Er zijn geen zusters die uitgehuwelijkt moeten worden. Al die positieve punten moeten in je verkooppraatje naar voren komen. Laten we de nieuwe lijst bruiden eens bekijken.'

Aruna pakte de lijst moslimbruiden. Meneer Ali en Irshad bekeken de gegevens en vonden vijf kandidaten die de juiste leeftijd, lengte en financiële achtergrond hadden.

'Heb je al contact opgenomen met een van deze mensen?' vroeg meneer Ali.

Irshad wees twee namen aan en zei: 'Ja, met die twee.'

'Dan slaan we die over. Je hebt dus nog drie mogelijkheden. Even zien, Malkeen, tweeëntwintig jaar oud, één zestig, vader is accountant bij de werf en ze heeft twee broers. Kun je haar foto even pakken, Aruna?' vroeg meneer Ali.

Aruna zocht het nummer op, haalde de foto uit het album en gaf hem aan meneer Ali. Die wierp er een blik op en gaf hem door aan Irshad, die ernaar keek en knikte. Meneer Ali wees het volgende meisje aan.

'Shameen, zesentwintig, één achtenvijftig; haar vader leidt dat bekende warenhuis naast het oude postkantoor,' zei meneer Ali. Hij keek op. 'Je weet wel welke ik bedoel. Het heeft een bovenverdieping en ze verkopen er wandklokken en snelkookpannen.'

'Ja, meneer. Ik weet welke winkel u bedoelt.'

'Goed... Nu de derde... Aisha, vierentwintig, één drieënvijftig. Haar vader heeft een kruidenierswinkel in Kottavalasa. Dat is een kleine marktstad langs de weg naar Aruku, op nog geen vijftig kilometer hiervandaan.'

Irshad knikte.

'Ze heeft twee broers en een jongere zus die studeert. Wat denk je? Komen ze in aanmerking?'

Irshad dacht even na en zei toen: 'Ik weet dat u hebt gezegd dat hun financiële positie vergelijkbaar is met de mijne, maar ik denk dat de tweede familie, die met het warenhuis, te rijk is voor mensen zoals mijn moeder en ik.'

Meneer Ali knikte. 'Hm...' zei hij, 'misschien heb je wel gelijk. Het is een grote winkel. Ze zullen wel bang zijn voor de belastingdienst en daarom verzwijgen hoeveel geld ze in het echt hebben.'

'Ik denk het ook, meneer,' zei Irshad. 'Ik herinner me dat ik heb gelezen dat de inspectie vorig jaar een inval bij ze heeft gedaan.'

'Goed. Laten we de andere twee families benaderen en zien hoe het gaat.' Hij keek op de wandklok en stond op. 'Moet je niet naar je afspraak met de hoofdingenieur?'

Irshad stond op, pakte meneer Ali's hand in zijn beide handen en zei: 'Dank u wel, meneer, dat u zoveel van uw kostbare tijd aan me besteedt. Ik zal beide families schrijven.'

'Nee, jongeman,' zei meneer Ali met een lach. 'Dat ga je niet zelf doen. Kom morgen maar om dezelfde tijd terug, dan is het meestal niet zo druk. We gaan de families samen benaderen.'

Toen Irshad weg was, zei Aruna: 'Hoe kwam u op dat idee van de verkoper die zichzelf verkoopt? Dat was heel slim van u.'

'O, welnee,' zei meneer Ali, maar hij was wel in zijn nopjes. 'Ik hoorde vanochtend op het nieuws dat de fiets van een politieagent was gestolen. Dat zette me aan het denken.'

De volgende dag om halfeen ging de deur van meneer Ali's veranda open. Hij keek op en zag Irshad, die zijn voorhoofd bette terwijl hij binnenkwam.

Meneer Ali keek hem aan. 'Het is warm, hè?'

'Ja, meneer. Ik kon geen parkeerplaats in de schaduw van de boom aan de overkant vinden. Ik heb mijn motor voor het huis gezet en tegen de tijd dat ik wegga, zal dat zwarte zadel wel gloeiend zijn.'

Meneer Ali lachte en zei: 'Ga maar onder de ventilator zitten, dan kun je nu in elk geval een beetje afkoelen. Volgens de hindoekalender is het de maand van het vuur, dus je mag niet verwachten dat het koel is. Je bent aan de late kant. Ik had Aruna al bijna naar huis gestuurd en het bureau gesloten voor de middagpauze.'

Irshad ging op de bank zitten. 'Het spijt me, meneer. Mijn moeder vroeg me tot het middaguur thuis te blijven. Ze zei dat er tot die tijd geen zegen op rustte omdat Saturnus nog in de ascendant stond.'

'Weet je niet dat moslims niet in astrologie mogen geloven?' zei meneer Ali.

Irshad, die duidelijk in verlegenheid was gebracht, haalde zijn schouders op. 'Wat kan ik ervan zeggen? Ze doet nooit iets zonder de hindoekalender in onze keuken te raadplegen.'

Meneer Ali knikte. Hij kende de kalender die Irshad bedoelde wel. Afgezien van de datum stonden ook de fasen van de maan erop en de tijden waarop Mars, Jupiter en Saturnus in de ascendant of descendant kwamen. 'Nou ja, laten we maar aan de slag gaan,' zei hij.

Hij wendde zich tot Aruna, die hem de dossiers gaf van de twee meisjes die ze de vorige dag hadden uitgekozen. Meneer Ali belde eerst de accountant op de werf. Er nam een vrouw op. 'Hallo?' Waarschijnlijk was het de moeder van het meisje. De aanstaande bruid, Malkeen, zou nu wel les hebben.

'*Assalamu 'alaikum*, is meneer Salman er ook?' zei meneer Ali.

'*Wa laikum as salaam*, met wie spreek ik?' vroeg de vrouw.

'U spreekt met meneer Ali van het huwelijksbureau. Ik wilde meneer Salman spreken over een huwelijkskandidaat voor zijn dochter.'

'O! Moment, alstublieft, dan geef ik de telefoon aan mijn man.'

Het was even stil en toen hoorde meneer Ali een barse mannenstem. 'Ja?'

'Meneer Salman? Assalamu 'alaikum. We hebben een kandidaat voor uw dochter die u mogelijk aanspreekt,' zei meneer Ali.

'Het spijt me, maar we hebben geen interesse meer. Ik wilde u juist bellen om te zeggen dat u de naam van mijn dochter van de lijst kunt halen,' zei de man.

'O, hebt u al een bruidegom gevonden?' zei meneer Ali. 'U bent vorige maand de nieuwe lijst nog komen halen — het moet allemaal heel snel geregeld zijn.'

'Ja,' zei meneer Salman kortaf. 'Schrap de naam van mijn dochter maar van de lijst. Goedemiddag.'

De man hing op. Meneer Ali legde langzaam de hoorn op de haak, hoofdschuddend om het onbeleefde gedrag van de man.

Wat bezielt hem, vroeg hij zich af.

Aruna en Irshad keken hem verwachtingsvol aan.

'Nee, ze wilden dat ik het meisje schrapte,' zei hij.

'Is dat niet vreemd?' zei Aruna.

'Ja. Haal haar van de lijst,' zei meneer Ali. 'Zorg dat we haar gegevens niet meer aan derden verstrekken. Ik denk dat die man zo korzelig deed omdat zijn dochter van huis is weggelopen.'

Aruna snakte naar adem. 'Hoe kunt u zoiets vreselijks zeggen, meneer?'

'Waarom zou hij anders zo onbeleefd doen? Hij is hier vorige maand nog geweest en toen was hij heel vriendelijk en hoffelijk. Als hij zelf een bruidegom voor zijn dochter had gevonden, had hij toch niet zo nijdig hoeven doen?'

Meneer Ali pakte het tweede dossier. Dit meisje, Aisha, woonde in een dorp aan de weg naar de bergen van Araku met hun magnifieke, miljoen jaar oude kalksteengrotten, waarin nog oude stammen leefden. Haar broer, die in de stad woonde, had haar bij het huwelijksbureau aangemeld. Meneer Ali keek naar het formulier dat hij had ingevuld en belde hem.

'Hallo,' zei hij toen Aisha's broer opnam, 'je spreekt met meneer Ali van het huwelijksbureau.'

'Assalamu 'alaikum, meneer Ali, hoe maakt u het?'

'Goed, dank je. Ik heb een kandidaat voor je zus. Ik dacht dat je misschien interesse had,' zei meneer Ali.

'Wat fijn dat u belt. Waar komt de jongen vandaan, meneer?' vroeg Aisha's broer.

'Irshad komt uit deze stad en hij werkt hier ook. Hij is

verkoopmanager en verdient tweeëntwintigduizend roepia per maand. Zijn familie heeft een groot huis in het hart van de stad. Hij woont alleen met zijn moeder,' zei meneer Ali.

'Dat klinkt interessant. Wanneer kan ik het huwelijk komen bespreken?' vroeg Aisha's broer.

'Je werkt toch vlak bij het busstation?' vroeg meneer Ali.

'Ja, meneer.'

'Kun je nu komen? Irshad is hier nu en je bent hier niet ver vandaan. Jullie kunnen elkaar net zo goed meteen ontmoeten. Stel een goede taak nooit uit, zoals ze zeggen.'

Irshad, die zichtbaar overrompeld was door de plotselinge uitnodiging, keek op, haalde verlegen zijn vingers door zijn haar en trok zijn buik in.

Aisha's broer zweeg even en zei toen: 'Dat is een goed idee, meneer. Ik heb nu toch middagpauze. Ik ben er over een kwartiertje.'

Mevrouw Ali haalde voor iedereen een glas koud water. Meneer Ali dronk het zijne leeg en ging bij de voordeur op de uitkijk staan. Hoe warmer het werd, hoe minder verkeer er op straat was. De bladeren van de bomen hingen lusteloos in de genadeloze zon. De zwerfhonden hadden schaduwplekjes gevonden en lagen met hun tong uit hun bek te hijgen. De vogels zwegen; de kraaien lieten zich niet zien en zelfs de musjes flitsten niet heen en weer. Meneer Ali dacht aan de onophoudelijke opeenvolging van de seizoenen: dit hitteseizoen, gevolgd door de natte moesson, dan de winter, een korte lente en dan weer zomer. We ploeteren maar door, dacht hij, in ons streven naar geld, macht en liefde, maar de wereld maalt er niet om. Die draait gewoon in zijn eigen kringetje rond en rond. Hij vroeg zich af hoe het zijn zoon verging bij de demonstratie in Royyapalem.

'Dit is de enige kandidaat, meneer,' zei Irshad achter hem. 'Ik hoop dat het iets wordt.'

Meneer Ali draaide zich naar hem om. 'Wees maar niet bang. Ik heb hier een goed gevoel over. Denk erom dat als God een wezen schept, mens of dier, Hij tegelijkertijd ook zijn wederhelft maakt.'

'Dat kan niet waar zijn, meneer. Bruiden zijn bijna altijd een paar jaar jonger dan hun bruidegom,' bracht Aruna ertegen in.

Meneer Ali lachte. 'Dat is waar,' zei hij. 'God zal wel een goed geheugen hebben. Wat betekenen die paar jaar tenslotte voor Hem?'

'Ja, meneer. Er wordt gezegd dat als Brahma, de hindoegod van de schepping, met zijn ogen knippert, er in onze wereld een paar eeuwen verstrijken,' zei Aruna.

Ze zwegen allemaal even. Toen zei Aruna: 'Misschien heeft God wel geen goed geheugen, maar een goed archiefsysteem, meneer.'

Meneer Ali keek haar aan en glimlachte. 'Je hebt gelijk, een goed archiefsysteem kan de noodzaak van een goed geheugen opheffen. Ik heb een geheugen als een zeef, maar dankzij onze dossiers hebben we een overzicht van al onze klanten. Onze profeet Mohammed, vrede zij met hem, heeft ons opgedragen al onze overeenkomsten op schrift te stellen. Hij zei dat de lichtste inkt duurzamer is dan het beste geheugen.'

Kort daarna hoorden ze een autoriksja op drie wielen bij het hek stoppen. Er stapte een jongeman uit. Meneer Ali herkende Aisha's broer en zei: 'Hallo, Jehangir. Fijn dat je direct kon komen. Dit is Irshad,' zei hij wijzend.

De twee mannen namen elkaar kritisch op.

'Ga toch zitten, Jehangir,' vervolgde meneer Ali. 'Irshad woont bij zijn moeder in de stad, in hun eigen huis. Zijn vader is heengegaan. Hij is verkoopmanager, verdient twee-entwintigduizend roepia per maand en heeft zijn eigen motorfiets. Trouwens, we hebben hier geen foto van je zus.'

'Ik weet het, meneer,' zei Jehangir. 'Mijn vader wilde hier geen foto achterlaten. Hij is nogal ouderwets.'

Jehangir keek Irshad aan en lachte verlegen.

Irshad knikte naar hem. 'Ik weet waar je het over hebt,' zei hij. 'Mijn moeder doet niets anders dan bidden.'

'Je hebt toch geen winkel, hè?' vroeg Jehangir.

'Nee,' zei Irshad, 'waarom vraag je dat?'

Jehangir haalde diep adem en zei: 'Mijn zus is een lief meisje. Ze doet veel in huis en helpt onze moeder met koken, maar ze stelt twee eisen. Ten eerste wil ze met iemand uit de stad trouwen. Ze leest veel en heeft besloten dat ze naar de grote stad wil. Ze heeft een paar goede kandidaten afgewezen omdat ze uit een dorp of kleine stad kwamen, en onze moeder is de wanhoop nabij. We kennen niet veel mensen in de stad; ik ben hier vorig jaar pas komen wonen. Ze wilde met mij mee, dan zou ze voor mijn huis zorgen, zei ze, maar onze vader vond het niet goed. Ten tweede wil ze niet met een winkelier trouwen.'

'Dan is het maar goed dat ik geen winkel heb,' zei Irshad.

'Het is een heel verstandig meisje, absoluut niet koppig,' vervolgde Jehangir. 'Ze weet wat er allemaal in de huishouding gedaan moet worden en verzet zich eigenlijk nooit tegen onze ouders, maar wat die twee eisen betreft, weet ze van geen wijken.'

Jehangir, die blijkbaar bang was dat Irshad zou denken dat zijn zusje 'lastig' was, vervolgde: 'Mijn vader heeft vijf lakh, vijfhonderdduizend roepia, opzijgelegd voor Aisha's bruidsschat. Alle traditionele gouden sieraden, zoals de lange halsketting, de *chandanhaar*, de enkelbandjes en oorringen, zijn al aangeschaft. Daarnaast koopt mijn moeder al een paar jaar zijden sari's. Wat dat betreft, wordt er niet op de kosten beknibbeld. We zijn niet echt rijk, maar wat we hebben, geven we met plezier uit om mijn zusje in stijl uit te huwelijken.'

Irshad maakte een wegwuivend gebaar, al wist hij dat zijn moeder veel belang hechtte aan zulke zaken en ze er dus wel degelijk toe deden. Jehangir en hij wisselden adressen en telefoonnummers uit. Irshad en zijn moeder zouden een officieel bezoek brengen aan de familie van Jehangir en daarna zouden ze verder zien.

Ze bedankten meneer Ali en Aruna allebei voor hun hulp en vertrokken.

Drie kwartier later zaten meneer Ali en zijn vrouw na de lunch op de veranda. Aruna was naar huis gegaan. Normaal gesproken deed meneer Ali een dutje na de lunch, maar de elektriciteit was uitgevallen en het was te benauwd binnen. Op de veranda stond nog een briesje dat enige verkoeling bracht.

'Het is bijna griezelig stil,' zei meneer Ali. 'Je hoort geen verkeer, geen ventilator, nog geen vogeltje.'

Mevrouw Ali knikte. Er viel weer een gemoedelijke stilte.

Even later hoorden ze een stem roepen: 'Dadels, koele dadels...'

Meneer Ali liep meteen naar het hek. Hij zag een oude man met een grote mand met vruchten en riep hem. De man kwam naar hem toe. Hij was mager; zijn blote benen waren een en al pezen en bot. Hij had een ingevallen gezicht en witte stoppels op zijn kin. Hij liep op teenslippers waarvan de zool bijna helemaal was doorgesleten, en de bandjes van de linker waren met touw opgelapt.

Meneer Ali keek toe hoe de man de zware last van zijn

hoofd tilde en op de grond zette. Hij had een handdoek in een ring gedraaid, die diende om zijn hoofd te beschermen tegen de rand van de mand, en toen hij naar voren boog, liet de handdoek los. Hij veegde zijn gezicht en hoofd ermee af en hing de handdoek over zijn schouder.

'Lekker fruit, meneer. Net wat u nodig hebt met dit warme weer.'

De mand was voor drie kwart gevuld met dadels, die rond waren en ongeveer zo groot als een handpalm.

'Wat kosten ze?' vroeg meneer Ali.

'Zes roepia per dozijn,' zei de man.

De vruchten waren beslist vers. De schil was nog licht, niet donker. Ze zagen er rond en sappig uit, niet uitgedroogd en verschrompeld. Meneer Ali had het hart niet om te gaan afdingen in dit warme weer.

'Geef me maar twee dozijn,' zei hij, en hij liep het huis in. Hij kwam terug met zijn portemonnee en een pan. De man legde vierentwintig dadels in de pan. Meneer Ali wees er een aan en zei: 'Die niet. Die ziet er niet zacht uit. Al het sap moet inmiddels stroperig zijn.'

De man ruilde de dadel zonder iets te zeggen om. Meneer Ali gaf hem twaalf roepia en zei: 'Waarom ga je op het heetst van de dag naar buiten? Je had eerder vandaag op pad moeten gaan.'

De man stopte het geld in een buidel, rolde de handdoek weer in een ring en zei: 'Wat kan ik eraan doen, meneer? De bus was laat. De politie had een controlepost opgesteld en al het verkeer werd gecontroleerd.'

'Heb je geen zoons die voor je zorgen? Je hoeft toch niet zelf in die hitte over straat te zwerven?' zei meneer Ali.

'Ik heb wel een zoon, meneer, maar dat is een onverantwoordelijke nietsnut die zich niets gelegen laat liggen aan de raad die mijn vrouw en ik hem geven. Hij geeft al het geld dat hij verdient meteen dezelfde dag uit aan drank. Het is mijn karma dat ik zo'n zoon heb en zelfs op mijn oude dag nog hard moet werken. Kan er iemand meer pech hebben dan een man wiens zoon niet naar hem luistert?' zei de man.

Hij legde de handdoekring op zijn hoofd en bukte zich om de mand op te tillen, waarbij hij zijn hoofd rechtop hield. Meneer Ali bukte zich ook en hielp de man de bamboemand op zijn hoofd te zetten. De man richtte zich op, met trillende benen onder zijn zware last, en meneer Ali keek bezorgd toe, met zijn ene hand half opgestoken, alsof hij de oude man wilde opvangen als hij in elkaar zakte. Toen hij eenmaal stond, leek het weer goed te gaan met hem. Hij liep terug naar de straat en riep weer: 'Dadels... koele dadels...'

Meneer Ali bleef even in de gloeiende zon staan om de man na te kijken. Zijn woorden klonken nog na en hij moest weer aan Rehman denken.

Mevrouw Ali pakte stalen borden en messen uit de keuken en ze gingen weer zitten om de dadels op te eten.

Ze hoorden het hek opengaan en keken op. Tot hun verrassing kwam Azhar aanlopen.

'Wat brengt jou hier in deze hitte?' vroeg meneer Ali.

Azhar zakte zwaar op de bank. 'Wil je een dadel?' bood mevrouw Ali aan.

Azhar schudde zijn hoofd. 'Ik heb mijn vriend bij de politie net gesproken. Je weet wel, die inspecteur van bureau Three Town.'

Meneer Ali voelde een tinteling van angst. Hij voelde de hand van zijn vrouw op zijn arm.

'Wat is er gebeurd?' vroeg mevrouw Ali.

'De politie is de demonstranten in Royyapalem te lijf gegaan met *lathi's*. Ze hebben een charge met de wapenstok uitgevoerd en iedereen gearresteerd.'

'Rehman?' zei mevrouw Ali vragend.

'Mijn vriend heeft een collega in Royyapalem gebeld en die heeft bevestigd dat Rehman ook is gearresteerd.'

'Is hij gewond?' vroeg mevrouw Ali.

'Ik weet het niet,' zei Azhar. 'Mijn vriend kon er niet achter komen, maar hij zei dat een paar jongens zwaar gewond waren. Sommigen schijnen botbreuken te hebben.'

'Allah, wees ons genadig,' zei mevrouw Ali. 'We moeten erheen.'

Meneer Ali knikte verdwaasd.

'Dat heeft geen zin,' zei Azhar. 'Alle arrestanten worden naar de stad gebracht. Ze willen ze niet in de buurt van het dorp opsluiten.'

'Wanneer komen ze?' vroeg meneer Ali. 'Waar worden ze naartoe gebracht?'

'Ze komen hier tegen de avond. De gewonden worden naar het ziekenhuis gebracht en de anderen naar de politiebureaus. Het zijn er te veel voor één bureau, dus worden ze verspreid. Mijn vriend heeft gezegd dat hij zal uitzoeken waar Rehman naartoe gaat en zodra hij het weet, zal hij het aan me doorgeven.'

'Dank je,' zei meneer Ali.

'Niets te danken. Ik ben zijn *maama*, hoor,' zei Azhar.

Mevrouw Ali keek haar broer met betraande ogen aan. Meneer Ali zei: 'Wat heeft het voor zin om te huilen? We hebben tegen hem gezegd dat hij niet moest gaan, maar hij wilde niet naar ons luisteren. Hij deed zo uit de hoogte toen we zeiden dat de politie zou optreden. Dat doen ze nooit, zei hij. Wat is hij toch onvolwassen. Hopelijk is hij niet ernstig gewond en brengt een nachtje in de cel hem tot rede.'

'Hoe kun je zo over je eigen zoon praten?' zei mevrouw Ali. 'Hij zit in de nesten en het is onze plicht hem te helpen.'

Voordat meneer Ali iets terug kon zeggen, zei Azhar: 'Aapa, wees maar niet bang. We zorgen dat hij zo snel mogelijk weer vrijkomt.'

9

De volgende dag was Aruna's huis helemaal schoon en fris, met een kleurige sprei op het bed. De twee klapstoelen die boven op de kast lagen werden naar beneden gehaald en ze leenden er nog vier van buren. Haar moeder en zij werkten uren in de keuken aan allerlei hapjes. Ze kochten een zak snoep en flessen frisdrank.

Het huis zag er fleurig en feestelijk uit. Haar moeder droeg haar nieuwe sari en haar vader een keurig geperste dhoti. Toen Aruna zich in de keuken stond om te kleden, hoorde ze haar moeder in de woonkamer zeggen: 'Waarom ben je zo laat? Ik had je gevraagd vandaag vroeg thuis te komen. Ga je snel omkleden. Help je zusje. Let erop dat ze de ketting met de rode stenen omdoet.'

Vani glipte de keuken in en sloot de deur achter zich. Aruna wond de lange lap van de sari om haar lichaam en stopte de plooien in de tailleband van haar onderrok. Het andere uiteinde hing ze over haar schouder. Vani ging op haar knieën voor Aruna zitten om de plooien van haar sari te schikken, zodat ze recht hingen. Toen stond ze op en hielp haar zusje het uiteinde van de sari dat over haar schouder hing, aan de onderblouse vast te spelden.

Aruna maakte het donkerblauwe sieradendoosje open. Op het kastanjebruine fluweel binnenin lagen een paar oorringen en een ketting. Ze deed de oorringen in, pakte de ketting en hield hem om haar hals. Haar zusje maakte de sluiting in haar nek vast. Toen ging ze naar de badkamer om haar gezicht te wassen. Aruna bleef wezenloos staan.

Vani kwam terug uit de badkamer en trok snel een minder opvallende sari aan. Aruna hielp haar afwezig. Net toen de zusjes klaar waren, werd er op de keukendeur geklopt. Hun moeder riep en Vani zei: 'Ja, amma, we zijn klaar.'

Hun moeder kwam de keuken in en zei: 'Ze kunnen elk moment komen. Vani, help me de hapjes op schalen te leggen.'

Aruna wilde ook helpen, maar haar moeder zei: 'Nee, blijf jij maar staan, anders wordt je sari nog vies.'

Aruna keek toe terwijl haar moeder en zusje in de kleine keuken redderden. Al snel hoorde ze de stem van oom Shastry bij de voordeur. Haar vader antwoordde.

Wat heeft deze schijnvertoning voor zin, vroeg ze zich moedeloos af.

De deur ging open en oom Shastry kwam de keuken in. 'Aruna, wat zie je er mooi uit,' zei hij. 'Ze zullen weg van je zijn.'

'En ik dan, oom Shastry?' zei Vani.

Oom Shastry gaf een kneepje in Vani's wang. 'Jij ziet er ook mooi uit, kindje.' Hij wendde zich tot Aruna's moeder. 'Zuster, smeer wat as op Vani's wangen. We willen niet dat ze de voorkeur geven aan Vani, toch?'

Vani lachte erom. Bij Aruna kon er geen glimlachje af. Oom Shastry liep naar haar toe en zei: 'Niet zo somber, Aruna. Ze komen een bruid voor hun zoon zoeken, geen menselijk offer.'

'Wat heeft het voor zin, oom Shastry?' zei Aruna, die eruitzag alsof ze elk moment in tranen kon uitbarsten.

Hij deinsde achteruit. 'Niet huilen, Aruna, daar krijg je gezwollen ogen van. Misschien gaat het deze keer anders. Je mag de moed niet opgeven.'

Ooit, toen het leven nog onschuldig en licht was, had Aruna in net zulke kleren op het bezoek van een jongeman en zijn ouders gewacht. Ze was zenuwachtig geweest, natuurlijk, maar ook heel opgewonden bij het vooruitzicht van dit gebeuren, dat haar naar een volgende levensfase zou kunnen voeren.

De jongeman die haar kwam opzoeken, Sushil, was vijf jaar ouder dan zij. Hij werkte als accountant bij een scheepsbevoorradingsbedrijf. Hij was licht van huid, niet erg lang, hij had een vriendelijk, open gezicht en hij was goedlachs. Sushil kwam uit een kleine familie: alleen zijn ouders en hijzelf. Hij had een jongere broer gehad, maar die was een paar jaar eerder op zee verdronken. Ze waren in veel opzichten een ideaal stel: het leeftijdsverschil was precies goed; Sushil was langer dan Aruna, maar niet té lang; hun horoscopen pasten bij elkaar; hij had een goede, zo niet perfecte baan; de families waren verre verwanten en hun economische omstandigheden waren min of meer hetzelfde.

Beide kanten keurden het huwelijk goed. In de weken erna werd er overlegd over de bruidsschat en andere geschenken die zouden worden uitgewisseld, waarbij oom Shastry als bemiddelaar optrad. Aruna was ervan onder de indruk hoe oom Shastry (zoals hij haar later vertelde) Sushils ouders duidelijk had gemaakt dat de bruidegom geen ambtenaar was en ze dus niet konden verwachten de bruidsschat te krijgen die ze vroegen, waarna hij haar vader had uitgelegd dat overheidsbanen niet meer alleen zaligmakend waren tegenwoordig en dat een baan in het bedrijfsleven bijna net zo goed was. Uiteindelijk was de zaak beklonken. Aruna's vader raadpleegde zijn kalender en koos twee gunstige data: een voor de verloving, een paar weken later, en een voor de bruiloft zelf, na vier maanden.

Een paar maanden na de verloving werd Aruna's vader ernstig ziek. De ziekte sleepte zich voort en de bruiloft werd uitgesteld. Het ging steeds slechter met hem en de artsen stonden voor een raadsel. Ze konden geen diagnose stellen. Hij ijlde. De maanden verstreken. De artsen, een oudgediende en een beginner, kwamen met verschillende theorieën en behandelingen, maar niets hielp.

Sushil en zijn moeder kwamen op een avond naar hun huis om de verloving te verbreken. Aruna's moeder zei dat haar echtgenoot elk moment weer beter kon zijn en dat ze de bruiloft dan konden houden.

'We zijn heel geduldig geweest,' zei Sushils moeder, 'maar er zijn grenzen. Bekostigt het ministerie van Onderwijs het ziekenhuisverblijf van een gepensioneerd docent?'

'Nee, dat niet,' moest Aruna's moeder toegeven.

'We hebben gespaard,' zei Aruna.

'Hebben je ouders je niet geleerd je mond te houden wanneer de grote mensen praten?' snauwde Sushils moeder.

Aruna deed er geschrokken het zwijgen toe. Sushils moeder had altijd aardig tegen haar gedaan. Aruna keek naar Sushil, maar die leek zich te generen en meed haar blik.

'Jullie hebben beloofd dat we tweehonderdduizend roepia, veertig gram goud en een scooter als bruidsschat zouden krijgen. Kunnen jullie je dat nog steeds veroorloven, naast een bruiloft in stijl?' vroeg Sushils moeder.

Aruna en haar moeder zwegen. Aruna had de afgelopen maanden de financiën bijgehouden en ze wist dat ze het niet konden opbrengen. Meer dan de helft van hun spaargeld was al opgegaan aan de rekeningen van de artsen, haar vader was nog steeds niet beter en ze wisten niet hoeveel zijn behandeling nog zou gaan kosten.

'Je moet zulke dingen realistisch zien,' zei Sushils moeder tegen die van Aruna. 'Ik zal de laatste zijn om vraagtekens bij het huwelijk van een vrouw te zetten, maar ik moet me wel afvragen of uw mangalsutra niet ten koste is gegaan van die van uw dochter. Als uw man snel was gestorven, was zijn spaargeld nu niet op en had u uw dochters kunnen uithuwelijken.'

Aruna vond het nog steeds jammer dat ze toen te onthutst was geweest om de vrouw van repliek te dienen. Een beschaamd kijkende Sushil en zijn brutale moeder waren het huis uit gebeend.

Haar vader was nog een paar maanden ziek gebleven. Oom Shastry had een ander huis voor hen gevonden en met de verhuizing geholpen. Hij zei dat Aruna's vader vlak voordat hij ziek werd tegen hem had gezegd dat de *vaastu* van het huis niet goed was. Er was geen deur of raam op het oosten, en daardoor werd de negatieve energie of vaastu in het huis opgesloten. In het nieuwe huis was de vaastu wel goed. Bovendien was het kleiner en hoefden ze minder huur te betalen.

Haar moeder legde een gelofte af en liep honderdzestien keer op haar knieën om de Kanaka Maha Lakshi-tempel heen.

Op een dag toen Aruna aan het ziekbed van haar vader zat, kwam de jonge arts langs om te zeggen dat haar vader volgens hem een simpele virusinfectie had die op de een of andere manier zijn lever had aangevallen. Hij vroeg of ze toestemming wilde geven voor de toediening van een nieuw, experimenteel medicijn waarover hij in een buitenlands medisch tijdschrift had gelezen. Ze was zo wanhopig dat ze instemde.

De ziekte had haar vader net zo snel verlaten als ze was gekomen. Iedereen had zijn eigen theorie over de genezing van haar vader van de raadselachtige ziekte. De jonge arts zei tegen Aruna dat de herstelperiode lang zou duren en dat het maanden, zo niet jaren kon duren voordat haar vader weer de oude was.

Toen haar vader voldoende was aangesterkt, liet Aruna hem zien hoe ze er financieel voor stonden. Hij huilde en zei: 'Was ik maar doodgegaan. Dan zou het geld waarvoor ik mijn hele leven heb gespaard mijn familie tot nut zijn geweest in plaats van op te gaan aan artsen en apothekers.'

Na het herstel van Aruna's vader had oom Shastry nog een paar huwelijkskandidaten aangedragen, maar ze konden niet tippen aan de eerste: ze waren ouder, of hun subkaste was minder goed; ze hadden een slechtere baan, of zelfs geen werk, zoals een van de jongens; ze waren dikker, kleiner, donkerder van huid of alle drie. Aruna besefte dat ze, nu hun financiële positie slechter was, niet veel meer te kiezen had, maar ze werd het gedoe beu en begon zich ertegen te verzetten dat ze als een prijskoe op een vee-*mandi* voor allerlei mensen moest paraderen en uiteindelijk gaf oom Shastry het op. Dit was het eerste aanzoek in bijna een jaar. Aruna hoopte dat dit niet het begin was van een nieuwe ronde, want ze wilde niet meer het gevoel hebben dat ze op een veemarkt werd verhandeld.

136

Aruna stond als een zoutpilaar in de keuken. Toen drong het tot haar door dat er stemmen klonken in de woonkamer. De gasten waren aangekomen. Ze hoorde oom Shastry zeggen: 'Welkom in het huis van mijn zuster en mijn zwager. We zijn een eenvoudige, fatsoenlijke familie. Mijn zwager is gepensioneerd overheidsdocent. Zijn voorvaders waren traditionele tempelpriesters van de grote tempel in Annavaram en zijn oudere broer is daar zelfs nog steeds priester. De meisjes hebben allebei een goede opleiding. Ze hebben ook allebei de heilige sjastra's in zowel het Telugu als het oorspronkelijke Sanskriet gelezen.'

Aruna's moeder duwde haar een schaal met hapjes in de handen. Aruna trok de *pallu* van haar sari over haar hoofd en liep langzaam de woonkamer in. Ze was blootsvoets en haar zilveren enkelbandjes tinkelden onder het lopen. Ze hield haar hoofd gebogen en keek naar de grond voor haar voeten. Ze liep naar haar vader, haar oom en de gasten, zette het blad met hapjes op de lage tafel voor hen en ging naast haar vader staan. Er waren vijf gasten. Ze kon zien wie de bruidegom en zijn ouders waren. Wie de anderen waren, wist ze niet, maar vermoedelijk waren het de oom en tante van de bruidegom. De gasten namen haar allemaal aandachtig op en ze voelde zich verlegen en beschaamd.

Hoe langer de stilte in de kamer duurde, hoe onbehaaglijker Aruna zich voelde. Net toen ze terug naar de keuken wilde gaan, vroeg de moeder van de bruidegom: 'Dochter, wat heb je gestudeerd?'

'Ik heb mijn bachelor, mevrouw,' zei Aruna.

'Mooi zo. Waar heb je gestudeerd?' vroeg de oom van de bruidegom.

'SVN College,' zei Aruna.

Het gesprek stokte. Aruna's moeder kwam uit de kamer

met een dienblad met glazen water. Ze moest Vani hebben opgedragen in de keuken te blijven, want die liet zich niet zien.

'Namaste,' zei haar moeder. 'Eet iets, alstublieft. Aruna heeft alles gemaakt.'

Iedereen reikte naar een bordje. Aruna's moeder gaf haar onopvallend een teken dat ze het water moest serveren. Ze nam het blad van haar moeder aan, zette het op tafel en reikte de gasten een glas aan. Oom Shastry, die voor de bruidegom zat, stond op en vroeg Aruna zijn stoel te nemen. Aruna schudde haar hoofd, maar haar oom drong aan en Aruna ging sierlijk zitten.

'Hoe heb je die *pakora's* zo zacht gekregen?' vroeg de moeder van de bruidegom.

Aruna vertelde haar dat ze een snufje bakpoeder aan het beslag had toegevoegd en had gewacht tot de olie gloeiend heet was voordat ze de pakora's frituurde.

'Hoe heet je?' vroeg de jongeman.

'Ik heb gehoord dat je een baan hebt? Waar werk je?' vroeg de oom van de bruidegom.

'Ben je van plan na je huwelijk te blijven werken?' vroeg de tante.

'Hoe zit het met...'

'Waarom heb je...'

'Hoeveel...'

Het bezoek duurde nog een uur. Na afloop kwam Vani uit de keuken en vroeg: 'Hoe vond je hem?'

'Ging wel,' zei Aruna. 'Hij grijnsde tenminste niet zo wellustig naar me als de vorige.'

Oom Shastry deed de gasten uitgeleide en kwam terug. 'Zo,' zei hij, 'dat ging goed. Het is een goede familie. Ik ken ze al heel lang. Ze stellen zich ook heel redelijk op. Ze willen alleen een scooter en een lakh roepia. Waar krijg je vandaag de dag nog een bankbediende voor honderdduizend roepia?'

Iedereen keek naar Aruna's vader. Hij keek op en zei wrevelig: 'Waarom kijken jullie me zo aan? De bruidsschat is honderdduizend roepia, de scooter kost dertigduizend en de bruiloft gaat minstens zeventigduizend kosten. Ik heb geen twee lakh roepia en dat is dat.'

Aruna snikte.

'Zwager, voor dat probleem heb ik ook een oplossing. Ik ben in Annavaram geweest,' zei oom Shastry.

'Wat? Waarom?' zei Aruna's vader verwonderd.

'Ik heb je broer gesproken,' zei oom Shastry.

'En?' zei Aruna's vader.

'Je overgrootvader heeft land gekregen van de koning van Rajahmundry.'

'Ja, wat heeft dat ermee te maken? Het is van generatie op generatie verdeeld en mijn vader heeft maar een klein stukje gekregen. En maar de helft daarvan is van mij. De andere helft is naar mijn broer gegaan.'

'Ik...' begon oom Shastry.

'Trouwens, hoe durf je achter mijn rug om naar mijn broer te gaan? Wat moest je daar?' onderbrak Aruna's vader hem.

'Relax, *baava-garu*. Ik maak me zorgen om het huwelijk van mijn nichtjes, en ik ben de enige niet. Je broer is een goed mens. Toen ik hem de situatie had uitgelegd, was hij bereid de grond te verkopen en het geld voor de bruiloft van Aruna en Vani te gebruiken. Hij heeft maar één zoon en hij heeft het geld niet nodig. Zijn vrouw vond het niet zo leuk, maar hij heeft beloofd dat zodra Aruna's bruiloft was geregeld, hij het land zou verkopen om je te helpen,' zei Shastry.

'Hoe durf je?' zei Aruna's vader. Hij zag rood van woede.

Aruna's moeder, die nog niets had gezegd, nam het woord. 'Mijn broer probeert onze familie te helpen. Je dochter huilt en het enige waar jij je druk om maakt, is je trots.'

De zusjes keken met grote ogen naar het geruzie van hun ouders.

Oom Shastry stak in een sussend gebaar zijn handen op. 'Rustig maar. We willen allemaal het beste voor de meisjes. We zijn allemaal familie. Verder hoeft niemand er iets van te weten.'

'Zelfs al geeft mijn broer me zijn hele stuk grond, dan is het nog niet genoeg. Het ligt in het niemandsland en het is niet al te vruchtbaar. In een goed jaar mag je blij zijn als je er twintig zakken rijst van oogst,' zei Aruna's vader.

'Zwager, je komt niet genoeg buiten. De grondprijzen zijn in de hele staat torenhoog gestegen. Met dat stuk grond kun je een groot deel van Aruna's bruiloft bekostigen.'

'Dan kan ik Aruna nog niet uithuwelijken. Het is nog steeds niet genoeg. We zullen het geld voor de bruidsschat ook ergens vandaan moeten halen. Als ze eenmaal is uitgehuwelijkt, krijgen we nieuwe kosten, want dan moeten we geld hebben om onze schoonzoon fatsoenlijk te behandelen. Misschien wordt ze zwanger, en dan moeten wij de kosten van de bevalling betalen. En we moeten geld hebben voor Vani's opleiding. Dat kan allemaal niet zonder het geld dat Aruna inbrengt,' riep Aruna's vader.

Aruna en Vani vlogen elkaar huilend in de armen. Aruna's moeder was ontzet. Ze stond roerloos, met grote ogen, en hield haar hand voor haar open mond.

'Hoe kun je dat zeggen, zwager? Hoe kun je zeggen dat je van de verdiensten van je dochter leeft?' zei oom Shastry ontzet.

Aruna's vader schudde koppig zijn hoofd.

'Wanneer wil je Aruna dan laten trouwen?' vervolgde oom Shastry.

Aruna's vader zei nog steeds niets.

'Je volwassen dochter ongetrouwd laten is een zonde. Het is tegen de hindoe-*dharma* en de traditie,' zei oom Shastry.

Toen Aruna's vader bleef zwijgen, vervolgde hij: 'Waarom probeer ik je het verschil tussen zedelijk en onzedelijk gedrag bij te brengen? Jíj bent de leraar. Je bent ouder dan ik, zowel in leeftijd als in verwantschap, want je bent de echtgenoot van mijn oudere zus. Je hebt ons altijd geleerd dat geld niet het belangrijkste is in een mensenleven. Een fatsoenlijk bestaan leiden, volgens de dharma, is veel belangrijker; dat zeg je toch altijd tegen ons? Waar is die gewetensvolle man gebleven? Waarom is geld opeens zo belangrijk dat je tegen elke conventie, elke traditie, alle sjastra's, de heilige boeken zelf in wilt gaan en je volwassen dochter ongetrouwd thuis wilt houden?' Hij draaide zich om en wilde weggaan.

Toen zei Aruna's vader: 'Geld is alleen onbelangrijk als je er genoeg van hebt.'

Oom Shastry draaide zich weer om. 'Wie van ons is er rijk? Was mijn vader rijk? De jouwe? Zijn wij ooit welvarend geweest? We hebben altijd elke *paisa* moeten omdraaien. Wij allemaal. Hoe vaak heb je sieraden voor je vrouw gekocht? Veel minder vaak dan je had gewild, durf ik te wedden. Toen mijn vrouw stierf, had ze alleen haar mangalsutra en zilveren enkelbandjes. Al het andere was weg; verkocht om de bruiloft van onze dochter te betalen. Vergeet de sieraden voor onze vrouwen; hoe vaak hebben we onze kinderen geen kleinigheid moeten ontzeggen omdat we er geen geld voor hadden? Wat zei je vroeger tegen mij als ik daar boos om werd? Dan zei je dat het ons karma was, dat we het lijdzaam moesten dragen.'

Oom Shastry was rood aangelopen en zijn borst zwoegde. Het zweet stroomde van zijn voorhoofd.

'Je hebt gelijk,' zei Aruna's vader. 'Mijn dochter zal trouwen wanneer dat in haar karma staat.'

Oom Shastry hief vol weerzin zijn handen. 'Dit is waarachtig kali kaalam, het tijdperk van het kwaad,' zei hij. 'Wat de ouderen zeiden, is waar. Oprechte mannen veranderen in schurken. Leraren vergeten wat ze zelf aan de moederborst hebben geleerd. Rivieren keren zich tegen hun oevers. Priesters gaan meer van geld houden dan van God. Ik kan dit niet van je geloven, zwager. Jij was de man die ik meer dan wie ook respecteerde. Als mensen zoals jij verworden...'

Hij bleef even zwijgend staan, schudde zijn hoofd en vervolgde: '... wanneer goud gaat roesten, hoe erg is het dan met ijzer?'

Hij beende weg, Aruna en haar familie droevig achterlatend.

Aruna wilde naar de keuken gaan om haar gewone kleren weer aan te trekken. Ze hoorde een snik achter zich en keek om. Haar vader zat met zijn gezicht in zijn armen te huilen. Het was zo ongebruikelijk, dat ze naar hem toe rende en voor zijn stoel knielde. Ze nam zijn knokige handen in de hare en trok ze langzaam voor zijn gezicht weg.

'Naanna, niet huilen. Ik wil nu toch niet trouwen,' zei ze.

Aruna's vader begon nog harder te snikken.

'Naanna, niet huilen, alsjeblieft,' zei Aruna. De tranen rolden nu ook over haar eigen wangen.

'Toen ik met pensioen ging en de bevestigingsbrief kreeg, wist ik al dat het pensioengeld verkeerd was berekend. Ik had tenslotte wiskunde gedoceerd. Maar ik zei niets. Ik koos de kant van de *adharma*, de zedeloosheid, en alle problemen die we sindsdien hebben gekend, zijn het gevolg van die verkeerde beslissing,' zei Aruna's vader.

'Zeg dat nou niet, naanna. Jij bent niet de enige die die brief heeft gekregen. Er gingen meer dan honderd ambtenaren in dezelfde maand als jij met pensioen, en ze zitten allemaal in hetzelfde schuitje,' zei Aruna.

Haar vader schudde zijn hoofd. 'Nee,' zei hij. 'We moeten allemaal de verantwoordelijkheid voor onze eigen daden op ons nemen. Ik had het niet erg gevonden als de consequenties van mijn optreden alleen op mij waren neergekomen, maar de last weegt zwaarder op jouw schouders, lieve dochter van me, dan op de mijne. Ik weet niet hoe ik dat moet dragen.'

Het snikken van Aruna's vader werd nog hartverscheurender. Aruna hield hem stevig vast. Ze wist niet wat ze verder nog kon doen.

'Uw zoon bezorgt de politie veel last,' zei de inspecteur.

'Het spijt me,' zei meneer Ali. Hij schaamde zich er diep voor dat Rehman was opgepakt en in de cel was gesmeten; anderzijds was het een opluchting voor hem dat zijn zoon niet zwaar gewond in het ziekenhuis lag.

'Het geeft niet. Het is beter dan beroepscriminelen of zakkenrollers vangen. Dit is een betere klasse arrestanten, begrijpt u?' zei de inspecteur met een lach.

Het was avond en meneer en mevrouw Ali en Azhar zaten met de inspecteur en een agent in een verhoorkamer op het politiebureau. Mevrouw Ali had stapelpannetjes met zelfgemaakt eten op haar schoot. Rehman was nog niet binnengebracht.

'Mogen we hem eten geven?' zei Azhar. 'Moeders...'

De inspecteur glimlachte. 'Ik zou niet weten waarom niet. Hij zit nu alleen in verzekerde bewaring. Zijn vrienden en hij zijn nog niet voorgeleid. U mag hem eten geven als u wilt.'

Hij wendde zich tot de agent en zei: 'Haal borden en laat die mensen hun zoon straks eten geven.'

De agent knikte. 'Ja, inspecteur. Geen probleem, inspecteur.'

Rehman kwam binnen. Hij zag er moe uit. Zijn baard leek nog warriger en onverzorgder dan tevoren. Hij had een grote buil op zijn voorhoofd en blauwe plekken op zijn armen. Hij was sterk gebruind en zijn ogen staken groot en schrikbarend wit af in zijn gezicht.

Mevrouw Ali slaakte een kreet en stortte zich op haar zoon, die zijn gezicht pijnlijk vertrok toen ze hem omhelsde, maar niets zei. Ze hield haar zoon een paar minuten vast. Toen ze hem eindelijk losliet, kon Rehman zijn vader en zijn oom begroeten. Ze gingen allemaal aan de tafel vol krassen zitten die het grootste deel van de ruimte in beslag nam; mevrouw Ali koos een stoel naast haar zoon en pakte zijn hand.

'Wat heb je gedaan?' vroeg Azhar. 'Je zit onder de blauwe plekken. Je hebt je ouders heel ongerust gemaakt. Waarom heb je aan die demonstratie meegedaan?'

'Maama,' antwoordde Rehman, 'als iedereen zo dacht, zou er nooit iets veranderen. Heeft iemand niet ooit gezegd dat het kwaad al een kans krijgt als goede mensen niets doen?'

'Maar je demonstreert toch niet tegen iets slechts?' zei meneer Ali. 'De regering wil industrieën opzetten en banen voor onze jeugd scheppen. Jij houdt de economische vooruitgang van ons land tegen.'

'Je hebt gelijk, abba,' zei Rehman. 'Het is niet echt het kwaad, maar het blijft onrechtvaardig dat arme boeren van hun land worden beroofd.'

'Ze krijgen er compensatie voor,' merkte meneer Ali op.

'Hou op, jullie,' zei mevrouw Ali. 'Begin nou niet weer een discussie over politiek.'

'Zo is dat,' zei Azhar. 'We hebben maar een halfuurtje. Laten we bespreken wat we kunnen doen. Hoeveel mensen zijn er in totaal gearresteerd?'

'Een stuk of dertig.'

'Ik heb mijn vriend gevraagd of hij op de een of andere manier kan zorgen dat ze je laten gaan. Er wordt politieke druk uitgeoefend in dit soort zaken, maar als jullie met zoveel zijn, zullen ze jou niet missen,' zei Azhar.

'Nee, maama. Dat is belachelijk. Hoe kun je een politieman nou vragen op zo'n manier buiten zijn boekje te gaan?' zei Rehman ontdaan.

'Doe niet zo naïef, jongen,' zei Azhar. 'Dat doet hij echt niet voor iedereen, maar we kennen elkaar al heel lang. Voor mij doet hij het misschien. Ik kan het altijd vragen.'

Rehman schudde zijn hoofd. 'Nee, echt niet. Aan zoiets smerigs doe ik niet mee. Trouwens, ik kan mijn vrienden niet zomaar in de steek laten. Dit is een geweldige kans om de zaak nog meer aandacht van de media te bezorgen. Als ik op je voorstel inga, wordt alles wat we de afgelopen week hebben gedaan, ontkracht. Het is ook verraad aan de dorpelingen die hun vertrouwen in ons hebben gesteld.'

'En je ouders dan?' zei Azhar. 'Moeten die maar in de zorgen zitten?'

'Azhar, hou op,' kwam meneer Ali tussenbeide. 'Je kunt hem toch niet ompraten. Wat betekent onze angst of schaamte voor hem? Toen ik jong was, werd het als een schandvlek op de hele geméénschap beschouwd wanneer de politie het dorp zelfs maar bezocht. Nu is mijn eigen zoon gearresteerd en onze gevoelens betekenen niets voor hem.'

'Ik zou niet weten waar jullie je voor zouden moeten schamen,' zei Rehman. 'Ik ben niet op stelen of liegen betrapt, hoor.'

Meneer Ali hief machteloos zijn handen. 'Hij zit in de cel en hij weet niet waarvoor we ons moeten schamen.'

Rehman wendde zich tot zijn moeder. 'Ammi, wat vind jij? Je hebt nog niets gezegd.'

Mevrouw Ali barstte in tranen uit. 'Wat moet ik zeggen, jongen? Ik zit zoals altijd tussen twee vuren. Ik weet niet meer naar wie ik moet luisteren, ik weet niet meer wat goed of fout is. Ik zie alleen dat je veel klappen hebt gekregen.'

Rehman nam haar handen in de zijne en liet haar uithuilen.

10

De volgende dag was het stil bij meneer Ali thuis. Hij wist waarom zijn vrouw en hij neerslachtig waren, maar tot zijn verbazing was Aruna ook niet zichzelf. Uiteindelijk staakte hij zijn pogingen om een praatje met haar te maken en ging met de brieven naar het postkantoor.

Daar aangekomen liep hij langs de rijen heen naar binnen, zoals gewoonlijk, en gaf de brieven aan de medewerker die druk bezig was de postzegels op de enveloppen te stempelen. Naidu, de directeur, zat aan de telefoon, maar hij gebaarde naar meneer Ali dat hij op de stoel tegenover zijn bureau mocht gaan zitten.

Meneer Ali wachtte tot Naidu klaar was met zijn gesprek. Het was geen hoogzomer meer, maar nog altijd warm. Het was ook vochtiger, de voorbode van de moessonregens. Hij hoorde het gebabbel van de postsorteerders en mensen die postzegels wilden kopen. Hij hoorde een jongeman vragen hoe hij een formulier moest invullen om geld aan zijn ouders in hun dorp te sturen.

De ventilator gonsde rumoerig boven zijn hoofd en de medewerker stempelde de brieven met een ritmisch *bonk, bonk, bonk...*

Meneer Ali deed zijn ogen dicht en sloot zich af voor alle geluiden. Om niet aan zijn zoon te hoeven denken, die gewond in de politiecel zat, vroeg hij zich af waarom Aruna die dag zo stil was. Hij hoopte dat hij niets verkeerds had gezegd of gedaan. Zijn vrouw bond hem altijd op het hart geen grapjes over religie of kaste te maken, maar hij kon zich niet inhouden. Ze was inmiddels goed gewend en hij kon zich niet meer voorstellen dat hij het huwelijksbureau zonder haar draaiend zou moeten houden.

'Hoe is het met u? Wat kan ik voor u doen?' zei een stem. Meneer Ali deed zijn ogen open; hij was in slaap gesoesd. Naidu was klaar met zijn gesprek.

'Naidu, hoe gaat het?'

'Goed, meneer, met uw zegen. Het spijt me dat ik u moest laten wachten. Ik had het secretariaat van het hoofdpostkantoor aan de lijn, dus ik kon niet zomaar ophangen.'

'Geen probleem, Naidu. Ik wil briefkaarten hebben. Heb jij ze nog?'

'Het spijt me zeer, maar we hebben er nog maar een paar. Ik zal nieuwe bestellen en het aan de postbode doorgeven wanneer ik ze weer heb.'

'Goed. Ik heb ze pas over een paar dagen nodig,' zei meneer Ali.

Hij praatte nog even met Naidu over het weer en het nieuws. Toen vroeg Naidu: 'Herinnert u zich Gopal nog, de postbode?'

'Ja,' zei meneer Ali. 'Hij is al een paar weken niet meer bij ons aan de deur geweest. De nieuwe postbode is niet half zo aardig. Waar is Gopal gebleven?'

'Weet u nog dat hij een dochter had?'

'Uiteraard! Toen ze ging trouwen, heb ik nog tegen hem gezegd dat hij mijn diensten dus niet nodig had.'

'Zijn schoonzoon is overleden,' zei Naidu.

'Wat? Zijn dochter is toch nog maar een paar maanden geleden getrouwd?'

'Ja, amper twee maanden geleden. Ze is Gopals enige dochter.'

'Dat arme meisje... die arme man, wat een tragedie,' zei meneer Ali ontdaan.

Ze zwegen allebei even. Toen vroeg meneer Ali: 'Hoe oud was die schoonzoon?'

'Negenentwintig.'

Meneer Ali schudde zijn hoofd. 'Wat is er met hem gebeurd?'

'Een ongeluk. Hij reed op een avond op zijn motor over de weg langs het kerkhof. Er werd aan de weg gewerkt en de arbeiders hadden een vat met teer midden op straat laten staan. Het vat was zwart van de teer en hij zag het niet. Hij is erbovenop geknald. De arts zei dat hij op slag dood moet zijn geweest,' vertelde Naidu.

'Wat zonde. Iemand maakt één domme vergissing en je hele wereld staat op zijn kop. Ik heb die weg altijd al gevaarlijk gevonden. Maar hoe kon hij dat vat over het hoofd zien, ook al was het zwart?'

'De elektriciteit was uitgevallen, dus de straatverlichting deed het niet. En weet u? Het wordt nog erger.'

'Het kan toch niet erger?' zei meneer Ali.

'Gopal had veel geld uitgegeven aan de bruiloft. Hij had

ook een grote bruidsschat betaald, want zijn schoonzoon had een goede baan. Hij heeft zich voor de bruiloft in de schulden gestoken en moet nog steeds aflossen. Zijn schoonzoon had een levensverzekering ter waarde van vijftien lakh. Helaas had hij die vóór zijn huwelijk afgesloten. Hij had zijn ouders als begunstigden opgegeven en dat had hij nog niet veranderd. De verzekeringsmaatschappij keert het geld aan zijn ouders uit. Ze hebben het arme meisje zonder een paisa op straat gezet,' zei Naidu.

'Hè?' zei meneer Ali. 'Dat mag toch niet? Kan ze niet naar de rechter stappen?'

'Gopal heeft een advocaat geraadpleegd, maar die denkt dat het een slepende zaak gaat worden. Hij heeft hem aangeraden een schikking buiten de rechter om te treffen, maar de schoonouders weigeren gewoon Gopal te woord te staan. Ze beweren dat hun zoon is gestorven doordat Gopals dochter ongeluk brengt.'

'Wat bespottelijk... Wat erg,' zei meneer Ali.

Ze bleven even zwijgend zitten, allebei in hun eigen gedachten verzonken. Toen stond meneer Ali op, nam afscheid en vertrok, in een peinzende stemming.

Toen hij thuiskwam, zag hij dat Aruna in gesprek was met een klant. 'We hebben leden in Amerika, meneer. Ik weet zeker dat we u kunnen helpen,' zei ze.

De klant betaalde het honorarium en vertrok.

Aruna wendde zich tot meneer Ali en zei: 'Ik kan die mensen gewoon niet geloven, meneer. Die man die net wegging wil pertinent een schoonzoon in Amerika en dan stuurt hij zijn dochter daarheen. Hij is een vermogend man en naar de foto te oordelen heeft hij een knappe dochter. Hij zou met gemak hier een schoonzoon kunnen vinden; dan heeft hij zijn dochter in de buurt, in plaats van over de zeven zeeën. Waarom stellen mensen zulke specifieke eisen? Waarom willen ze geen compromissen sluiten?'

'Ik weet het niet,' zei meneer Ali, 'maar laat ik je een verhaal vertellen. Wist je dat we vroeger een kat hadden?'

'Een kat? Nee, dat wist ik niet.'

'O ja! Jaren geleden... Een witte, donzige kat met een prachtige staart. Hij had een groen en een blauw oog. Zulke katten heb je hier niet.'

Mevrouw Ali keek naar buiten, zag dat er geen klanten waren en kwam erbij zitten. 'Herinner jij je onze kat nog?' vroeg meneer Ali.

'Natuurlijk,' zei mevrouw Ali. 'Het was zo'n lief dier. Ze stal nooit melk of vis; ze wachtte geduldig tot ik haar een schoteltje melk of een vissenkop gaf. Ze joeg de andere katten zelfs onze keuken uit.'

'Als het geen ras is dat hier voorkomt, hoe kwam u er dan aan?' vroeg Aruna.

'Op een dag ging ik naar de markt om groente te kopen,' vertelde meneer Ali. 'Op de terugweg zag ik een kat die door drie blaffende honden in het nauw was gedreven. Zo te zien wilden ze haar verscheuren, dus gooide ik een steen naar ze toe. Ze renden met hun staart tussen hun poten weg en ik liep op de kat af. Die was gek genoeg niet mensenschuw. Het arme scharminkel liet zich zo door me optillen. Het was nog een jong katje en ik had nog nooit zo'n zwerfkat gezien. Ik nam haar mee naar huis.'

'Ik weet het nog goed,' vulde mevrouw Ali aan. 'Ik hou niet van dieren en we hadden nog nooit een huisdier gehad, maar ze was zo mooi dat ik op slag verliefd op haar werd. Ik gaf haar een schoteltje melk en ze likte het gewoon op.'

'Zo is dat,' nam meneer Ali het weer over. 'Iedereen was

151

meteen dol op haar. We adopteerden haar en ze kwam bij ons wonen. Na een paar jaar kwam ik op het idee van jonge poesjes. Ik heb overal gezocht, maar ik kon nergens nog zo'n kat vinden. Toen ik een paar maanden vergeefs had gezocht, verdween onze kat plotsklaps. Rehman was ontroostbaar en wij vonden het allebei ook heel erg. We waren bang dat ze misschien onder een auto was gekomen. We bleven haar wel missen, maar na een paar maanden zochten we niet meer. Opeens kwam ze terug, hoogzwanger, en dook regelrecht een kast in. De volgende dag beviel ze van drie kittens: bastaardjes. Ze waren niet wit, zoals hun moeder, maar zaten vol lelijke bruine vlekken. Onze kat was echter gek op haar jongen. Ze likte ze, voerde ze en leerde ze van alles, zoals in bomen klimmen en muizen vangen.'

'Wat hebt u met de jonkies gedaan?' vroeg Aruna.

'Toen ze groot genoeg waren om voor zichzelf te zorgen, heb ik ze op de vismarkt achtergelaten,' zei meneer Ali. 'Ik was op zoek naar de ideale partij voor onze kat, maar zij zocht alleen een gezond mannetje. Zij vond het niet erg dat haar jongen niet raszuiver waren. Ze hield van ze. Dat is de fout die mensen maken: ze zoeken altijd de ideale partij, terwijl ze net zo gelukkig zouden zijn als ze iemand kozen die min of meer voldoet.'

'Wat kun je het toch mooi vertellen,' zei mevrouw Ali, die voor het eerst sinds de vorige avond weer kon lachen. 'Je kunt mensen toch niet met dieren vergelijken? Dat raakt kant noch wal.'

Meneer Ali schudde zijn hoofd en zei: 'Toch is het waar. Veel mannen denken dat hun dochter alleen gelukkig wordt als ze met een rijke ambtenaar of een programmeur in Californië trouwt, maar dat hoeft niet per se waar te zijn. Je moet een goede man zoeken, met een goed karakter, die respect

heeft voor zijn vrouw. Als je die vindt, is iedere vrouw gelukkig, ook al zit ze krap. Als een echtgenoot dronken thuiskomt of achter andere vrouwen aan zit, is zijn vrouw hoe
dan ook ongelukkig, ook al woont ze in een groot huis met
veel bedienden.'

'Je hebt gelijk,' zei mevrouw Ali, 'maar als een vrouw nu
een rijke echtgenoot kan krijgen die geen slechte gewoon-
tes heeft én respect voor haar toont?'

Meneer Ali glimlachte. 'Dan leven ze nog lang en gelukkig.'

'En zulke verhalen beginnen meestal met "Er was eens..."'
zei Aruna verdrietig.

Een paar dagen later waren Aruna en meneer Ali in gesprek
met een klant. De klant vroeg zich af of het wel de moeite
waard was het honorarium te betalen en ze probeerden hem
over te halen zich in te schrijven. Aruna gaf de klant een
voorbeeldlijst met geschikte bruidegoms en de man nam
hem door. Op de voorbeeldlijst stonden alle gegevens van de
kandidaten, maar niet hun volledige adressen en telefoonnummers.

Terwijl de klant de lijst doornam, kwam Irshad binnen.
Meneer Ali glimlachte naar hem en zei: 'Hallo, Irshad, wat
brengt jou hierheen?'

'Goed nieuws, meneer,' jubelde Irshad. Hij rommelde in
zijn tas en haalde er twee witte enveloppen uit, die hij aan
Aruna en meneer Ali gaf. De vier hoeken van de enveloppen
waren geel gekleurd met kurkuma en er stond in een krulle-
rig schuinschrift *Huwelijksinvitatie* op.

Aruna en meneer Ali maakten hun envelop open en haalden de uitnodiging eruit, die afkomstig was van Irshads moeder. Bovenaan stond een afbeelding van een maansikkel met
een ster erboven. Onder de ster en de maan stond in kleine

letters: *In naam van Allah, de barmhartigste, de liefdadigste.* De uitnodiging zelf luidde: *Mevrouw Ameena Khatoun, echtgenote van wijlen Janab Mohammed Ilyas, gepensioneerd* tehsildar, *dorpshoofd, verzoekt uw hoffelijke aanwezigheid bij de gunstige gelegenheid van de bruiloft van haar zoon Mohammed Irshad met Aisha, dochter van Janab Syed Jalaluddin, winkelier.*

Daaronder stonden het adres waar de plechtigheid zou worden voltrokken en het tijdstip: een maand later op zondagochtend om tien uur in het huis van de bruid in Kottavalasa. Meneer Ali kwam glimlachend achter zijn bureau vandaan.

Irshad reikte hem de hand, maar Ali duwde de hand weg en omhelsde Irshad. 'Gefeliciteerd. Ik wens je een gelukkig getrouwd leven,' zei hij.

'Ik heb het allemaal aan u te danken, meneer. Als u zich niet persoonlijk voor me had ingespannen, was het nooit gebeurd,' zei Irshad zichtbaar geroerd.

'Ben je naar Kottavalasa gegaan om kennis te maken met de bruid en haar ouders?' vroeg meneer Ali.

'Ja, meneer. Ik ben er samen met mijn moeder en de imam van onze moskee geweest. Het hele huwelijk is bij die ontmoeting gearrangeerd.'

'Heb je Aisha gesproken?' vroeg Aruna.

Irshad bloosde. 'Een paar minuten, mevrouw. Het is een bijzonder slim meisje. Ze heeft artikelen geschreven en recepten gepubliceerd in een weekblad.'

'Is ze knap om te zien?' vroeg Aruna net iets te onschuldig.

Irshad werd nog roder. 'Ja, mevrouw, heel knap.'

'Wat had ze aan?' vroeg Aruna door.

Irshad kronkelde van verlegenheid. Hij hakkelde wat en zei toen: 'Een sari.'

'Ja, natuurlijk draagt ze bij zo'n officiële gelegenheid een sari, maar wat voor kleur?' vroeg Aruna.

Hij dacht even na. 'Oranje, geloof ik,' zei hij toen.

'Weet je het niet zeker?' vroeg Aruna.

'Niet echt. Ik heb alleen op haar ogen gelet. Ze had grote hertenogen, ze blonken als knikkers... En ik heb gezien dat ze geurige jasmijnbloemen in haar haar droeg.'

Aruna zei: 'Als je een gelukkig huwelijk wilt hebben, moet je opmerken wat je vrouw draagt en haar een complimentje maken als je vindt dat het haar goed staat.'

Meneer Ali glimlachte. 'En als je een nog gelukkiger huwelijk wilt hebben, moet je je vrouw ook een complimentje maken als je vindt dat haar kleding haar niet goed staat.'

Iedereen lachte, ook de klant, maar Irshads lach klonk zenuwachtig. Meneer Ali wendde zich tot Aruna en zei: 'Ophouden, meisje. Je brengt die arme jongen in verlegenheid.'

Hij richtte zich weer tot Irshad. 'Nogmaals mijn gelukwensen, Irshad, en fijn dat je ons die uitnodigingen hebt gebracht. De meeste mensen vergeten liever dat hun huwelijk door een bureau is geregeld.'

'Hoe zou ik dat kunnen vergeten, meneer? U moet beslist naar de bruiloft komen. U bent niet zomaar een van de gasten; u moet een van de getuigen zijn. Ik zal u allemaal door een taxi laten halen en thuisbrengen.'

'Goed dan,' zei meneer Ali. 'Hoe kunnen we zo'n uitnodiging weigeren? Mevrouw Ali en ik komen graag.'

'En u, mevrouw?' vroeg Irshad aan Aruna.

Aruna schudde haar hoofd. 'Het spijt me, maar het is te ver weg. Ik kan niet komen.'

'Ik begrijp het. Misschien houden we hier nog een *valima* wanneer we weer terug zijn. Kom daar dan tenminste naartoe.'

Aruna keek hem niet-begrijpend aan. 'Wij moslims noemen de receptie na de trouwerij een valima,' legde meneer Ali uit. 'De kant van de bruidegom organiseert het feest.'

Aruna knikte. 'Misschien kom ik daar wel naartoe. Als je geen receptie houdt, moet je hier komen met Aisha, dan kan ik haar ontmoeten,' zei ze.

'Natuurlijk,' zei Irshad, en hij ging weg.

De klant, die al een tijd klaar was met de lijst, had het gesprek met belangstelling gevolgd. 'Ik word lid,' zei hij. 'Hier is het geld.'

Meneer Ali stopte het in zijn zak. 'U zult er geen spijt van krijgen,' zei hij.

Toen Aruna haar spullen inpakte voor de lunchpauze, gaf meneer Ali haar de bonus voor de nieuwe aanmelding. 'Ik had niet gedacht dat hij zich zou inschrijven,' zei hij. 'Hij was er niet van overtuigd dat we zijn dochter konden helpen. Hij moet door Irshad op andere gedachten zijn gekomen.'

Aruna borg het geld op en zei: 'Dat heeft vast geholpen, meneer. Misschien moeten we een acteur inhuren die ik stiekem kan bellen wanneer er een klant over de streep getrokken moet worden. Hij kan dan langskomen, net als Irshad, en zeggen dat we hem een grote dienst hebben bewezen door een bruid voor hem te vinden. Meneer, zou hij kunnen zeggen, u bent echt geweldig. Ik durfde niet meer te hopen dat ik ooit een goede bruid zou vinden, maar u hebt mijn problemen in een handomdraai opgelost. Hier hebt u tienduizend roepia als blijk van mijn dankbaarheid. U weigert het geld dan, en dan zegt hij: u moet het aannemen. U verdient elke paisa. Ik kan u niet zeggen hoe dankbaar ik ben.'

Meneer Ali lachte en zei: 'Aruna, je bent een slecht mens. Ga naar huis om te eten.'

Aruna zat thuis in kleermakerszit op de keukenvloer haar lunch te eten. Ze kauwde ongeïnteresseerd, bijna zonder de

156

rijst met sambhar en gesauteerde vleugelkomkommer te proeven. Haar zusje Vani zat op school. Haar vader lag op het bed in de woonkamer, onder de rumoerige, stokoude plafondventilator. Haar moeder zat tegenover haar op een laag houten krukje zwijgend met de palmbladwaaier te zwaaien zodat ze allebei een briesje hadden.

Bij meneer Ali was ze haar problemen even vergeten, maar nu werd ze er weer door overspoeld. Oom Shastry was meer dan eens langsgekomen om te proberen haar vader op andere gedachten te brengen wat haar huwelijk betrof, maar die had voet bij stuk gehouden. Hij kon het zich niet veroorloven Aruna uit te huwelijken, zei hij, en dat was dat. De laatste keer had hij nogal onbeschoft tegen oom Shastry gedaan en gezegd dat hij niet meer hoefde te komen als hij toch nergens anders over kon praten.

Haar moeder had vervolgens ruzie met hem gemaakt en ze hadden het nog steeds niet bijgelegd. De spanning in huis was tastbaar en iedereen liep op eieren. Ze aten niet meer gezamenlijk, Aruna's vader at in zijn eentje in de woonkamer en Aruna en haar moeder aten in de keuken. Vani kwam steeds later thuis en wanneer haar vader vroeg waarom ze zo laat was, gaf ze nauwelijks antwoord.

Aruna's moeder verbrak de stilte. 'We moeten olie hebben. Ik wil je vader niet om geld vragen. Je weet hoe hij is, de laatste tijd.'

Aruna knikte. 'Geen probleem, amma. Ik zal vanmiddag op weg naar huis bij de winkel langsgaan om olie te bestellen. Ik heb vorige week mijn salaris gekregen.'

Aruna's moeder zuchtte terneergeslagen. Aruna wist dat als ze een zoon was geweest, haar moeder het niet erg had gevonden om haar om geld te vragen; ze zou het zelfs haar goed recht hebben gevonden. Aruna was zich er echter van bewust dat haar moeder, die een traditionele Indiase vrouw was, het verkeerd vond geld van een dochter aan te nemen.

Op maandag zat meneer Ali aan de tafel in zijn kantoor te werken. Mevrouw Ali ging op bezoek bij haar vroegere buurvrouw, de weduwe Lakshmi. Een andere buurvrouw van vroeger, Anjali, had haar verteld dat Lakshmi door haar zoon het huis uit was gezet en nu bij haar zus inwoonde. Mevrouw Ali wilde proberen Lakshmi en haar zoon met elkaar te verzoenen. Meneer Ali zou haar later komen ophalen.

'Ik heb je lunch op tafel gezet. Laat je bord niet staan na het eten. Spoel het in de gootsteen af,' zei mevrouw Ali.

Meneer Ali knikte.

'En vergeet niet het deksel op de schalen te doen nadat je hebt opgeschept, anders komen er vliegen op het eten af,' vervolgde ze.

Meneer Ali knikte.

'Ik heb de keukendeur aan de buitenkant afgesloten. Leela heeft gezegd dat ze vandaag laat komt. Ze komt door de keukendeur binnen. Let erop dat ze de keukendeur dichtdoet als ze weggaat, anders komen er katten binnen en drinken ze alle melk op.'

Meneer Ali knikte.

'En kom me niet over een paar uur al ophalen, dan jaag je me op. Daar hou ik niet van,' zei ze.

Meneer Ali knikte en slaakte een zucht. 'Goed,' zei hij. 'Ga nu maar, anders moet ik je al afhalen voordat je weg bent.'

Mevrouw Ali vertrok eindelijk en meneer Ali werkte door.

Hij nam de lijsten door om te zien welke er moesten worden aangevuld. Aruna zou de gegevens van de nieuwe leden uittypen om nieuwe lijsten op te stellen. Er was de vorige dag een advertentie verkeerd afgedrukt in de *Indian Express*.

Hij belde de advertentieafdeling en regelde dat de advertentie de zondag daarop gratis opnieuw zou worden geplaatst. Toen keek hij of er nog nieuwe kantoorartikelen moesten worden aangeschaft.

Net toen hij zich inprentte dat hij enveloppen en nietjes moest kopen, kwam er een vrouw van voor in de twintig binnen. Ze was lang, slank en vrij donker, en ze droeg een elegante sari van chiffon. Ze had geen mangalsutra en leek niet getrouwd te zijn.

De vrouw drukte haar handen tegen elkaar en meneer Ali deed hetzelfde.

'Namaste, is dit het huwelijksbureau?' vroeg ze zacht.

'Ja, mevrouw. Ga toch zitten. Wat kan ik voor u doen? Ik ben meneer Ali.'

De vrouw ging zitten, keek naar de vloer en draaide zenuwachtig aan het uiteinde van haar sari. Meneer Ali wachtte even, maar toen de vrouw bleef zwijgen, zei hij: 'Zeg het maar, meisje. Schaam u niet. Voor wie zoekt u iemand?'

'Voor mezelf,' zei ze.

Meneer Ali gaf haar een aanmeldingsformulier en zei: 'Als je dit nu eens invult? Dan kunnen we daarna praten.'

De vrouw glimlachte naar hem en begon het formulier in te vullen.

Meneer Ali ging verder met zijn werk.

Even later keek de vrouw op. 'Meneer...'

Meneer Ali keek op, nam het formulier van haar aan en las wat ze had ingevuld.

Ze heette Sridevi; ze kwam uit de kamma-gemeenschap, een hoge kaste van boeren en grondbezitters die tegenwoordig viskwekerijen en softwarebedrijven bezaten. Ze was drieëntwintig jaar oud, had de handelsschool gevolgd en leidde een bloemisterij. Volgens het formulier beschikte ze niet over familievermogen, maar verdiende ze een goed inkomen.

'Er zijn niet veel bloemisterijen in de stad. Waar zit je winkel?' vroeg meneer Ali.

Sridevi noemde een vijfsterrenhotel. 'De winkel zit in de lobby,' zei ze.

'Is de winkel van jou of ben je gewoon de bedrijfsleider?' vroeg meneer Ali.

'Het is mijn winkel,' zei Sridevi.

'De huur zal daar wel hoog zijn.'

'Nee, ze hadden geen bloemenstal, dus heb ik de bedrijfsleider overgehaald me een plekje in de lobby te geven tegen een percentage van de omzet. Het liep zo goed dat ze me meer ruimte hebben gegeven,' vertelde Sridevi.

Meneer Ali knikte. Het kon niet zo makkelijk zijn gegaan als Sridevi zei. Ze moest een indrukwekkende vrouw zijn om zoveel succes te boeken zonder steun van haar familie. Meneer Ali las door. Aan het eind ontdekte hij waarom ze alleen was gekomen en zo zenuwachtig was geweest: ze was gescheiden.

'Hoe lang ben je getrouwd geweest?' vroeg meneer Ali.

'Een jaar en drie maanden.'

'Wat is er gebeurd?' vroeg hij.

'We hadden altijd ruzie. Hij zat helemaal onder de plak bij zijn ouders. Die wilden niet dat hun schoondochter werkte. Ik kon niet de hele dag thuiszitten, maar hij wilde me niet laten werken. Zijn ouders wilden dat we zo snel mogelijk kinderen kregen en hij drong er ook op aan. Het werd gewoon ondraaglijk. Na een paar maanden sleepten ze me zelfs naar een gynaecoloog, want ze dachten dat er iets aan me mankeerde omdat ik niet zwanger werd. Daarna wilde ik niet meer met ze praten en werd het nog erger,' vertelde

Sridevi. Ze keek meneer Ali recht aan, alsof ze hem tartte kritiek op haar te geven.

'Ik oordeel niet, Sridevi,' zei meneer Ali. 'Je moet je redenen hebben gehad. Heb je je ouders niet verteld wat er gaande was?'

Sridevi zweeg even. Toen haalde ze diep adem en zei: 'Ik heb het hun wel verteld, maar ze zeiden dat ik niet tegen de wensen van mijn schoonouders in mocht gaan. Mijn vader zei zelfs dat hij er onverstandig aan had gedaan me een opleiding te laten volgen. Hij zei dat ik daardoor op "ideeën" was gekomen. Nu ik gescheiden ben, wil hij niet meer met me praten.'

'Dat is niet zo mooi. En je moeder?' vroeg meneer Ali.

'Die komt wel eens stiekem naar me toe. Ze vraagt me telkens terug te gaan naar mijn man, maar ik wil dat niet nog eens doormaken. Ik wil opnieuw beginnen met een man die me accepteert zoals ik ben.'

'Ik kan het je beter meteen zeggen, Sridevi. Je bent een jonge vrouw zonder kinderen, maar de meeste mannen die bereid zijn met een weduwe of gescheiden vrouw te trouwen, zijn een stuk ouder en hebben vaak kinderen,' zei meneer Ali.

'Ik weet het, meneer. Ik heb geen haast. Ik kan wel wachten tot de ware komt.'

'Laten we maar eens in onze lijsten kijken,' zei meneer Ali, en hij maakte de kast met dossiers open.

Hij pakte een lijst met kamma-bruidegoms. Er stonden maar twee mannen op die bereid waren met een gescheiden vrouw te trouwen: de een was achter in de veertig en de ander vijftig.

'Ik zal voor je adverteren in een paar kranten, dan zien we wel of er reacties komen,' zei hij.

'Nee, meneer,' zei Sridevi. 'Vizag is zogenaamd een stad, maar in feite is het een uit de kluiten gewassen dorp en als u voor mij adverteert, zullen de mensen uit mijn gemeenschap raden dat het om mij gaat. Dan komen de tongen los en dat wil ik liever vermijden. Ik heb geen haast, zoals ik al zei, en ik kan wachten.'

'Weet je het zeker? Ik kan je niet garanderen dat we een geschikte kandidaat vinden,' zei meneer Ali.

'Het leven biedt geen garanties, meneer. Als ik de afgelopen jaren iets heb geleerd, is het dat wel,' zei Sridevi, die opstond om te vertrekken.

'Heb je dit met anderen besproken? Misschien niet met je ouders, maar dan toch met vriendinnen...' zei meneer Ali.

Sridevi schudde haar hoofd. 'Niet echt. Het is heel moeilijk. De mensen begrijpen het niet. Het was al heel moeilijk om onderdak te vinden, want niemand wilde zijn huis aan een gescheiden vrouw verhuren. Gelukkig heb ik een goede advocaat gevonden, die ervoor heeft gezorgd dat ik als onderdeel van het echtscheidingsconvenant een flat kreeg. Het is merkwaardig: als bloemiste versier ik de zalen en podia bij veel feesten en andere gelegenheden, maar zelf word ik nooit ergens uitgenodigd. Mijn nichtje is vorige maand getrouwd, maar ik heb geen uitnodiging gekregen. Het is bijna alsof ik weduwe ben; nee, nog erger: ik ben onzichtbaar geworden.'

11

Een paar dagen later zaten meneer Ali en Aruna te werken. Het was halverwege de ochtend en opeens werd het licht anders. Het felle, scherpe licht werd zachter en kreeg een bruinige tint. Meneer Ali keek op en zei: 'Ik denk dat het gaat regenen.'

Hij stond op van de tafel en liep naar de deur. Hij rook de aarde en wist dat de regen niet lang meer op zich zou laten wachten. Aruna riep achter hem: 'Mevrouw, het gaat regenen.'

Toen de eerste druppels vielen, duwde mevrouw Ali haar man opzij en rende bijna als een sportvrouw langs hem heen naar het katoenen laken waarop tamarinde lag te drogen. Aruna liep achter haar aan en samen pakten ze het laken bij de vier punten en brachten het naar binnen.

'Waarom sta je alleen maar naar de regen te kijken?' zei

mevrouw Ali. 'Als Aruna niets had gezegd, was de tamarinde nat geworden en bedorven.'

Meneer Ali, die de tamarinde niet had gezien, al lag die vlak voor zijn neus, zei niets. Aruna en mevrouw Ali gingen naar binnen.

Meneer Ali had meer belangstelling voor de regen. Het was nog niet echt het seizoen van de natte moesson. Dit moest een voorbode zijn. Hij keek naar de dikke regendruppels die op de droge aarde vielen. Azhar kwam aangerend, maakte het hek open en haastte zich naar meneer Ali toe, uit de regen.

'Waarom ben je door de regen gekomen?' vroeg meneer Ali.

'Ik wist toch niet dat het ging regenen? Toen ik van huis ging, scheen de zon nog,' zei Azhar.

'Herinner je je dat oude lied nog?' vroeg meneer Ali.

Wanneer de bronsgewiekte jacana krijst,
wanneer de zwarte cobra in bomen klimt,
wanneer de rode mier witte eieren draagt,
dan stroomt de regen als een waterval.

'Je hebt een goed geheugen,' zei Azhar. 'Ik heb dat lied in geen jaren gehoord. Mijn grootmoeder zong het toen ik klein was. Trouwens, als ik een cobra in een boom zag klimmen, zou ik niet als eerste aan regen denken.'

Meneer Ali lachte. 'Zou het een goede moesson worden dit jaar?' vroeg hij.

'Ik hoop het,' zei Azhar. 'De meteorologen voorspellen het wel, dus laten we afwachten.'

'Ja,' zei meneer Ali peinzend. 'Zoveel in India is afhankelijk van de moesson. Niet alleen de boeren, maar ook de vogels, dieren en bomen.'

Ze keken allebei zwijgend naar de uitgedroogde aarde, die het water opzoog en zijn opgespaarde hitte vrijliet.

'Je hebt nog steeds niet gezegd wat je komt doen,' zei meneer Ali.

'Het is toch de eerste van de maand? Ik ben niet zoals mijn zwager, die zoveel geld verdient met zijn huwelijksbureau dat hij de datum vergeet. Ik ga mijn pensioen halen,' zei Azhar.

Meneer Ali lachte en vroeg toen ernstig: 'Heb je nog nieuws van Rehman?'

'Mijn vriend de inspecteur zei dat hij binnenkort in staat van beschuldiging wordt gesteld,' zei Azhar.

'Waarvoor?'

'Ordeverstoring, denkt hij,' zei Azhar.

'Dat klinkt niet zo erg,' vond meneer Ali.

Azhar keek om zich heen en zei zacht: 'Niet tegen aapa zeggen, maar mijn vriend zegt dat ze de politie in Royyapalem hebben gevraagd bewijs te zoeken, wat voor bewijs dan ook, zodat ze de demonstranten iets zwaarders ten laste kunnen leggen, zoals vandalisme.'

'Daar was ik al bang voor. Denk je echt dat ze iets zullen verzinnen, alleen maar om de demonstranten te grazen te nemen?' vroeg hij.

'Heb je de kranten vandaag niet gelezen? Die jongens hebben iets groots in gang gezet. Het protest is overgenomen door de media en het hele dorp staat op zijn achterste benen. De regering heeft in het hele gebied artikel 144 afgekondigd.'

'Artikel 144? Dat betekent toch een uitgaansverbod?' vroeg meneer Ali.

'Nog niet,' zei Azhar. 'In dit stadium zijn alleen samenscholingen van meer dan vijf mensen verboden, maar ik denk dat het verdergaat. Ik denk dat het hele project in de knel komt.'

Het klaarde op en Azhar zei dat hij weg moest.

'Kom tenminste even binnen theedrinken,' zei meneer Ali.

'Nee, ik kan beter gaan,' zei Azhar. 'Als ik nog later kom, staan er rijen bij de bank. Trouwens, wat doe je vanmiddag? We gaan met een groepje naar het strand. Heb je zin om mee te gaan?'

'In die regen?' zei meneer Ali.

'Het was maar een bui. Het is alweer droog. Tegen de avond is het weer warm,' zei Azhar.

'Wie gaan er allemaal mee?' vroeg meneer Ali.

'Een stuk of tien, vijftien mensen. Sanyasi komt ook,' zei Azhar.

Meneer Ali dacht even na en zei toen: 'Ik ben al een tijdje niet meer met jullie op stap geweest. Laat ik het maar doen.'

Die namiddag beheerde Aruna het huwelijksbureau in haar eentje. Meneer Ali was naar het strand gegaan en mevrouw Ali was binnen aan het koken. Er kwam een jongeman binnen en Aruna keek op van haar typemachine.

'Hallo, Aruna,' zei de man.

Aruna herkende de knappe chirurg die zich een paar weken eerder had ingeschreven. 'Hallo, meneer Ramanujam,' zei ze. Het verbaasde haar dat hij haar naam nog wist.

'Is meneer Ali er ook?' vroeg hij.

'Nee, hij moest weg,' zei Aruna.

'O! Mijn zus heeft hem gisteren gebeld, en hij vroeg haar vandaag te komen omdat er een nieuwe lijst was. Mijn zus kon niet weg, dus heeft ze mij gevraagd de lijst op te halen.'

'Ja, er kwam vanochtend iets tussen en hij zal wel vergeten zijn dat hij uw zus had gevraagd langs te komen, maar ik kan u ook wel helpen,' zei Aruna.

'Dank je,' zei hij met een glimlach.

'Ik weet het nog, jullie zijn brahmanen, hè?' zei Aruna. Ze wist wel dat Ramanujam brahmaan was, maar vroeg het toch.

'Inderdaad,' zei hij.

Aruna stond op en liep naar de kast met de lijsten. Ze pakte de juiste en gaf hem aan Ramanujam.

Toen hij de lijst van haar aannam, zag Aruna dat hij een gouden horloge omhad dat er heel duur uitzag. Zijn nagels waren keurig geknipt en hij had lange, taps toelopende vingers. Opeens was ze zich ervan bewust dat ze oude, verschoten kleren aanhad.

Ramanujam keek naar de lijst.

'Zal ik hem in een envelop stoppen?' bood Aruna aan.

'Dat hoeft niet,' zei hij, en hij glimlachte weer naar haar.

'Woont uw zus hier?' vroeg Aruna.

'Ja, ze is getrouwd met een industrieel in de stad,' zei Ramanujam. Hij lachte. 'Ik weet niet precies wat hij doet, maar de staalfabriek is een van zijn grote klanten.'

Aruna knikte. Het was duidelijk een rijke familie, en zijn woorden bevestigden dat alleen maar.

'En jij?' vroeg Ramanujam. 'Heb jij broers of zussen?'

'Ik heb een jongere zus die nog op school zit,' zei Aruna.

'En jij? Wat heb je gestudeerd?'

'Ik heb een bachelor in Telugu en sociale wetenschappen.'

'O! Een academicus,' zei Ramanujam.

Aruna schokschouderde. 'Ik had de masteropleiding willen doen, maar ik moest mijn studie afbreken,' zei ze. De woorden waren haar mond nog niet uit of ze kon wel door de grond zakken. Ze vroeg zich af waarom ze dat had gezegd.

'Waarom?' vroeg Ramanujam.

'We hadden er geen geld meer voor. Mijn huwelijk was ook bijna gearrangeerd en ik wilde niet aan iets beginnen waarvan ik niet wist of ik het zou kunnen afmaken.'

Aruna probeerde het luchtig te zeggen, maar ze kon de trilling in haar stem niet bedwingen. Ze pakte een stuk papier van de tafel en draaide zich om naar de kast.

'Waarom is het huwelijk niet doorgegaan?' vroeg Ramanujam. Hij moest haar aarzeling hebben opgemerkt, want hij voegde eraan toe: 'Je hoeft het niet te vertellen, hoor, als je niet wilt.'

Aruna zuchtte. 'Het is heel eenvoudig. Mijn vader werd ziek en hij heeft lang in het ziekenhuis gelegen. Dat heeft ons bijna al ons spaargeld gekost.'

'Als die man de bruiloft heeft afgezegd omdat je vader ziek was, was hij misschien toch niet zo'n goede man. Je zult vast wel iemand vinden die beter is.'

Aruna schudde haar hoofd. 'Nee,' zei ze, 'het was, ís, een goede man. Hij is met een verre nicht van me getrouwd. Ze zijn heel gelukkig. Mijn nicht is de moeder van een snoezig jongetje,' zei Aruna.

Ze had gedacht dat haar hart zou breken. Sushil was de eerste kandidaat geweest die aan haar was voorgesteld. Het was in vrijwel alle opzichten een ideale combinatie geweest en Aruna was op slag verliefd geworden op Sushil. Dat dacht ze tenminste. Ze wist niet of het liefde was wat ze voelde; ze wist alleen dat ze nog nooit zulke gevoelens had gehad. Ze had hem drie keer ontmoet. Elke keer als ze hoorde dat hij met zijn ouders zou komen, was ze ademloos geweest, en elke keer als ze oog in oog met hem stond, had ze bijna geen woord kunnen uitbrengen. Ze had veel zorg aan haar uiterlijk besteed en haar mooiste sari's gedragen, die nu waren verkocht omdat het geld nodig was voor de huishouding; ze had een kleurig lint in haar lange lokken gevlochten, haar gouden ketting en oorringen gedragen en een klein beetje talkpoeder op haar gezicht en hals aangebracht om lichter te lijken dan ze was.

Ze was in de wolken geweest toen hij bij zijn derde bezoek een krans van jasmijnbloemen voor haar haar bij zich had. Hij was zonder zijn moeder of andere familie gekomen, rechtstreeks uit zijn werk. Haar vader was er niet en Aruna zag aan haar moeder dat die het een schande vond dat Sushil zonder familie bij hen thuis was gekomen. Ze had Vani naar de buren gestuurd en was zelf naar de keuken gegaan, zodat Aruna en Sushil in de woonkamer met elkaar konden praten. Ze hadden meer dan drie kwartier over van alles en nog wat gepraat. Hij had haar verteld dat hij een bepaalde actrice uit het zuiden van India leuk vond en zij had plagerig gezegd dat die een te brede neus had. Zij had hem verteld dat ze nog nooit buiten de staat was geweest en hij had gezegd dat ze daar zo snel mogelijk na hun trouwen iets aan moesten doen. Hij had tegen haar gezegd dat hij met haar naar Chennai en naar Ooty, hoog in de bergen, zou gaan. Hij had het woord 'huwelijksreis' laten vallen en ze had gebloosd tot achter haar oren en was naar de keuken gegaan om te zien of haar moeder hulp nodig had. Haar moeder had uiteraard geen hulp nodig, dus was ze binnen vijf minuten weer terug in de woonkamer. Hij putte zich uit in verontschuldigingen voor zijn manier van praten en ze had het hem bekoorlijk vergeven.

Sushil vroeg haar of zij van filmsterren hield. Ze had haar hoofd geschud: nee. 'Zelfs niet van Chiranjeevi?' vroeg hij. Het was de populairste Telugu filmster.

'Nee. Trouwens, mannen vinden hem leuker dan vrouwen. Dat komt doordat hij in al die actiefilms speelt,' antwoordde ze.

Ze hadden het zelfs over serieuze onderwerpen: hoe kwam het volgens hem dat het elk jaar warmer werd? Wat vond zij van een coalitieregering? Moesten de naxalieten, de maoïstische rebellen, gesteund worden wanneer ze drankzaken in stammendorpen in brand staken?

Ze waren het over sommige dingen eens, over andere niet. De dingen waarover ze het eens waren, brachten hen nader tot elkaar, als samenzweerders tegen de wereld; de dingen waar ze het niet over eens waren, brachten vuur in het gesprek.

Ze kregen het over carrières. Hij vroeg haar of ze na haar huwelijk wilde blijven werken en ze antwoordde dat ze graag wilde werken als ze een baan kon vinden en zijn ouders en hij het goedvonden.

'Ik vind het goed,' zei hij. 'Mijn moeder misschien niet. We wachten af.'

Het maakte haar niets uit. Ze wist dat zijn moeder lastig in de omgang zou zijn, maar vertrouwde erop dat ze haar op den duur voor zich zou kunnen winnen. Ze was verliefd op haar verloofde. De zon stond hoog aan de hemel, de wereld was mooi, alles was mogelijk.

Vani kwam terug van de buren en Aruna had haar zusje nog nooit zo hartgrondig gehaat. Haar moeder kwam met *boorulu* uit de keuken. Sushil had een hap genomen en zijn tong gebrand aan de hete rietsuiker binnenin. Hij had met zijn hand voor zijn mond gewapperd, zo erg was de pijn, en Aruna had zich naar de keuken gerept om een glas koud water te pakken. Ze was bij hem blijven staan en had zeker drie keer gevraagd of het al beter ging, tot hij haar verzekerde dat hij gewoon was geschrokken. Ze had gespannen naar hem gekeken en hun ogen hadden elkaar gevonden; het leek wel een scène uit een film.

Kort nadat Sushil was weggegaan, kwam Aruna's vader thuis. Aruna en haar moeder hadden niets over het bezoek gezegd, maar Vani had het zonder erbij na te denken aan haar vader verteld. Hij was niet blij met dat bezoek zonder chaperonne, maar zei niets. Sushil was tenslotte zo goed als zijn schoonzoon.

Aruna was dolgelukkig naar bed gegaan. Ze had de hele nacht vage dromen gehad waarin ze met Sushil een sfeervol bergdorp met rollende mist bezocht. Het was koud in de bergen en ze liepen samen in een deken gewikkeld over een bergpad. Verrukkelijke gevoelens tintelden door haar heen. Ze was blij wakker geworden, de herinneringen aan de vorige middag koesterend. Die gelukzalige toestand had nog drie dagen geduurd, totdat haar vader vanuit zijn bed had geroepen dat hij niet kon opstaan, en toen waren de dromen langzaam vervaagd, zoals de kleuren ook uit haar leven, haar kleren en haar ziel werden gebleekt.

Aruna had nooit met iemand over die gebeurtenissen en gevoelens gepraat, zelfs niet met haar moeder of haar zus. Ze kon Ramanujam met geen mogelijkheid het hele verhaal vertellen, maar ze kon het ook niet allemaal opkroppen. Ze vertelde hem de kale feiten.

Aruna en Ramanujam bleven aan de praat. Hij vertelde over zijn studietijd. Hij had gestudeerd aan de medische faculteit in Andhra, maar had zijn postdoc in neurochirurgie gedaan bij het vooraanstaande All India Institute of Medical Sciences in Delhi.

Aruna was onder de indruk. 'Bij het AIIMS? Het is toch heel moeilijk om daar aangenomen te worden?' zei ze.

Ramanujam schokschouderde. 'Het is een fantastisch instituut. De campus is prachtig en je krijgt er college van de beste professoren, maar hoeveel ik er ook heb geleerd, ik denk dat ik net zoveel heb geleerd van mijn verblijf in een pension, ver weg van mijn familie.'

'Ik ben nog nooit van huis weggeweest, alleen vroeger,

toen ik de zomervakanties bij oom Shastry doorbracht,' zei Aruna.

'Er zaten ook meisjes op het AIIMS,' vertelde Ramanujam. 'De jongens mochten hun pension niet in, maar de meisjes mochten wel bij ons op bezoek komen. Als we een afspraak met een meisje wilden maken, moesten we in de lobby wachten tot er iemand langskwam en vragen of die een boodschap aan het meisje wilde doorgeven. Er zaten heel nieuwsgierige meisjes tussen. Ze wilden weten waarom je dat meisje wilden zien, vroegen je het hemd van het lijf en weigerden dan de boodschap door te geven.'

'Dat zal je geduld hebben bijgebracht,' zei Aruna plagerig.

'Het was frustrerend. Terwijl je daar wachtte, kwam de melkboer langs, de postbode kwam langs, de man van de wasserij, de kantinejongen, de tuinmannen... Er kwamen allerlei mannen langs, maar wij studenten mochten niet voorbij de lobby komen,' zei Ramanujam.

'Het lijkt wel een Lakshmana-*rekha*,' merkte Aruna op. Ze doelde op de lijn die Lakshmana trok om Sita, de trouwe vrouw van zijn broer Rama, tegen elk gevaar te beschermen in het hindoe-epos Ramayana.

'Precies hetzelfde, al nemen sommige meisjes in het pension niet bepaald een voorbeeld aan Sita,' zei Ramanujam lachend.

'Hoe vaak heb je bij het meisjespension staan wachten op iemand die je boodschap wilde doorgeven?' vroeg Aruna.

'Niet zo vaak,' antwoordde Ramanujam. 'Een keer of drie, vier maar.'

'Ja, vast!' zei Aruna met een lach.

'Nee, echt,' zei Ramanujam. 'Bovendien was het leuker om de meisjes bij Singhs theehuis te zien.'

Ze lachte om zijn ondeugende grijns.

Opeens riep mevrouw Ali uit het huis: 'Aruna, waarom heb je het licht niet aangedaan?'

Aruna besefte geschrokken dat het al vrij donker was. 'Het spijt me, mevrouw,' antwoordde ze. 'Ik doe het nu meteen.'

Ze stond op en drukte op het lichtknopje. De lange witte tl-buis knipperde een paar keer en floepte aan. Aruna deed haar ogen dicht, zei een schietgebedje en drukte haar vingertoppen tegen haar voorhoofd.

Mevrouw Ali kwam naar buiten en zag Ramanujam. 'Sorry,' zei ze. 'Ik wist niet dat je een klant had.'

Ze ging weer naar binnen. Aruna voelde zich schuldig. Het was heel ongebruikelijk dat er 's avonds geen klanten kwamen. Waren ze weggegaan omdat het licht niet brandde en de voorkant van het huis in duisternis was gehuld?

Ze keek naar haar dossiers en zei tegen Ramanujam: 'We hebben één kandidaat die je zou kunnen interesseren. De aanmelding is gisteren per post gekomen en nog niet in de lijst verwerkt.'

Ze noteerde de gegevens van de kandidaat, de dochter van een lid van het Hogerhuis, op een vel papier en gaf het aan Ramanujam. 'We hebben geen foto van het meisje. Haar vader schreef in zijn brief dat hij met ons zou komen praten wanneer het Hogerhuis met reces gaat en hij terugkomt uit Hyderabad.'

Ze hoefde niet te zeggen dat de familie van de bruid rijk was. Iedereen wist dat alle politici rijk waren. Ramanujam bekeek de gegevens. 'Dank je,' zei hij. 'Al weet ik niet of ik wel in de familie van een politicus wil trouwen.' Hij keek haar aan en vervolgde: 'Ik moet maar eens gaan. Weet je hoe laat meneer Ali terugkomt?'

Aruna schudde haar hoofd. 'Ik weet niet wanneer meneer thuiskomt,' zei ze.

Ramanujam knikte, maar maakte geen aanstalten om te vertrekken. 'Normaal zit ik nu in mijn privékliniek, maar niet op dinsdag, want dan doe ik twee operaties in het overheidsziekenhuis,' zei hij.

Hij vertelde haar over de operaties die hij die dag had uitgevoerd. Er was een jongeman met epileptische aanvallen uit een dorp binnengebracht. De aanvallen waren zo hevig dat hij niet per trein of bus kon reizen. De familie had hem op een draagbaar vastgebonden en op een ossenkar naar de stad gebracht. De jongeman was pas getrouwd en zijn echtgenote was met zijn ouders meegekomen. De ouders verweten haar dat hun zoon door haar toedoen ziek was geworden.

Aruna zuchtte meelevend. Als een man kort na zijn huwelijk ziek werd of zijn baan kwijtraakte, gaf iedereen de arme bruid de schuld, want zij zou de familie ongeluk hebben gebracht. Gek genoeg werkte het andersom niet zo: als een vrouw na haar huwelijk ziek werd, was dat niet de schuld van haar man. De vrouw werd juist geminacht omdat ze geen gezonde bruid was.

'Hoe ging de operatie? Heb je hem genezen?' vroeg ze.

'Nou, we hebben de tumor verwijderd. Hij is nog steeds niet bijgekomen uit de narcose. Over een paar dagen weten we het.' Hij keek op zijn horloge. 'Ik moet nu echt weg,' zei hij.

Aruna glimlachte naar hem. 'Ik heb je toch niet verveeld?' zei ze.

'Integendeel,' zei Ramanujam. 'Ik heb het erg naar mijn zin gehad. Ik hoop dat ik je niet van je werk heb gehouden. Nog bedankt voor de lijst.'

'Geen probleem. Ik hoop dat er een geschikte bruid voor je bij zit,' zei ze met een glimlach.

Ramanujam wendde zijn blik hemelwaarts en stond op.

Aruna ging ook staan. 'Ik moet ook maar eens naar huis,' zei ze.

Ze borg de papieren op en deed de kast dicht. Tijdens haar gesprek met Ramanujam had ze de tafel al opgeruimd, dus ze was in een wip klaar. Ze hing haar tas (een nieuwe aankoop) over haar schouder, keek door het gordijn het huis in en riep naar mevrouw Ali: 'Ik ga naar huis, mevrouw.'

Mevrouw Ali, die zat te telefoneren, hield haar hand voor de hoorn en glimlachte naar Aruna. 'Doe je de deur achter je dicht?' vroeg ze.

Aruna en Ramanujam gingen samen weg. Aruna sloot de deur en schoof de grendel voor het ijzeren hek. Ze had haar schoenen al aan en liep naar de weg. Daar stond Ramanujams blinkende zwarte auto. Aruna wist er niet veel van, maar ze kon wel zien dat het een duur model was. Ramanujam drukte een knopje op zijn sleutelhanger in en de auto piepte en knipperde twee keer met zijn richtingaanwijzers. Ramanujam opende het portier en keek naar Aruna. 'Zal ik je een lift geven?' vroeg hij.

'Nee, dank je,' zei Aruna. Het was een verleidelijk aanbod, maar ze wist dat er praatjes van zouden komen als iemand haar uit de auto van een onbekende zag stappen.

'Weet je het zeker?' vroeg hij.

'Ja. Het is niet ver en ik moet nog groente kopen onderweg,' zei ze.

'Goed dan. Tot gauw,' zei hij, en hij stapte in de auto. Aruna liep weg.

'Aruna?' riep hij haar na. Ze keek om.

'Ja?'

'Hier is mijn kaartje. Mijn mobiele nummer staat erop. Als er een geschikt brahmaans meisje lid wordt, wil je me dan bellen?' zei hij.

Ze keek hem vragend aan.

'Ik wil de gegevens zien voordat mijn zus en mijn moeder ze onder ogen krijgen,' legde hij uit.

'Ben je bang dat ze je zullen dwingen met iemand te trouwen die je niet leuk vindt?' vroeg ze met een lach.

'Nee, dat niet, maar het is makkelijker als ze iemand die ik niet leuk vind niet eens te zien krijgen; dan hoef ik hun niet telkens nee te verkopen,' zei hij.

Aruna knikte. 'Goed,' zei ze en ze stopte het kaartje in haar tas.

12

De dag daarna namen meneer Ali en Aruna de lijsten door om de niet-leden eruit te ziften; mensen die op advertenties hadden gereageerd, maar zich nooit hadden ingeschreven. Meneer Ali wilde hun een brief schrijven om hun erop te wijzen dat ze lid moesten worden. Ze waren al meer dan een uur bezig toen mevrouw Ali, die de lunch had bereid, met drie glazen koele limonade de veranda op kwam en bij hen ging zitten. Ze bette met de punt van haar sari het zweet van haar voorhoofd en schoof haar stoel een stukje naar voren om de bries van de ventilator beter op te vangen. Toen meneer Ali de glazen zag, laste hij een pauze in.

'Laten we even stoppen,' zei hij. 'Dit is zwaar werk.'

Ze nipten alle drie een paar minuten zwijgend van hun donkerrode drankje.

'Wat is dit, mevrouw? Ik heb dit nog nooit geproefd,' zei Aruna.

'Dit is *rooh afza*, rozensiroop. Het is een oude, verkoelende drank van moslims. De meeste jongelui kennen het niet meer; die drinken allemaal cola,' zei mevrouw Ali.

'Zo, en wat hebben jullie oudjes gisteren op het strand uitgevoerd?' vroeg ze even later aan haar man.

Meneer Ali lachte. 'Hetzelfde als altijd: we hebben een strandwandeling gemaakt, over onze pijntjes en kwalen gepraat en besproken hoeveel onze zoons verdienen en hoeveel onze huisjes nu waard zijn.'

'Met zijn hoevelen waren jullie?' vroeg mevrouw Ali.

Meneer Ali dacht even na. 'Een stuk of acht,' zei hij. 'O, en er is nog iets gebeurd.'

Mevrouw Ali fronste haar wenkbrauwen. 'Wat dan?' vroeg ze zacht.

'Toen Azhar en ik bij het strand aankwamen, werden we staande gehouden door een christelijke zendeling. Hij begon te vertellen dat de Bijbel het enige boek van de waarheid was en dat we daarnaar moesten leven als we naar de hemel wilden,' vertelde meneer Ali.

'Ik wil wedden dat Azhar is weggelopen en dat jij bleef staan,' zei mevrouw Ali.

'Hoe weet je dat?' zei meneer Ali verbaasd. 'Ik keek om me heen, maar Azhar was weg. Ik zei nog tegen die zendeling dat het een wonder was, die verdwijning van mijn zwager, maar ik geloof dat hij geen gevoel voor humor had.'

'Arme man,' zei mevrouw Ali meelevend.

'Ja, ik weet het. Ik was klaar voor een avond met vrienden aan het strand en dan word ik opgehouden door een vent die over godsdienst wil praten,' zei meneer Ali.

'Nee, ik bedoel die zendeling. Arme man, dat hij jou moest

tegenkomen. Je zult zijn zelfvertrouwen wel hebben verwoest,' zei mevrouw Ali.

Aruna schoot in de lach. Meneer Ali keek haar streng aan en ze boog haar hoofd alsof ze aandachtig naar de lijsten keek.

Meneer Ali keek weer naar zijn vrouw. 'Hoe bedoel je?'

'Ben je met hem in discussie gegaan of niet?' vroeg mevrouw Ali.

'Ja, maar...'

'Wat heb je precies tegen hem gezegd?' zei mevrouw Ali.

'Nou, hij liet me een folder zien waarin naar zijn zeggen de waarheid van de Bijbel werd aangetoond. In die folder stond dat de Bijbel de volgorde van de schepping van de dieren aangaf: vissen, reptielen, vogels, landdieren en ten slotte de mens. Hij zei dat de kans dat je die volgorde goed had, één op talloze miljarden was, en dat bewees dat de Bijbel door God geïnspireerd moest zijn. Hij vroeg me of ik naar zijn kerk wilde komen om meer over de Bijbel te horen en mezelf te behoeden voor de eeuwige verdoemenis.'

'Wat heb je gezegd? Heb je hem beledigd?' vroeg mevrouw Ali angstig.

'Hem beledigd? Nee! Je broer, die heeft hem beledigd door onbeleefd weg te lopen zodra hij zijn mond opendeed. Ik heb hoffelijk naar zijn verhaal geluisterd en toen mijn zegje gedaan,' zei hij.

'Dat is precies waar ik bang voor was,' zei mevrouw Ali.

'Ik heb hem erop gewezen dat diezelfde volgorde ook in de Koran staat. Ik vroeg hem of dat niet betekende dat de Koran ook door God was geïnspireerd. Hij zei dat hij de Koran niet kende en er dus niets over kon zeggen,' zei meneer Ali.

'Heb je hem bij ons thuis uitgenodigd om de Koran te bestuderen?' vroeg mevrouw Ali.

'Nee, mens, hoe haal je het in je hoofd,' zei meneer Ali vertwijfeld. 'Ik zei, goed, je kent de Koran dus niet, maar je kent de dasavatar uit de hindoemythologie toch wel? Ja, zei hij. Ik vroeg hem of hij de volgorde wist van de tien incarnaties waarin Vishnu naar de aarde kwam om het kwaad uit te roeien.'

Aruna keek geïnteresseerd op.

'Ik zei dat de volgorde van de tien incarnaties als volgt was: vis, schildpad, everzwijn, half mens-half beest... Heb ik gelijk?' vroeg meneer Ali aan Aruna.

Aruna knikte. 'Ja. De dasavatars zijn Matsya, Koorma, Varaha en Narasimha, en de andere zes zijn menselijk,' zei ze.

'Wat een toeval, zei ik tegen die vent. Was de hindoemythologie dan niet ook door God geïnspireerd? En aangezien al onze godsdiensten hetzelfde beweren, hoef je toch niet zo'n heisa te maken om over te stappen? Ik ben als moslim geboren en ik wil graag moslim blijven.'

Meneer Ali keek van zijn vrouw naar Aruna alsof hij een applausje verwachtte voor zijn slimheid.

Mevrouw Ali schudde meewarig haar hoofd. 'Echtgenoot, op een dag krijg je nog klappen,' zei ze. 'Ik weet alleen niet of je ze van hindoes, christenen of moslims gaat krijgen.'

'Toch is het waar. Je kunt het bijna elke ongeletterde dorpeling in India vragen en hij zal je zeggen dat er maar één God is en dat alle godsdiensten door mensen zijn gemaakt. Waarom moeten al die zogenaamd hoogopgeleide mensen met titels dan ruziemaken uit naam van hun geloof?' zei meneer Ali.

'Zo mag je niet praten. De mensen nemen zulke dingen serieus. Echt, je krijgt nog eens klappen,' zei mevrouw Ali.

Aruna knikte instemmend. 'Mevrouw heeft gelijk, meneer. U moet voorzichtig zijn met zulke dingen.'

Ze gingen weer aan het werk. Mevrouw Ali bleef erbij zitten met de Telugu krant. Na een poosje stond ze op en zei: 'Aruna, morgen hebben we andere dingen te doen. We moeten naar de rechtbank. Je zult in je eentje op het kantoor moeten passen.'

'Dat is goed, mevrouw. Maar waarom moet u naar de rechtbank?' vroeg Aruna.

Mevrouw Ali zuchtte. 'Dat is een lang verhaal. Misschien kan meneer het je vertellen.'

Ze liep het huis in.

'Akka, ik had een tien!' riep Vani zodra Aruna die avond uit haar werk kwam.

Aruna glimlachte, gaf haar zusje een high five en omhelsde haar. Hun moeder glimlachte trots, evenals hun vader. Het hele gezin voelde zich verenigd en Aruna's hart brak bijna toen ze besefte hoe lang het geleden was dat ze allemaal samen blij waren geweest.

Er werd op de deur geklopt en Aruna's vader deed open. Iedereen keek naar buiten en Aruna zei: 'Dat is de winkeljongen. Ik heb rijst besteld op weg naar huis.'

Ze liep naar de deur om zich ervan te verzekeren dat ze de rijst had gekregen die ze had besteld, gaf de jongen een fooitje en stuurde hem weg.

'Heb je de rijst wel betaald?' vroeg haar moeder.

'Ja, amma,' zei Aruna. 'Meteen toen ik bestelde.'

Ze gingen allemaal op een mat in de woonkamer zitten om te eten. Aruna's moeder diende de gestoomde rijst op en de dunne tamarinderasam met gebakken aubergines en bloemkool in masalasaus. Ze besloten de maaltijd met rijst in karnemelk. Vani haalde een pakje *khova* van volle ghee uit de snoepwinkel van Sivarama uit haar tas en gaf iedereen een blokje van het snoep op melkbasis, versierd met heel dun zilverfolie. De khova smolt op de tong.

'Zoetigheid van Sivarama, hm? Wat kostte dat wel niet?' vroeg meneer Somayajulu.

'Ik heb het niet gekocht, naanna. Een van de jongens in de klas had een voldoende en gaf iedereen een doosje cadeau,' zei Vani.

'Je moet naar een tempel gaan om God te bedanken,' zei Vani's moeder.

'Jullie zouden allebei naar de Simhachalam-tempel moeten gaan,' stelde Aruna's vader voor. 'Aruna, jij bent er ook niet meer geweest sinds je je nieuwe baan hebt.'

Aruna knikte, maar Vani stribbelde tegen: 'Naanna, dat is zo ver weg. Dat kost ons bijna een dag.'

De Simhachalam-tempel stond op een berg, kilometers van de stad.

'Ga maandag dan,' opperde hun moeder, want dat was Aruna's vrije dag.

'Ja, komende maandag is een gunstige dag om naar de tempel te gaan. Het is dan volle maan,' zei hun vader.

'Neem een picknickmand mee,' zei hun moeder.

'Dat doen we,' zei Vani instemmend.

'Je kwam wel heel snel op andere gedachten toen moeder een picknick voorstelde,' zei Aruna met een lach.

Vani pruilde, maar schoot toen ook in de lach.

Na het eten zette Aruna's vader de oude zwart-wittelevisie aan om het Telugu nieuws te zien. Ze zagen de koning van Bhutan een krans leggen bij Rajghat, het gedenkteken voor Mahatma Gandhi in Delhi, en daarna een ontmoeting van de koning met de premier en andere functionarissen. Het volgende onderwerp was de beslissing van de centrale bank om de rentetarieven ongemoeid te laten. Toen zei de nieuwslezer: 'De politie heeft in Royyapalem het vuur geopend nadat demonstranten in tegenspraak met artikel 144 een openbare vergadering belegden. Er zouden twee mensen zijn gedood en acht gewond, van wie drie ernstig. De minister van Binnenlandse Zaken van de staat heeft opgeroepen tot kalmte...'

'O, mijn god!' zei Aruna ontsteld.

'Wat is er?' vroeg haar moeder. Ze keken alle drie naar Aruna.

'De zoon van meneer en mevrouw heeft daar ook gedemonstreerd,' zei ze.

'Wil je weten of hij gewond is geraakt?' vroeg haar moeder.

'Nee, hij was vandaag niet in het dorp. Hij was een van de eerste demonstranten. Zijn kameraden en hij zijn met lathi's geslagen en gearresteerd. Hij moet morgen voor de rechter verschijnen.'

'Wat een beproeving voor die aardige mensen,' zei haar vader. 'Kinderen gaan maar aan de boemel zonder te bedenken wat ze hun ouders aandoen.'

De volgende dag waren meneer en mevrouw Ali en Azhar om tien uur bij de arrondissementsrechtbank, een stenen gebouw van een eeuw oud, nog gebouwd onder het Britse bewind. Het had het kenmerkende koloniale karakter van gebouwen uit dat tijdperk, met brede veranda's aan alle kanten en verschoten groene louvredeuren en -luiken. Het stond op een grote open plek met hier en daar een flamboyant of goudenregen. Onder de schaduw van elke boom zat een advocaat in witte kleding en een zwarte jas, omringd door cliënten en hun families.

Rehman en zijn vrienden werden verdedigd door een team van succesvolle advocaten die speciaal waren overgevlogen uit Hyderabad, de hoofdstad van de staat. Meneer Ali had erop gerekend dat hij een deel van de kosten zou moeten betalen, maar Azhar vertelde hem dat er veel geld was ingezameld om de verdediging te betalen. Overal liepen politiemensen met lathi's, bamboestokken met ijzeren banden erom. Bij de ingang van de rechtbank stond zelfs een cameraploeg.

'Meestal is er niet zoveel politie bij de rechtbank,' merkte Azhar op.

'Het zal wel komen door de schietpartij in Royyapalem gisteren. Ik weet zeker dat die cameraploeg ook daarom is gekomen,' zei meneer Ali. Hij wendde zich tot zijn vrouw en zei: 'Zo te zien hebben we een beroemde zoon.'

'Geen grapjes, alsjeblieft. Wat voor toekomst heeft hij nog als hij wordt veroordeeld? Dan is hij voor de rest van zijn leven gebrandmerkt als crimineel. Ik ben misselijk van angst dat onze zoon naar de gevangenis moet en jij moet uitgerekend nu je gevoel voor humor bewijzen,' snauwde mevrouw Ali.

Azhar ving meneer Ali's blik en maakte een onopvallend handgebaar ten teken dat hij zich stil moest houden. Meneer Ali richtte zijn aandacht op de advocaten en hun cliënten. Rehmans advocaten stonden onder de dichtstbijzijnde boom. Meneer Ali liep erheen en werd staande gehouden door de jongste advocaat, die een koffertje bij zich had. Meneer Ali stelde zich voor en vroeg aan de oudste advocaat wat er naar zijn idee zou gaan gebeuren. Voordat hij antwoord kon krijgen, ging er een mobiele telefoon. De jongste advocaat haalde het toestel uit zijn zak, nam op en gaf het aan zijn collega.

De oudste advocaat wendde zich af om te telefoneren. Toen meneer Ali zijn vraag aan de jongste stelde, wees die naar de oudste en zei: 'Meneer is heel goed. Wees maar niet bang. Maar hij heeft het nu te druk om te praten. Hij heeft een belangrijke zaak in een kritieke fase achtergelaten in Hyderabad.'

Meneer Ali liep met een akelig voorgevoel terug naar zijn vrouw en Azhar. Hij vroeg zich af of ze niet beter een goede plaatselijke advocaat in de arm hadden kunnen nemen dan die afwezige man en zijn slippendrager.

Opeens was het een drukte van belang bij de ingang van de rechtbank. De politie werd waakzaam. Een politiebus reed door de hekken het plein op. De mensen wilden allemaal naar binnen, maar werden een paar meter voor de deur tegengehouden door de politie. De bus reed naar de achter-ingang. Iedereen wachtte in de zon, benieuwd naar wat er komen ging. Rehmans advocaten werden door het politie-kordon naar binnen gelaten. Een minuut of tien later kwam er een gerechtsdienaar in een lange witte jas met een rode sjerp om zijn schouder en middel naar buiten.

'De rechter heeft besloten dat de zitting *in camera* zal plaatsvinden,' verkondigde hij. Hij ging weer naar binnen en trok de deuren achter zich dicht.

'Wat betekent dat?' vroeg mevrouw Ali.

'Dat we niet naar binnen mogen,' zei meneer Ali.

'Hoe kunnen ze dat nou doen?'

'De rechter mag doen wat hij wil,' zei meneer Ali.

'Het zal wel vanwege alle publiciteit rond de zaak zijn,' zei Azhar.

Ze bleven nog even in de felle zon staan en zochten toen de schaduw van een boom op. Hoe langer ze er stonden, hoe onbehaaglijker ze zich voelden. Er kwam een jochie met flessen koel water langs, dat goede zaken deed tot hij door een politieman werd verjaagd. Mevrouw Ali beet op haar na-gels. Ze wisselden vrijwel geen woord.

Ten slotte, om halfeen, gingen de deuren van de rechtbank open. Rehmans advocaat en zijn hulpje kwamen naar buiten en liepen gehaast weg. Meneer Ali en een paar anderen deden een vergeefse poging hun de pas af te snijden. Toen kwamen Rehman en zijn vrienden tevoorschijn, breed grijnzend en met geheven armen in de lucht stompend. Meneer Ali en de anderen liepen erheen.

Mevrouw Ali omhelsde haar zoon. Meneer Ali en Azhar klopten hem schutterig op zijn rug. Zijn blauwe plekken waren bijna weggetrokken en de grote buil op zijn voorhoofd was iets geslonken.

'Hoe ging het?' vroeg mevrouw Ali.

'We zijn vrijgesproken. De rechter was het met onze advocaat eens dat de politieman die ons aanhield ons eerst had moeten waarschuwen.'

'Je bent dus vrijgesproken op een vormfout,' zei meneer Ali.

'Wat doet het ertoe?' zei mevrouw Ali. 'Hij is vrijgelaten, daar gaat het maar om.'

'De advocaat heeft zijn honorarium dus verdiend,' zei Azhar.

Ze liepen naar de hekken. Twee vrienden van Rehman kwamen hem de hand schudden. Een van beiden moest zijn linkerhand gebruiken, omdat zijn rechterarm in het gips zat. Rehman slaakte een kreet en de drie vrienden vlogen elkaar in de armen.

'Waar zijn de anderen?' vroeg Rehman.

'De meesten zijn al weg,' zei de jongeman met zijn arm in het gips.

Rehman knikte. 'En jullie? Willen jullie nog?'

'Wij staan achter je,' zei de ene vriend. De andere knikte. 'Een paar anderen hebben gezegd dat ze later terug zouden komen.'

Het drong met een schok tot meneer Ali door dat Rehman de leider van de groep was, niet zomaar een meeloper. Ze liepen door de hekken en kwamen bij de cameraploeg. Een verslaggeefster hield hen staande. Het verbaasde meneer Ali niet dat ze zijn zoon wilde spreken en zijn naam kende. Het was een aantrekkelijke vrouw van in de twintig met een microfoon. Ze glimlachte naar Rehman en vroeg hem opzij te komen staan, zodat ze samen in beeld kwamen.

'Rehman, wat vind je van je vrijspraak?' vroeg de verslaggeefster.

'Ik heb altijd in ons rechtssysteem geloofd,' zei Rehman. 'We maakten deel uit van een legitieme demonstratie om de rechten van de inwoners van Royyapalem te beschermen.'

'Wat zijn je plannen?' vroeg de verslaggeefster.

'Mijn vrienden en ik gaan regelrecht terug naar Royyapalem.'

De vrienden knikten.

'Nee!' riep mevrouw Ali uit.

De tv-camera zwaaide haar kant op. De verslaggeefster liet Rehman staan en beende naar haar toe. 'Wie bent u, mevrouw?' vroeg ze.

'Ik ben de moeder van Rehman,' zei mevrouw Ali.

'Bent u het eens met de beslissing van uw zoon om zich weer in Royyapalem bij de demonstranten aan te sluiten?' vroeg de verslaggeefster.

'Natuurlijk niet. Hoe kan ik, als moeder, blij zijn dat mijn zoon teruggaat naar de plek waar hij is geslagen en gearresteerd? Zeker niet na het schieten en de doden van gisteren,' zei mevrouw Ali.

'Wat zou u uw zoon adviseren?' vroeg de verslaggeefster.

'Ik adviseer hem naar zijn ouders te luisteren en hier te

blijven. Hij heeft zijn steentje bijgedragen, nu mogen anderen de strijd voortzetten,' zei mevrouw Ali, die in tranen was.

Rehman liep naar zijn moeder toe en omhelsde haar.

'Wat wil je tegen je moeder zeggen?' vroeg de verslaggeefster aan Rehman.

'Het is begrijpelijk dat mijn moeder geëmotioneerd is,' zei Rehman, 'maar soms moeten we verder kijken dan ons huis en onze ouders. Ik verwacht niet dat onze ouders blij zijn met onze beslissing terug te gaan naar Royyapalem, maar mijn vrienden en ik doen dit voor ons land. We willen allemaal dat India zich ontwikkelt, maar niet door de zwakste burgers te vertrappen. Het heeft geen zin om rijk te worden als we al doende onze ziel verliezen.'

Die avond bij het eten vroeg Aruna's moeder aan haar dochter: 'Hoe was je dag? Je ziet er moe uit.'

· 'Ja, amma. Meneer en mevrouw zijn de hele ochtend weggebleven en toen ze terugkwamen, waren ze zo van streek dat ik het bureau nog in mijn eentje draaiend moest houden,' zei Aruna.

'Die arme mensen,' zei haar moeder. 'Kinderen die niet naar hun ouders luisteren, kunnen zoveel problemen veroorzaken. Goddank zijn jullie allebei braaf.'

'Mogen we maandag nog gaan picknicken bij de Simhachalem-tempel?' vroeg Vani.

'Het gaat om de tempel, Vani, niet om die picknick,' zei haar vader streng.

'Ook goed, pa. Relax,' zei Vani.

Toen ze klaar waren met eten, zette Aruna's vader de tv aan. Na de gebruikelijke politieke berichten zei de nieuwslezer: 'Laten we nu naar Vizag gaan om het leed van een moeder te zien.'

Het plein voor de rechtbank en mevrouw Ali's behuilde gezicht kwamen in beeld.

'Dat is mevrouw,' zei Aruna ontdaan.

Ze keken allemaal gretig naar het gesprek van de jonge verslaggeefster met mevrouw Ali. Het feit dat Rehman en zijn vrienden waren vrijgesproken, kwam alleen terloops ter sprake. De emoties van mevrouw Ali kregen veel meer aandacht.

Na het weerbericht zette Aruna's vader de tv uit. Ze zwegen allemaal even. Toen zei Aruna's vader: 'Wat beschamend voor die ouders om mee te moeten maken dat hun zoon wordt gearresteerd. En wat is het een bruut... Zelfs de tranen van zijn moeder kunnen zijn koppigheid niet breken.'

'Maar Rehman heeft gelijk, naanna,' zei Vani. 'Soms moet je verder denken dan je eigen familie. Iedereen zegt dat onze vrijheidsstrijders geweldige mensen waren. Denk je dat hun ouders blij waren dat hun kinderen tegen de Britten vochten in plaats van advocaat of ambtenaar te worden?'

'Spreek me niet tegen,' zei Aruna's vader. 'Je bent nog te jong om zulke dingen te begrijpen.'

Vani trok een lelijk gezicht, maar voordat ze iets kon zeggen, zei Aruna: 'Vani heeft gelijk, naanna, al is het niet verkeerd van mevrouw dat ze huilt en haar zoon vraagt niet te gaan. Haar zoon heeft ook gelijk als hij zegt dat we soms verder moeten kijken dan onze eigen belangen en anderen moeten helpen. Het is voor iedereen een trieste zaak.'

'Ik ga morgen aan mijn medeleerlingen vragen wat we kunnen doen om de boeren in Royyapalem te steunen,' zei Vani.

'Raak nou niet betrokken bij gevaarlijke bezigheden,' zei Aruna's vader. 'We zijn arm en kunnen ons geen problemen veroorloven.'

'Die boeren zijn ook arm, naanna,' zei Vani. 'Maar maak je geen zorgen, ik ben niet van plan zelf naar R oyyapalem te gaan. Citeer jij niet altijd wat Krishna in de Gita tegen prins Arjuna zei aan de vooravond van de grote slag? We leven allemaal in de maatschappij en als we elkaar niet helpen in tijden van nood, leveren we geen bijdrage aan de samenleving. Dan zijn we geen haar beter dan uitbuiters en dieven.'

13

Op zondag ging meneer Ali weer aan het werk. Hij kon het getob over zijn zoon eindelijk achter zich laten, maar mevrouw Ali lag nog in bed, niet in staat de wereld onder ogen te komen.

Meneer Ali begon advertenties op te stellen. Anders genoot hij altijd van die taak, maar die dag wilden zijn creatieve sappen niet vloeien en zat hij lang naar een leeg vel papier te staren. Aruna nam gegevens van nieuwe aanmeldingen over op een lijst, een taak die de hele week was blijven liggen. Tien stille minuten later wuifde ze met een formulier naar meneer Ali en zei: 'Deze dame, Sridevi? Ze heeft zich maandag ingeschreven, toen ik er niet was.'

Meneer Ali keek op. 'Ja?'

'Hebt u haar de gegevens van Venu laten zien, die computermonteur?' vroeg Aruna.

'Wic?' vroeg meneer Ali verwonderd.

'Weet u nog, die gescheiden computermonteur uit een kleine stad? Hij had ook een ongetrouwde zus,' antwoordde Aruna.

Het duurde even voordat het meneer Ali te binnen schoot. 'Nee, die kandidaat heb ik Sridevi niet laten zien. Ze wilde alleen kandidaten uit haar eigen gemeenschap, en zijn naam stond niet op die lijst.'

'Maar ze zijn van dezelfde kaste, meneer,' zei Aruna terwijl ze naar de kast liep en de lijst pakte.

'Weet je dat nog? Je hebt een bijzonder goed geheugen,' zei meneer Ali, die onder de indruk was.

Aruna bloosde. 'Niet echt, meneer,' bekende ze. 'Ik kwam zijn gegevens laatst tegen toen we de lijsten doornamen op mensen die zich niet hadden aangemeld.'

Aruna gaf de lijst aan meneer Ali. Hij nam de gegevens door en zei: 'Geen wonder dat ik hem over het hoofd heb gezien. Hij heeft geen voorkeur voor een bepaalde kaste. Maar je hebt gelijk; ze zijn van dezelfde kaste. Geef me Sridevi's formulier eens?' Hij stak zijn hand uit en nam het formulier van Aruna aan.

Hij pakte de telefoon en koos het opgegeven nummer.

'Hallo, met Sridevi. Wat kan ik voor u doen?' zei een vrouwenstem.

'U spreekt met meneer Ali van het huwelijksbureau.'

'Dag meneer. Ik meende u laatst op tv te zien met uw vrouw. Was u het echt?'

Meneer Ali zuchtte. Het nieuws over de openlijke opstandigheid van zijn zoon moest inmiddels in de hele stad bekend zijn. 'Ja, dat waren mijn vrouw en ik.'

'Uw zoon is heel moedig, meneer,' zei Sridevi. 'Ik leefde ook echt mee met uw vrouw.'

Meneer Ali, die niet wist wat hij met de lof aan moest, bromde iets. 'Zoekt u nog steeds een echtgenoot?' vroeg hij.

'Ja, meneer, ik ben nog op zoek,' zei ze.

'Ik heb hier iemand die Venu heet. Hij is net zesentwintig geworden, dus het leeftijdsverschil is niet groot. Hij is computermonteur hier in de stad. Hij heeft geen bezwaar tegen een andere kaste, maar hij is ook een kamma, dus uit jouw gemeenschap,' zei meneer Ali.

'Dat klinkt goed, meneer. Ik kan vandaag niet langskomen, maar ik zal morgen om tien uur even langswippen,' zei ze.

'Je hoeft niet te komen. Ik kan je de gegevens ook sturen. Ik heb je adres en aangezien je in de stad woont, moet de brief er binnen een paar dagen zijn,' zei meneer Ali.

'Wilt u dat doen? Dank u wel, meneer. Mijn *babayi*, mijn jongere oom, komt morgen op bezoek, dus het schikte me niet echt. Het zou fijn zijn als u de gegevens wilde sturen,' zei Sridevi.

'Je oom van vaderskant? Dat is toch goed nieuws? Je had me verteld dat je familie je boycotte,' zei meneer Ali.

'De rest van de familie boycot me nog steeds. Mijn babayi is net terug uit de Golf. Hij belde gisteren op om te zeggen dat hij me wilde zien. Ik maak een lunch voor hem.'

'Dat is geweldig. Hopelijk kan hij de andere familieleden ompraten,' zei meneer Ali.

'Ik hoop het maar, meneer. Hij heeft zelf geen dochters en ik ben altijd zijn lievelingsnichtje geweest. We moeten maar zien hoe het gaat,' zei Sridevi.

'Veel succes, zowel met je oom als met de kandidaat. We sturen de gegevens morgenochtend op, dus je moet ze dinsdag of woensdag hebben.'

Meneer Ali hing op en zei tegen Aruna: 'Laten we haar de lijst sturen. Omcirkel Venu's gegevens met rode pen.'

Aruna knikte en pakte een envelop om aan Sridevi te adresseren. 'En Venu? Zullen we hem Sridevi's gegevens ook sturen?'

Meneer Ali dacht er even over na en schudde zijn hoofd. 'Nee,' zei hij. 'Ik weet dat we het anders altijd wel doen, maar laten we het deze keer aan Sridevi overlaten. Ik wil haar niets opdringen. Zij kan de eerste stap zetten, als ze wil. Als ze niet rechtstreeks contact met hem wil opnemen, kan ze het altijd via ons doen. Zet dat maar onder aan de lijst: dat we haar gegevens niet aan Venu sturen en dat ze zelf mag beslissen of ze contact met hem wil.'

Op maandagochtend stonden Aruna en haar moeder zoals gebruikelijk vroeg op om *pulihora* te maken: gele tamarinderijst, gekruid met gember en rode chilipepers.

Net toen Aruna de pikante pasta door de rijst mengde, kwam Vani de keuken in. Ze keek even naar wat Aruna deed en vroeg toen: 'Waarom maken we altijd pulihora voor picknicks?'

'De zure tamarinde voorkomt dat de rijst in de hitte bederft,' zei haar moeder, die aan het fornuis stond, over haar schouder. Ze stond boorulu te bakken, linzenbollen met zoete rietsuiker in het midden. 'Vani,' zei ze, 'pak een tros bananen en flessen water in. Denk erom dat niet alle bananen voor jullie zelf zijn. Je moet er ook een paar aan de tempelgod geven.'

'Goed, amma,' zei Vani.

Om halfnegen waren ze klaar, maar ze vertrokken pas na negenen omdat de ochtendspits dan was geluwd. Ze gingen met de stadsbus naar het busstation en stapten daar over op de bus naar Simhachalam. De conducteur kwam naar hen toe en Aruna kocht een kaartje. Vani liet haar studentenpas zien.

De bus reed van het station het drukke verkeer in. Het

kostte een paar minuten om het eerste kruispunt over te steken, maar daarna verliep de rit betrekkelijk soepel. De bus reed om Diamond Park heen, toen langs Sankar Matham, een aan Shiva gewijde tempel, en bereikte vervolgens de snelweg langs de voet van de bergketen. De bus zat inmiddels vrij vol en er moesten zoveel mensen staan dat Aruna de andere kant van het gangpad niet eens kon zien.

'Wat een geluk dat we op de eerste halte in de bus zijn gestapt, anders hadden we moeten staan,' zei Aruna.

Vani knikte.

De bus sloeg links af, zodat ze de bergketen aan hun rechterhand hadden en de stad links, en spoedde zich naar het tempeldorp. Na een halfuurtje waren ze de stad uit en stopte de bus veel minder vaak. Aruna zat in haar nieuwe sari bij het raam. Ze hield de donkergroene rand van haar sari voor haar gezicht als bescherming tegen de zon, die al fel scheen. De open ramen hielden de bus koel zolang ze reden, al kwam er ook veel stof binnen; zodra ze stopten, werd het verstikkend benauwd. Aruna en Vani babbelden over de klanten van meneer Ali en hun eisen en over Vani's klasgenoten.

'Weet je, we hebben het zigzagpatroon op de blauwe sari die ik op je bruiloft zou dragen nooit afgemaakt. Hij ligt nog boven in de kast,' zei Vani.

Aruna's gezicht betrok en Vani bood haar excuses aan.

'Nee, het hoeft je niet te spijten,' zei Aruna. 'Die bloemen liggen nu verwelkt op de vuilnisbelt. Het heeft geen zin om je hun geur te herinneren.'

Vani keek haar met grote ogen aan en gaf een kneepje in haar hand. De meisjes wisselden een trieste glimlach en voelden de hechte band die alleen twee zusjes kunnen hebben.

De bus stopte. Aruna besteedde er geen aandacht aan en zette haar gesprek met Vani voort. Toen zwegen ze en beseften dat niemand meer iets zei. Mensen probeerden reikhalzend te zien wat het oponthoud veroorzaakte.

Na een paar minuten stapten de staande passagiers uit. Toen er niemand meer stond, kwam er een man binnen die door het gangpad liep en de kaartjes wilde zien. Aruna zag door het raam nog twee controleurs, die de kaartjes inspecteerden van alle staande passagiers die nu langs de kant van de weg drentelden.

Toen de controleur hen bereikte, liet Aruna haar kaartje zien en Vani haar pas. De man gaf Aruna's kaartje terug, maar hield Vani's pas en riep een andere controleur, aan wie hij de pas liet zien. Aruna en Vani keken elkaar vragend aan. Vani haalde haar schouders op.

'Is er iets?' vroeg ze aan de controleurs.

De eerste draaide zich naar haar om en zei: 'Ja, je reist zonder plaatsbewijs.'

'Hoe bedoelt u? Ik heb toch een pas?'

'Een studentenpas is niet geldig buiten de stadsgrenzen,' zei de controleur.

'O, dat wist ik niet! Wat kost een kaartje? Ik koop er een,' zei Vani.

'Daar is het nu te laat voor,' zei de man bars. 'Je zult een boete moeten betalen.'

'Een boete? Ik zeg toch dat ik niet wist dat die pas alleen binnen de stad geldig was?' zei Vani.

'Dat doet er niet toe. Je moet de boete betalen.'

Vani wilde zo te zien tegenstribbelen; Aruna legde een hand op die van haar zus om haar tot zwijgen te manen. 'Hoeveel is het?' vroeg ze.

'Dat weet ik niet. Dat moet de rechter beslissen,' zei de man, die het leuk leek te vinden dat hij de meisjes in verlegenheid bracht.

'Hè?' zei Vani, die grote ogen opzette. 'De rechter?'

'We hebben een rijdende rechter bij ons. Kom op, meisjes, uitstappen.'

'Maar...'

'Geen gemaar. Stappen jullie zelf uit of moet ik de politie erbij halen? We hebben ook een politievrouw bij ons.'

Aruna en Vani keken elkaar aan en stonden aarzelend op. Vani hield de tas met eten in haar ene hand en omklemde met de andere haar portemonnee. Aruna hield haar schoudertas op haar borst vast. Ze werden naar buiten gedreven en apart van de anderen gezet. De hete zon beukte op hun hoofd. Aruna bedekte haar hoofd met de punt van haar sari. Vani had haar churidar aan: een lange tuniek van zachte chiffon tot op haar knieën met een bijpassende, strakke broek en een *dupatta*, een lange, dunne lap stof die over haar borst hing, met de uiteinden over haar schouders. Aruna wees ernaar en Vani gebruikte een uiteinde om haar hoofd te bedekken. Aruna was zich ervan bewust dat iedereen vanuit de bus naar hen keek.

Opeens zette een jongeman het op een lopen. De controleurs schreeuwden en de twee politiemensen in hun gezelschap hieven hun lathi, maar de man ontweek hen en wist te ontkomen. Kort daarna waren alle kaartjes gecontroleerd en mochten de mensen buiten weer instappen.

Nu kunnen we niet meer zitten, dacht Aruna.

De motor van de bus kwam brullend tot leven en opeens schoot de bus naar voren.

'Hé!' riep Vani, die een hand opstak alsof ze de bus zo kon tegenhouden, maar het was al te laat. De bus meerderde vaart en verdween in een wolk van uitlaatgassen en stof. De meisjes keken vragend naar de controleurs; alleen zij hadden de bus gemist. Honderd meter verderop stond nog een bus, en ze kregen het verzoek erheen te lopen. Toen ze instapten, snakte Aruna verbaasd naar adem. De meeste stoelen achter in de bus waren verwijderd en het interieur was veranderd in een rijdende rechtszaal. Op een makkelijke stoel zat een man in een zwarte toga, vermoedelijk de rechter, en tegenover hem was een beklaagdenbankje neergezet. In de bus zaten wat politiemensen, onder wie ook vrouwen.

Aruna en Vani liepen naar de rechter toe en Vani moest plaatsnemen in het beklaagdenbankje. Ze had zich kranig gehouden, maar nu trilde haar onderlip. Aruna's hart ging naar haar uit.

De controleur die hun kaartjes had gecontroleerd stapte naar voren en zei: 'Dit meisje reisde zonder plaatsbewijs, edelachtbare.'

De rechter keek verveeld. 'Hoe heet je, meisje?' vroeg hij.

'Vani, meneer.'

'En je vader?'

'Meneer Somayajulu, edelachtbare. Gepensioneerd leraar.'

De rechter noteerde het. 'Heeft de controleur gelijk? Had je geen kaartje?' vroeg hij.

'Nee, edelachtbare, ik heb een pas...' begon Vani.

De controleur onderbrak haar. 'Edelachtbare, die pas is niet geldig buiten de stadsgrenzen. Ze reisde zonder geldig plaatsbewijs.'

De rechter keek Vani met opgetrokken wenkbrauwen aan. 'Is dat waar?'

'Ik wist niet...' begon Vani.

De rechter liet zijn hamer neerkomen en Vani zweeg. 'Schuldig,' zei hij. 'De boete bedraagt honderdvijftig roepia.'

'Maar edelachtbare...' protesteerde Vani.

De rechter stak zijn hand op. 'De boete kan oplopen tot driehonderd roepia. Je bent een jong meisje dat een fout heeft begaan en je vader was leraar, daarom heb ik zo'n lage boete gegeven. Op weg naar buiten bij de kassier betalen, alsjeblieft.'

Hij wendde zich tot de politieman naast hem en zei: 'Dit is geen geschikte plek. Laten we het bij Gajuwaka proberen; daar vangen we meer mensen.'

Aruna keek in haar portemonnee en zag tot haar afgrijzen dat ze niet veel geld meer had. Ze herinnerde zich dat ze eerder die week rijst had gekocht en haar portemonnee niet had bijgevuld. Ze haalde al het geld eruit en telde het. Ze had honderddertig roepia. Ze wroette in haar tas en vond nog een munt van vijf roepia.

'Heb jij geld?' vroeg ze zacht aan Vani.

Vani zette grote ogen op en pakte haar portemonnee. 'Vijfentwintig roepia,' zei ze. Ze gaf haar zus het geld.

'Gelukkig, we kunnen in elk geval de boete betalen.'

Ze liepen naar de kassier, die bij de deur achter een geldkist zat. Aruna betaalde en de kassier borg het geld op. Aruna bleef staan.

'Wat wil je?' snauwde de kassier geërgerd.

'Ik wacht op mijn reçu,' zei Aruna.

'Reçu?' herhaalde de man wezenloos.

'Ja,' zei Aruna bedaard. Haar vader had haar geleerd dat ze altijd een reçu moest vragen wanneer ze een overheidsdienaar betaalde.

De man pakte zuchtend een bonnenboek, legde een vel carbonpapier onder het eerste blad en vulde het in. Hij scheurde het origineel uit het boekje en gaf het onvriendelijk aan Aruna.

Vani wendde zich tot de controleur bij de deur en zei: 'We zitten midden in de rimboe. Kunt u ons een lift naar de dichtstbijzijnde bushalte geven?'

'Nee, we vervoeren geen passagiers,' zei de man kortaf, en

hij joeg hen de bus uit. Toen ze uitstapten, hoorde Aruna hem nog pruttelen: 'Die willen een reçu én een lift.'

De zusjes stonden verdwaasd in de hete zon te kijken hoe de mobiele rechtbank de motor liet brullen en verdween.

'Wat moeten we nu beginnen?' vroeg Vani.

Dat had Aruna zich ook afgevraagd. De controlepost stond halverwege twee bushaltes. Ze waren kilometers ver weg van zowel de stad als de tempel.

In de stad had meneer Ali zijn vrouw eindelijk overgehaald uit de slaapkamer te komen. Ze zaten samen aan de eettafel en meneer Ali zei: 'Laten we naar Azhars huis gaan.'

'Ik wil niet naar buiten,' zei mevrouw Ali.

'Je kunt hier niet opgesloten blijven. Je bent al drie dagen de slaapkamer nauwelijks uit gekomen. Het zal je goeddoen om er eens uit te gaan,' zei meneer Ali.

'Nee, laat me maar gewoon met rust. Ik wil niemand zien,' zei mevrouw Ali.

'Je moet die dingen loslaten,' zei meneer Ali.

'Ik dacht dat het vandaag maandag was,' zei mevrouw Ali.

'Ja, dat klopt. Hoezo?' vroeg meneer Ali.

'Dat betekent dat Aruna er vandaag niet is. Moet je niet op kantoor zitten?' zei mevrouw Ali.

'Het geeft niet. Het zou ons allebei goeddoen om eens naar buiten te gaan. Kom mee,' zei meneer Ali.

Mevrouw Ali zuchtte. 'Ik weet wel hoe onze zoon aan die koppigheid komt. Als jullie je eenmaal iets in het hoofd hebben gezet, zijn jullie er niet meer van af te brengen.'

'Begin nu niet over Rehman. Hij is een dwaas die niet naar zijn ouders wil luisteren en die last zullen we maar moeten dragen,' zei meneer Ali.

Mevrouw Ali stond op. 'Goed dan. Ik ga me even opfrissen.'

Op de vruchtbare kustvlaktes in het zuiden van India ben je nooit ver van bewoond gebied. Aruna wees naar een gehucht een eindje verderop. De zusjes liepen naar de hutten met daken van palmbladeren toe. Ze liepen over de berm van de weg, door het stof dat uitgedroogde stengels van rijstplanten en vertrapt suikerriet bedekte. De zon stond als een withete bol aan de wolkeloze lucht. De bomen langs de weg waren allemaal voorzien van een witte streep rond de stam die aangaf dat ze van de wegendienst waren. Aruna en Vani liepen in de schaduw van die bomen naar het groepje hutten toe. Vani wees naar een palmboom met een dunne, rechte stam waar inkepingen in waren gemaakt om het klimmen te vergemakkelijken. Boven in de boom was een pot van klei gehangen.

Aruna keek naar de pot en zei: 'Palmwijn.'

Vani knikte.

Tappers maken kerven in de bloeiende aren van de palm en hangen een pot aan de stam. Een zoet, verkwikkend sap, *neeru*, sijpelt uit de kerven in de pot. Aruna wist dat verse neeru heerlijk en voedzaam is, maar dat het vrijwel altijd wordt gegist tot een sterke plattelandslikeur, arak, die door veel dorpsbewoners en arme mensen wordt gedronken.

Ze kwamen bij het gehucht. In een van de hutten zat een café met thee en hapjes. Langs de zijkant stond een houten bank, en daar gingen de meisjes naartoe. Het was een opluchting om uit de zon te zijn; het dak van palmbladeren en de met koeienmest gepolitoerde vloer hielden de hitte buiten, en een koele bries blies door de open zijkanten van de hut. In het donkerste gedeelte was een oude vrouw zichtbaar. '*Baamma*, mogen we hier even zitten?' riep Aruna.

De oude vrouw wuifde dat het goed was. De meisjes gingen op de bank zitten en de oude vrouw dook uit de hut op. Ze had een gerimpelde, donkere huid en ze droeg een verschoten katoenen sari van een onbestemde kleur. Om haar rechterpols had ze een tot groen verbleekte tatocage die op een armband leek. Ze droeg de sari op de wijze van de arme vrouwen uit de lagere kasten in dorpen: zonder blouse en met het uiteinde over haar hangborsten gedrapeerd. Aruna zag dat ze weduwe was, want ze droeg geen sieraden en had geen sindoor op haar voorhoofd.

'Hallo, dames, willen jullie thee?' vroeg de vrouw nadat ze een zelfgemaakte sigaar uit haar mond had gehaald. Haar ene oog was troebel en ze hield haar hoofd schuin om de meisjes met het andere te bekijken.

'Nee, baamma. De controleurs beweerden dat we zonder kaartje reisden en hebben bijna al ons geld afgepakt voor de boete. We hebben nog maar tien roepia en dat geld hebben we nodig om naar huis te komen,' zei Aruna.

'Die overheidsmensen, ze trekken een uniform aan en de macht stijgt ze naar het hoofd. Hoe kunnen ze twee jongedames zoals jullie laten stranden? Hebben ze geen zussen of moeders?' zei de oude vrouw. 'Maak je maar niet druk om het geld. Van een paar glazen thee raak ik niet aan de bedelstaf.'

Ze liep naar het fornuis en schonk twee glazen thee in uit de pot die daar stond te borrelen.

Vani keek weifelend naar de niet overdreven schone glazen, maar Aruna wierp haar een veelbetekenende blik toe en nam een slokje. Vani pakte onwillig haar glas.

De oude vrouw wees naar een hut. 'Als jullie iemand willen bellen, Seenu daar heeft een telefoon,' zei ze.

'Wat een goed idee, baamma,' zei Aruna. Ze richtte zich tot Vani en vroeg: 'Wie zullen we bellen? Weet jij een nummer?'

'Ik heb een klasgenoot die vast en zeker zou komen als we hem belden. Hij heeft ook altijd een mobiele telefoon bij zich, maar ik weet het nummer niet,' zei Vani.

'Ik zal meneer Ali bellen. Hij verzint vast wel een manier om ons te redden,' zei Aruna.

Ze zette het glas thee naast zich op de bank en stond op. Twee hutten verderop in de richting die de vrouw had aangewezen stond een groot bord met de tekst POSTKANTOOR. Aruna liep erheen en zei tegen de jongeman die op een plastic stoel voor de hut zat: 'Ik wil bellen.'

De jongeman draaide zich in zijn stoel om, raapte zijn handset van de grond en reikte hem haar aan. 'Ga uw gang, mevrouw. Lokaal of interlokaal?'

'Naar Vizag,' zei ze. Toen zag ze dat de man kreupel was: een van zijn benen was verschrompeld door polio.

'Dat is lokaal, mevrouw.'

Aruna toetste het nummer van meneer Ali in, dat ze uit haar hoofd kende. De telefoon ging keer op keer over, maar er nam niemand op. Ze verbrak de verbinding en probeerde het nog eens, maar er werd nog steeds niet opgenomen. Aruna zette het toestel op de houder en beet peinzend op haar onderlip. Ze wist het niet meer. Toen maakte ze met een zucht haar tas open om haar portemonnee te pakken. 'Wat krijgt u van me?' vroeg ze.

'Niets, mevrouw. Er heeft niemand opgenomen, dus u hoeft niet te betalen,' zei Seenu.

Toen ze haar tas sloot, werd Aruna's blik getrokken door een wit kaartje. Ze pakte het en keek er met bonzend hart naar. Het was het kaartje van Ramanujam, met zijn mobiele nummer erop. Durfde ze hem te bellen? Ze wierp een steelse blik in Vani's richting, maar haar zusje zat buiten haar gezichtsveld. Ze deed haar ogen dicht en haalde diep adem. Toen ze ze weer opende, leek Ramanujams naam groter geworden te zijn; de letters sprongen van het kaartje. Ze wendde zich tot Seenu en zei zacht: 'Ik wil nog één nummer proberen.'

Ze belde Ramanujam mobiel. Terwijl ze wachtte, vroeg ze zich af wat ze wilde: dat hij opnam of juist niet? Toen ze de verbindingstoon vier keer had gehoord, hing ze op, want ze wist dat mobiele telefoons automatisch overschakelen naar de voicemail wanneer de eigenaar niet opneemt. Ze wilde geen geld verspillen aan een gesprek als ze Ramanujam niet rechtstreeks aan de lijn kreeg.

Ze keek schokschouderend naar Seenu en zei: 'Ik probeer het straks nog wel een keer.'

Seenu lachte zijn witte tanden bloot. 'Geen probleem, mevrouw. Ik ga nergens heen.'

Aruna, die haar teleurstelling even was vergeten, wendde zich van hem af. Ze vroeg zich af hoe een jongeman die niet kon lopen en in zo'n negorij zat opgesloten, toch vrolijk kon blijven. Ze dook weg uit de zon, begaf zich naar de hut van de oude vrouw en ging weer naast Vani zitten, die haar verwachtingsvol aankeek. Toen Aruna haar hoofd schudde, betrok Vani's gezicht.

'Meneer en mevrouw moeten van huis zijn gegaan,' zei Aruna.

'Ik vraag me af hoe lang we hier nog moeten blijven,' zei Vani.

14

Aruna pakte haar koud geworden thee en nam een slokje. De oude vrouw begon hun haar levensverhaal te vertellen. Aruna ontdekte dat ze nog niet zo oud was; ze was zelfs jonger dan Aruna's moeder. Haar man en zij hadden een lapje grond bij de rivier de Sarada gehad. Het was vruchtbare grond, ze had een zoon gebaard en het leven was goed. Ze was weer in verwachting geraakt en een paar maanden voor de geboorte van haar tweede kind sloeg de tragedie toe. De Sarada, die hun welvaart had gebracht, keerde zich tegen hen en op een nacht was hun huis door een grote overstroming getroffen. Haar man had haar geholpen met hun zoontje op hun grote houten hutkoffer te klimmen en ze hadden zich aan de dakbalken van het huis vastgeklampt. De man was naar buiten gegaan om de koe los te maken. De vrouw had twee dagen op het dak gezeten tot het water zakte; ze was op sterven na dood, het zoontje was in de loop van die twee dagen gestorven en haar man was verdwenen. De koe was weg en de gewassen waren door het water meegesleurd. De overheid en liefdadige instanties hadden haar een paar weken bijgestaan en toen was de honger gekomen. Ze was hoogzwanger en moest voor twee eten, maar ze had niet eens genoeg voedsel om zichzelf op de been te houden.

'Ik durfde niet weg te gaan, want ik wist niet wanneer mijn man terug zou komen,' vertelde de oude vrouw.

'Was er niemand die u hielp?' vroeg Vani.

'Het hele dorp was verwoest. Iedereen had problemen. Wie had er tijd om een vrouw alleen te helpen?' zei de oude vrouw.

'En toen?' vroeg Aruna.

'Ongeveer een maand later beviel ik van een dochtertje, maar mijn borsten waren droog en het kind stierf.'

'Wat erg,' zei Vani.

'Is uw man ooit nog teruggekomen?' vroeg Aruna.

'Hij moet verdronken zijn, maar zijn lichaam is nooit gevonden. Nee, hij kwam niet meer terug,' antwoordde de oude vrouw.

Ze zweeg even en vervolgde toen: 'Maar zijn broers kwamen wel. Ze zeiden dat ik nu weduwe was, schoren mijn hoofd kaal en schopten me het huis uit.' De vrouw zweeg weer. Ze moest zich het verdriet uit die tijd herinneren, want ze staarde in het niets. Toen keek ze de meisjes met haar goede oog aan en zei: 'Het was moeilijk, maar ik heb het op de een of andere manier overleefd. Jaren later ging ik als bediende bij een politiek leider werken, en hij heeft uiteindelijk dit huis voor me gevonden, dat deel uitmaakt van een overheidsplan om arme weduwen te steunen. Het gaat nu niet slecht met me. Alles is duur geworden, maar ik heb niet veel nodig.'

De oude vrouw besloot haar verhaal en ze zwegen alle drie. Seenu kwam naar de hut.

'Dame,' zei hij tegen Aruna, 'er is telefoon voor u.'

'Voor mij? Wie zou me hier nou bellen?' zei Aruna.

'Degene die u zelf hebt gebeld, mevrouw. Hij zei dat hij een gesprek van u had gemist,' zei Seenu. 'Kom snel, hij belt over twee minuten terug.'

Hij draaide zich om en hinkte snel weg, met zijn ene schouder gekromd om het kreupele been bij elke stap met zijn hand te steunen. Aruna liep achter hem aan en toen ze bij Seenu's hut kwam, ging de telefoon over. Seenu nam op en gaf het toestel aan Aruna. 'Voor u, mevrouw.'

'Hallo?' zei Aruna omzichtig.

'Aruna, wat is er gebeurd?' zei een mannenstem. Het was Ramanujam. 'Ik kwam uit de operatiekamer en toen zag ik dat ik een oproep vanaf dit nummer had gemist.'

'Wat fijn dat je terugbelt!' zei Aruna opgelucht. 'We zitten hier vast en ik wist niet wie ik anders kon bellen.'

Ze vertelde wat er was gebeurd en dat haar zusje en zij geen geld meer hadden. 'Ik vroeg me af of jij je chauffeur misschien zou kunnen sturen?' besloot ze verlegen.

Ramanujam dacht even na en zei toen: 'Geen probleem, dat doe ik. Waar zitten jullie precies?'

Aruna kon het niet uitleggen, dus gaf ze de telefoon aan Seenu, die aan Ramanujam doorgaf waar ze waren.

Aruna bedankte Seenu en ging terug naar het café van de oude vrouw.

'Wie was dat?' vroeg Vani opgewonden.

'O, een van onze klanten. Ik had zijn kaartje toevallig in mijn tas, dus heb ik hem gebeld, maar hij nam niet op. Hij zag op zijn mobieltje dat hij een oproep had gemist en belde terug,' antwoordde Aruna.

'En nu?' vroeg Vani.

'Hij stuurt zijn chauffeur,' antwoordde Aruna. 'Hij zou er over een halfuurtje moeten zijn.'

'Een chauffeur? Uitstekend!' zei Vani. 'Wat doet die klant van jou?'

'Hij is arts, chirurg in het King George-ziekenhuis.'

Toen ze uit de hut kwamen, zagen ze een auto stoppen. Aruna was verbaasd toen ze Ramanujam eruit zag stappen, maar ze kon haar glimlach niet onderdrukken.

'Ik dacht dat je je chauffeur zou sturen?' zei ze tegen Ramanujam.

'De patiënt had kougevat, dus moesten we de operatie uitstellen. Ik heb vrij tot mijn avonddienst begint, dus besloot ik zelf te komen,' zei Ramanujam. Hij glimlachte naar de meisjes. 'Het voelt alsof ik spijbel.'

Aruna lachte en stelde Vani voor. Ze zag dat Vani heel nieuwsgierig was naar Ramanujam en probeerde hem door de ogen van haar zusje te zien. Hij was een knappe man, lang en breed geschouderd. Hij droeg goede kleren en was met een dure auto gekomen; hij praatte ongedwongen met hen beiden.

Nu hadden ze vervoer naar de stad. De oude vrouw kwam uit haar hut om afscheid te nemen en Aruna zei tegen haar: 'Baamma, bedankt voor uw hulp. We kunnen nu probleemloos terug naar de stad, dus laat ik u voor de thee betalen.'

De oude vrouw stribbelde tegen, maar nam de munt van vijf roepia aan die Aruna haar gaf. Toen ze zich omdraaide, zei Ramanujam: 'Wacht even, grootmoedertje. Laat me eens naar uw ogen kijken.' Hij pakte de oude vrouw bij haar kin en keek eerst in haar ene oog en toen in het andere. Vervolgens hield hij met zijn ene hand het goede oog dicht en stak twee vingers van zijn andere hand op.

'Hoeveel vingers ziet u?' vroeg hij.

De oude vrouw fronste geconcentreerd haar voorhoofd en zei: 'Een?'

Ramanujam hield het andere oog dicht en stak weer een aantal vingers op. Nu gaf de vrouw het goede antwoord. Hij herhaalde de test met zijn hand op verschillende plekken voor het gezicht van de vrouw en zei ten slotte: 'U hebt staar in beide ogen. Het linker is volledig bedekt en het rechter is gedeeltelijk vertroebeld. Het is heel belangrijk dat u dit laat opereren, want anders bent u straks volkomen blind.'

De oude vrouw schrok zichtbaar. 'Wat moet ik doen, meneer? Wat gaat dat kosten?'

'Wees maar niet bang,' stelde Ramanujam haar gerust. 'Het is een heel eenvoudige ingreep. Ik weet zeker dat het overheidsziekenhuis gratis klinieken heeft.'

De vrouw leek niet overtuigd. Ramanujam pakte zijn mobiele telefoon en belde iemand. Na de gebruikelijke beleefdheden zei hij: 'Ravi, wanneer heb jij dienst in de oogkliniek? Ik heb hier een arme weduwe met staar aan beide ogen. Het linker is volledig bedekt en het rechter voor ongeveer zeventig procent.'

Hij luisterde en stelde een paar vragen. 'Dank je,' zei hij toen. 'Ik zal haar een brief geven, dan weet je dat ze door mij is gestuurd.'

Hij richtte zich tot de oude vrouw. 'Hoe heet u?'

'Gauramma,' zei ze.

'Hoe oud bent u?'

'Vijftig.'

Hij pakte zijn pen, schreef een brief en gaf die aan de vrouw. 'Ga donderdag naar de oogkliniek van het King George-ziekenhuis. Geef deze brief aan de balie af en zeg dat hij voor dokter Ravi is. Hij zal alles in orde maken.'

'Dank u wel, meneer. Ik moet in een vorig leven een goede daad hebben verricht die deze lieve dames vandaag naar mijn deur heeft gevoerd en u hierheen heeft gebracht. Dank u.' De tranen biggelden over haar gerimpelde gezicht.

Ze gingen naar Seenu's kraam en Ramanujam gaf hem een fooitje voordat ze weggingen.

'Het is heel aardig van je dat je die arme vrouw hebt geholpen,' zei Aruna. 'Ze heeft een zwaar leven gehad.'

Simhachalam is een oude tempel, in de dertiende eeuw gebouwd, gewijd aan heer Vishnu in de avatar van Narasimha: half mens en half leeuw. De legende wil dat een demon de toezegging kreeg dat hij door mens noch dier kon worden gedood, bij dag noch bij nacht, in zijn huis noch buiten, en op de grond noch in de lucht. Hij vertrouwde erop dat hij onoverwinnelijk was en richtte onmetelijke verwoestingen aan. Ten slotte sprong heer Vishnu in de gedaante van een razende Narasimha uit een pilaar tevoorschijn en zette zijn klauwen in de demon. De zon ging net onder toen de leeuwmens zijn prooi naar de ingang van diens paleis bracht. Daar, op de drempel, binnen noch buiten, in de schemering toen het dag noch nacht was, ging Narasimha zitten, die mens noch dier was. Hij legde de demon op zijn schoot, noch op de grond, noch in de lucht, en doodde hem. Tot op de dag van vandaag gaan hindoes niet op de drempel van een gebouw staan.

Aruna, Vani en Ramanujam liepen een groot plein op met een doolhof aan ijzeren hekken, zodat de mensen een rij konden vormen voor het bezichtigen van de godheid. Het was niet zo gek druk: er wachtten maar een paar honderd mensen vóór hen. Ze gaven hun schoeisel af bij een tempeldienaar en gingen in de rij staan. Veel mannen en vrouwen hadden een kaalgeschoren hoofd: ze hadden hun haar aan de godheid geofferd en hun kale koppen glansden als gloeilampen in de zon.

Ramanujam wendde zich tot Vani. 'Aangezien we de Heer komen danken voor je mooie cijfers, zou jij je haar ook wel kunnen offeren,' zei hij.

'Nee, dank je,' zei ze met een lelijk gezicht. 'Toevallig zijn we hier ook omdat mijn zusje de baan bij meneer Ali heeft gekregen. Waarom vraag je haar niet haar hoofd kaal te scheren?'

Aruna zag dat Ramanujam naar haar lange haar keek, maar hij zei niets; ze deed alsof ze Vani's opmerking niet had gehoord.

De rij schoof snel op en binnen drie kwartier waren ze bij het heiligste der heiligdommen. Ze overhandigden de bloemen en vruchten die ze wilden schenken aan een priester en liepen naar het beeld van de god. Ramanujam en Aruna vouwden hun handen en bogen hun hoofd. Vani luidde een bel die daar hing en maakte een diepe knieval voor het beeld. Ze konden de vorm van het beeld niet goed onderscheiden, want het was helemaal bedekt met sandelhoutpasta. Narasimha is een boze avatar, en die sandelhoutpasta dient om hem te verkoelen en zijn woede in bedwang te houden. Het beeld wordt maar één keer per jaar gedurende twaalf uur in volle glorie onthuld, en dan komt er een enorme drom gelovigen naar de tempel. Een priester zorgde dat ze binnen een minuut doorliepen en algauw stonden ze weer in de zon.

Ze namen hun schoenen en sandalen in ontvangst en Ramanujam zei: 'Laten we de *prasadam* halen.'

'Daar hebben we geen geld meer voor, weet je nog?' zei Aruna.

'Naar de Simhalacham-tempel gaan en niet van het gezegende lekkers proeven? Dan heeft het toch bijna geen zin om de tempel te bezoeken?'

Vani lachte, maar Aruna zei: 'Praat niet zo oneerbiedig over Gods offerande.'

Ramanujam drukte zijn handen tegen zijn oren en zei: 'Het spijt me, mammie. Ik zal niet meer stout zijn.'

Aruna lachte met Vani mee.

Ramanujam gaf Aruna een biljet van honderd roepia. Toen hij haar zag aarzelen, zei hij: 'Ik leen het je alleen maar; je kunt het later teruggeven.'

Aruna nam het geld aan en bedankte hem. Nu ze wat geld op zak had, voelde ze zich een stuk prettiger. De rij voor de prasadam was nog langer dan die voor de god, maar ze kwamen uiteindelijk aan de beurt. Ramanujam kocht twee pakken van een halve kilo van de smakelijke zoetigheid die in naam van de godheid was gemaakt.

'En nu de picknick,' zei Vani.

'Goed idee. Ik weet de ideale plek. Kom op,' zei Ramanujam.

Ze stapten in de auto en Ramanujam reed de heuvel af. Beneden sloeg hij niet af naar de stad, maar reed de andere kant op, het binnenland in. De weg was nog maar net aangelegd, dus het was een soepele rit. Dankzij de airconditioning was het koel in de auto en India zag er op zijn allermooist uit door het getinte glas. Ze reden langs groene bomen en keken naar het landelijke leven: boeren die hun grond klaarmaakten voor de komende regens, jongens en pezige oude mannen die geiten en buffels hoedden en vrouwen met waterkruiken of brandhout op hun hoofd. Ramanujam wees naar een vijver en zei: 'Kijk, een kraanvogel.'

Al snel, te snel naar Aruna's zin, sloeg Ramanujam van de snelweg af een smalle, bochtige laan in. Een paar minuten later passeerden ze een dorpje en kwamen bij een grote, omheinde boomgaard met mango- en cashewnotenbomen.

Ramanujam stak het veerooster over, reed een lang grindpad op en parkeerde de auto in de schaduw van een boom. De meisjes stapten uit en keken geboeid om zich heen. De oprijlaan werd aan weerszijden geflankeerd door bakstenen met tekens erop die schuin in de grond waren gezet. Overal bloeiden bougainville, jasmijn, goudsbloemen en kanakambaram. Op de grote veranda voor het huis zat een groep dorpelingen, sommige op de grond en andere op banken tegenover een gewichtige man van in de veertig.

De man stond op om hen te begroeten. Hij was lang en goed gebouwd, met een brede borst en sterke armen. Zijn lange, zwarte haar was achterovergekamd en hij had een smal snorretje met opgekrulde punten. Zijn tanden waren rood van de *paan*.

'Goedemorgen, dokter. Wat brengt u hierheen?' zei hij met een diepe stem.

'Goedemorgen, meneer Raju. De dames wilden picknicken na hun bezoek aan de Simhachalam-tempel, dus heb ik ze hierheen gebracht,' zei Ramanujam.

'Had maar gebeld, dan had ik een lunch voor jullie laten maken,' zei meneer Raju.

'Nee, we hebben eten bij ons. Ik had u hier niet verwacht. Ik heb gehoord dat u het druk hebt met de bouw van het winkelcentrum in de stad.'

'Dat klopt, maar vandaag moest ik een paar kwesties thuis regelen, dus moest ik met deze mensen hier praten,' zei hij met een gebaar naar de dorpelingen, die geduldig wachtten tot de heren klaar waren met hun gesprek.

Een jongeman bracht drie plastic stoelen uit het huis en zette ze naast de stoel van meneer Raju.

Meneer Raju vroeg hun te gaan zitten en pakte zelf ook een stoel. Het was niet moeilijk te geloven dat deze man tot dc kshatriya behoorde, de kaste die voortkwam uit soldaten en koningen.

'Je zus en zwager zijn hier vorig weekend geweest,' zei hij.

'Ik weet het. Ze hebben het me verteld. Ze hadden mango's voor ons meegebracht,' zei Ramanujam.

'Ze hebben véél mango's meegenomen,' zei meneer Raju met een lach.

Ramanujam stelde de meisjes voor. 'Deze dames zijn zussen, Aruna en Vani. Hun oom is priester in de tempel van Annavaram.'

Meneer Raju en de dorpelingen waren onder de indruk.

Aruna en Vani gaven hem een hand en zeiden: 'Namaste.'

Aruna pakte een snoepje en bood het meneer Raju aan. 'Prasadam uit de tempel,' zei ze.

Meneer Raju boog naar voren, nam de lekkernij in zijn rechterhand, drukte die eerbiedig tegen zijn voorhoofd en at hem in één hap op.

'Waar willen jullie picknicken? Het gastenverblijf staat leeg; er is vandaag niemand,' zei meneer Raju.

'Nee, we gaan gewoon naar ons plekje. Het is er vast fijn in de schaduw van de bomen,' zei Ramanujam.

Meneer Raju draaide zich om naar het huis en riep: 'Basava...'

Er kwam een jongeman uit het huis. 'Basava, bereid een lunch voor deze mensen,' zei meneer Raju.

'Doe geen moeite. We hebben eten bij ons en er is hier fruit genoeg,' bracht Ramanujam ertegen in.

'Geen moeite,' zei meneer Raju met een lach. 'We hoeven toch geen kip of geit voor jullie brahmanen te slachten?' Hij wendde zich tot Basava. 'Gebruik de vegetarische keuken.'

'Maak iets eenvoudigs,' voegde Ramanujam eraan toe. 'Gewoon rijst met één curry.'

Basava knikte en liep het huis weer in.

Ramanujam, Aruna en Vani volgden een recht pad door de boomgaard. Aruna droeg de tas met het eten en Ramanujam een mat die hij uit zijn auto had gepakt. Aan weerszijden van het pad stonden rijpe mangobomen, zwaar van de gele vruchten. Papegaaien en maina's vlogen kwetterend van boom tot boom.

'Meneer Raju heeft deze boomgaard een paar jaar geleden van boeren gekocht, wegen aangelegd en gastenverblijven gebouwd. Toen heeft hij de grond verkaveld en doorverkocht. Mijn vader heeft toen twee kavels gekocht en er een aan mijn zus gegeven toen ze ging trouwen,' vertelde Ramanujam.

'Het is hier heerlijk. Zo vredig, je hoort alleen de vogels,' zei Aruna.

Vani huppelde als een klein meisje voor hen uit.

'Ja, ik weet het. We komen hier drie, vier keer per jaar picknicken.'

Na een paar minuten bleef Ramanujam staan en zei: 'We zijn er.'

Het zag er niet anders uit dan de rest van de omgeving. 'Hoe weet je dat dit jouw grond is?' vroeg Vani.

'Zie je die steen?' vroeg Ramanujam. Hij wees naar een steen langs de kant van de weg. Vani en Aruna knikten. Er was met zwarte verf '21' op de steen gezet. 'Kavel 21 is van ons. Helemaal van deze steen tot die daar,' zei Ramanujam, wijzend naar een steen een meter of vijftig verder. Toen wees hij tussen de bomen door. 'Aan de andere kant van onze grond staan ook twee van die stenen.'

Ze verlieten het pad en liepen tussen de bomen door, die op regelmatige afstanden van elkaar stonden, zo'n drieënhalve meter uit elkaar. Het was koel onder de glanzende, donkergroene bladerkoepel. Ramanujam spreidde de mat uit onder een mangoboom. Aruna haalde een laken uit haar tas en legde het op de mat. Toen schopten ze alle drie hun schoenen uit en gingen op het laken zitten.

'We krijgen straks warm eten. Zullen we daarop wachten?' opperde Ramanujam.

'Ik verga van de honger,' zei Vani.

'Ik ook,' zei Ramanujam. 'Laten we met een paar mango's beginnen. Kom op.'

Vani sprong meteen op. Ramanujam stak zijn hand uit naar Aruna, die even aarzelde en hem toen haar hand gaf. Hij trok haar overeind. Er ging een tinteling door Aruna heen toen Ramanujam haar hand pakte; ze hadden elkaar nog nooit aangeraakt. Aruna stond blozend en een tikje confuus op. Vani was al vooruitgelopen en Ramanujam wendde zich af om zijn schoenen te pakken.

Aruna vermande zich en dacht boos: het stelt niets voor. Het heeft niets te betekenen. Blijf kalm.

Maar ze was niet kalm, en toen Vani omkeek en 'Kom op, akka' riep, stond ze nog op dezelfde plek.

Aruna liep naar hen toe. 'Dat lijken wel Banginpalli-mango's,' zei ze tegen Ramanujam.

'Dat klopt,' zei hij, 'de beste mango's van de wereld. Mijn vader zegt altijd dat als de mango de koning der vruchten is, de Banginpalli de koning onder de mango's is. Toen meneer Raju mijn vader vertelde dat er volwassen Banginpalli-bomen op het terrein stonden, vroeg hij zich niet meer af of hij een goede investering deed. Hij tekende gewoon voor twee kavels zonder nog iets te vragen.'

Ze plukten allebei een rijpe vrucht en Ramanujam zei: 'Aan de andere kant is een kraantje, kom mee.'

'Hoe moeten we ze snijden?' vroeg Vani. 'Je hoort deze mango's in partjes te snijden, niet leeg te zuigen, zoals de Rasaalu-mango's.'

'Er is voor elk probleem een oplossing, maak je geen zorgen,' zei Ramanujam lachend.

Ze liepen naar de kraan en wasten hun mango's. Hoewel ze afstand hielden van het water, werden hun kleren toch met rood stof bestoven. Ramanujam liep naar een oude mangoboom met een grote holte erin. Hij pakte een stok, trok een plastic pakje uit de holte, maakte het open en zei: 'Kijk eens aan! Een mes voor de dame.'

Aruna nam het mes van hem over en sneed de mango behendig aan repen, om de grote, harde pit heen, waar maar een dun laagje geel vruchtvlees aan bleef zitten. Toen ze de kostelijke geur van de mango rook, liep het water haar in de mond.

Ze liepen over het terrein terwijl ze de door Aruna geschilde mango opaten en plukten er nog een paar die binnen hun bereik hingen. Vani knoopte een zak voor de mango's van haar dupatta. In een hoek van het terrein stond een groepje cashewnotenbomen. Ze waren kleiner dan de mangobomen, maar hadden grotere bladeren. Ramanujam wierp er een blik op en vroeg: 'Hebben jullie wel eens een cashewappel gegeten?'

Aruna keek naar de groene vrucht. De bruine noot stak uit de onderkant, wat er vreemd uitzag, alsof de appel ondersteboven hing. De meisjes schudden hun hoofd. 'Nee, ik heb nog nooit een cashewappel gegeten,' zei Aruna. 'We eten zelfs niet vaak cashewnóten. Ze zijn vrij duur.'

Ramanujam knikte en zei: 'Jammer dat ze nog niet rijp zijn. Als we een maand later waren gekomen, hadden we de vruchten kunnen eten en de noten kunnen roosteren.'

Ze liepen terug naar hun picknickplek en gingen zitten. Aruna schilde nog een mango, die ze ook weer samen opaten. Ramanujam strekte zich op het laken uit en legde zijn hand als een kussen onder zijn hoofd. Ze zwegen en luisterden naar het gezang van de vogels en het gezoem van de bijen. 'Het is hier zo vredig,' zei Ramanujam na een poosje. 'Ik weet niet hoe het komt, maar dorpen klinken gewoon anders dan steden. Het moet komen doordat er minder mensen zijn of zoiets.'

De meisjes knikten alleen maar. Ze voelden zich allemaal loom door de warmte en de overdosis suiker van de mango's. Aruna, die naast Vani zat, met haar rug tegen een boom, keek naar een karavaan grote zwarte mieren op zoek naar voedsel. In de verte hoorde ze een krekel, maar ze kon niet bepalen waar het geluid vandaan kwam. Het getjirp leek van alle kanten te komen. De vredige sfeer nam langzaam bezit van Aruna en de problemen van die ochtend leken ver weg. Ze keek lang naar Ramanujams lange, slanke lichaam dat voor haar lag uitgestrekt. Hij draaide zijn gezicht en hun ogen vonden elkaar. Een glimlach trok langzaam over zijn gezicht; ze bloosde gegeneerd en wendde haar blik af.

Nog iets later kwam Basava met een linnen tas aangelopen. Toen Ramanujam en de meisjes hem in het oog kregen, stonden ze op. Aruna nam glimlachend de tas van hem over en Ramanujam gaf hem tien roepia uit zijn portemonnee.

'U hoeft me niet te betalen, meneer,' zei Basava terwijl hij het biljet in zijn zak stak.

Toen Basava weg was, pakte Aruna de tas uit. Er zaten stapelpannetjes, drie roestvrijstalen borden, glazen en opscheplepels in. Vani zette de borden en glazen op het laken. Aruna zette de drie pannetjes naast elkaar. In het kleinste, bovenste, zat gebakken aardappel met bloemkool, in het middelste een linzensambhar en het onderste zat boordevol gestoomde rijst. Het was allemaal gloeiend heet. Vani pakte het eten dat ze hadden meegebracht en zette het midden op het laken.

218

Ramanujam keek naar de overvloed. 'Is het niet fantastisch?' zei hij. 'Nu heb ik spijt van die tweede mango.'

Maar ze hadden alle drie nog steeds honger en aten een tijdje zwijgend.

Toen vroeg Ramanujam aan Vani: 'Zo, dus je was de beste van je klas?'

Vani, die haar mond vol had, knikte bevestigend.

'Waar zit je op school?' vroeg hij.

'Gayatri,' antwoordde ze.

Ze vertelden alle drie over hun school- en studietijd. De meisjes, die geen van beiden ooit op kamers hadden gewoond of de staat uit waren geweest, luisterden gefascineerd naar Ramanujams verhalen over het studentenleven in Delhi. Ze bespraken de betrekkelijke voordelen van bèta- ten opzichte van alfaopleidingen. Ramanujam had, zoals de meeste bèta-wetenschappers in India, geen hoge dunk van de alfa- en gammastudies, maar de meisjes waren het niet met hem eens. Je volgt een opleiding niet alleen om later een goede baan te krijgen, vonden ze. Toen Ramanujam zei dat hij liever films in het Hindi dan in het Telugu zag, maakten ze hem voor snob uit.

Ze hadden de lunch snel op. Ramanujam wreef over zijn buik en zei: 'Oef. Ik kan geen hap meer naar binnen krijgen.'

Aruna was het met hem eens.

Ramanujam strekte zich weer op het laken uit en keek naar de lucht. 'Hebben jullie ooit echt een cliënt kunnen koppelen?' vroeg hij.

Vani was met de borden en het bestek naar het kraantje gelopen om ze af te wassen.

'Nou en of. Ik weet het van een paar gevallen zeker, maar er moeten er veel meer zijn. Het komt voor dat mensen komen vertellen dat een vriend dankzij ons iemand heeft gevonden, maar dat die persoon zelf het niet komt vertellen. Als het huwelijk eenmaal is geregeld, lijken de mensen zich ervoor te schamen dat ze van onze diensten gebruik hebben gemaakt. Niet altijd, hoor. Een vertegenwoordiger die laatst zijn bruid via ons heeft gevonden, heeft ons voor zijn bruiloft uitgenodigd, komende zondag,' vertelde Aruna.

'Ga je erheen?' vroeg Ramanujam.

'Nee,' antwoordde Aruna. 'Ik was er graag heen gegaan, want ik ben nog nooit bij een moslimbruiloft geweest, maar het is buiten de stad, dus ik kan niet. Bovendien is de zondag onze drukste dag en ik moet op het kantoor passen, want meneer en mevrouw gaan wel.'

Ze zweeg even en zei toen: 'En jij? Als je via ons een bruid vindt, vertel je het ons dan en mag ik dan op je bruiloft komen?'

'Ja,' zei Ramanujam, 'ik zal je zeker uitnodigen voor mijn bruiloft.'

'Ik geloof je niet,' zei Aruna lachend. Ze zweeg even en vroeg toen: 'Hoe gaat het eigenlijk met de zoektocht?'

'Het gaat. Veel kandidaten, maar niets definitiefs.'

Vani kwam met de schone afwas terug en ging naast Aruna zitten. 'Volgens mij moeten we het borduurwerk op die blauwe sari maar snel afmaken,' zei ze.

Aruna keek haar zusje streng aan.

15

Op zondagochtend kwamen meneer en mevrouw Ali rond negen uur aan in het stadje waar Irshad zou gaan trouwen. Ze werden naar een huis gebracht waar het krioelde van de mensen. Ze werden verwacht, en een tienerjongen met een vlassig snorretje nam hen mee naar binnen.

Irshad kwam tevoorschijn, begroette hen hartelijk en zei: 'We zijn een beetje laat, maar we zouden binnen een uur moeten kunnen gaan.'

Een van Irshads vrienden zei: 'Je zult haar de rest van je leven op haar wenken moeten bedienen. De bruid kan deze ene dag wel even op je wachten.'

Iedereen lachte. Irshads moeder omhelsde mevrouw Ali en nam haar mee naar de kamer waar de vrouwen zich hadden verzameld. Meneer Ali ging met de mannen mee naar de kamer van de bruidegom.

Irshad vertelde meneer Ali dat de bruid twee straten verderop woonde. De ouders van de bruid hadden dit huis voor
een week gehuurd voor de familie van de bruidegom, als uit
valsbasis voor de bruiloft. Een paar jongetjes kwamen binnen
en verkondigden: 'De muzikanten zijn er.'

Er ontstond commotie toen bleek dat de ene wc in het
huis te weinig was voor al die gasten. Sommige mensen werden boos en pruttelden opstandig dat de ouders van de bruid
gierig waren en het hun niet gerieflijk maakten door iedereen in een te klein huis te stouwen. Kinderen die verstopper-
tje en tikkertje speelden, renden tussen de volwassenen door.
Een groep tienermeisjes, allemaal opgedoft en met make-up
op, stond te giechelen en negeerde nadrukkelijk het groepje
jongens dat hun aandacht wilde trekken.

Het huis was om te stikken zo vol mensen, dus gingen meneer en mevrouw Ali maar buiten op straat staan. Er waren
meer mensen die dat deden, waardoor het binnen vanzelf
minder druk werd. Meneer Ali wees zijn vrouw op een witte
merrie aan de overkant van de weg. Onder het zadel lag een
verschoten deken die ooit diep van kleur moest zijn geweest.
De neus van het paard werd bedekt door een lap bewerkt
leer. De palfrenier hield het hoofdstel stevig vast om het
paard te bedwingen.

'Het is lang geleden dat ik bij een bruiloft was waar de
bruidegom een merrie nam. Het is veel romantischer dan
een auto,' zei mevrouw Ali.

Er kwam een man op een Bajaj-scooter aanrijden. Toen hij
de mensen in hun bruiloftskledij en de merrie zag, minderde
hij vaart. Hij probeerde omzichtig tussen de mensen door te
manoeuvreren, maar een oude man in een donkere *sherwani*
met een kastanjebruine fez op hield hem tegen en zei: 'Zie
je niet dat de weg hier vol mensen staat? Je rijdt maar om.'

De man op de scooter keek om zich heen en leek te beseffen dat het een verloren zaak was, want hij keerde.

Net toen de mensen op straat rusteloos begonnen te worden onder de warme zon, kwam er een jongetje aangerend. 'De bruidegom komt naar buiten!' riep hij.

Irshad kwam langzaam het huis uit. Hij liep aarzelend, geleid door een jongeman. Zijn gezicht ging schuil achter de dichte sluier witte jasmijnbloemen die aan zijn tulband was bevestigd. Hij werd naar het paard gebracht en bleef daar staan. Het drong tot meneer Ali door dat Irshad waarschijnlijk nog nooit op een paard had gereden en dus niet wist hoe hij erop moest klimmen. Dat hij vanwege de sluier alleen zijn voeten kon zien, zou de zaak waarschijnlijk ook geen goed doen. De merrie draaide plotseling haar hoofd en hapte naar Irshads sluier. Voordat Irshad iets kon doen, had de merrie een halve slinger bloemen in haar mond en sliertte de rest over de grond. De palfrenier gaf een ruk aan de teugels en probeerde de bloemen uit de mond van het paard te trekken, maar het dier boog haar hoofd en brieste. Irshad zette haastig een pas achteruit en struikelde over een steen op de weg. Hij klampte zich vast aan de manen van het paard, dat schichtig voor- en achteruitstapte en een hoef op een van Irshads dure schoenen zette.

'Au!' riep Irshad. Hij hupste op zijn ene voet heen en weer. De schoen aan zijn andere voet werd ontsierd door een zwarte hoefafdruk.

De palfrenier sloeg de merrie op haar hals om haar stil te krijgen, maar daar werd ze nog onrustiger van. Een gast die iets van paarden leek te weten, stapte naar voren om te helpen. Het duurde nog een paar minuten voordat de merrie tot bedaren was gebracht.

Toen tilde Irshad zijn sluier iets op, keek weifelend naar de stijgbeugel en werd door de gast in het zadel geholpen. De merrie werd langzaam weggeleid en de gasten volgden de bruidegom op zijn witte paard. De *baraat*, de bruiloftsstoet, was op weg!

De band zette een populair deuntje uit een Hindi film in:

Kleur je handen met henna,
en zet de palankijn klaar.
Je geliefde komt eraan
om je mee te nemen,
schone dame.

De bruidegom werd gevolgd door zijn mannelijke en vrouwelijke gasten in hun mooiste kleding en de opzichtig geklede bandleden die hun muziek maakten. De stoet liep langzaam en met een omweg naar het huis van de bruid. Langs de route kwamen mensen uit hun winkels en huizen tevoorschijn om naar de trage, rumoerige baraat te kijken. Een paar bedelaars en intelligente zwerfhonden die het feestmaal al roken, sloten achter aan de rij aan.

Ten slotte bereikten ze hun bestemming. Toen meneer Ali om de hoek van de straat kwam, hoorde hij de kreet: 'Daar is de baraat. De bruidegom is gekomen!'

De straat was bedekt met een dikke loper en aan het eind was een podium opgebouwd met rijen stoelen ervoor. Het paard schrok van de rand van de loper en bleef plotseling stokstijf staan, met haar hoofd naar beneden. Irshad, die vervaarlijk wankelde in het zadel, omklemde de teugels zo stevig dat zijn knokkels er wit van zagen. De palfrenier suste het paard. Hij moest drie keer aan Irshad vragen of hij de teugels wilde laten vieren voordat Irshad ze losliet. Vervolgens wist hij niet hoe hij moest afstijgen, wat ook weer verwarring opleverde. Uiteindelijk lukte het hem zonder dat hij helemaal van zijn waardigheid werd beroofd. De ouders van de bruid verwelkomden hem.

Toen het gezelschap bij de feesttent tegenover het huis van de bruid aankwam, stonden daar al veel familieleden en vrienden van de bruid te wachten. Aisha's broer Jehangir begroette meneer Ali met een omhelzing. Een mooi meisje van een jaar of tien nam Irshad bij de hand en zei: 'Hierheen, oudere broer.'

Ze loodste hem langs de rijen stoelen naar het podium. Jonge meisjes en jongens uit Aisha's familie besprenkelden de bruidegom en zijn gezelschap met rozenwater uit zilveren verstuivers. Irshad trok zijn schoenen uit, wendde zich tot het jongetje dat had aangekondigd dat hij naar buiten kwam en zei: 'Denk om wat ik heb gezegd. Ik zal je belonen met een bonbon.'

De jongen knikte en ging bij de schoenen zitten. Irshad beklom het podium en ging met gekruiste benen zitten. Meneer Ali, die een van de officiële getuigen was, voegde zich bij hem. Het gezelschap van de bruidegom nam plaats op de stoelen voor het podium. Dat van de bruid vulde de gaten tot alle stoelen bezet waren en er nog mensen moesten staan.

Een waardig ogende oude man met een goedverzorgde witte baard betrad het podium, ging naast Irshad zitten en stelde zich aan meneer Ali en Irshad voor. Hij was de imam van de plaatselijke moskee en kende de familie van de bruid al jaren.

'Ik was ook de imam bij de bruiloft van de ouders van de bruid,' vertelde hij met een glimlach.

De andere officiële getuige was Aisha's oudste oom. Meneer Ali haalde een kanten kalotje uit zijn zak en zette het op. Aisha's oom deed hetzelfde. Een slordig geklede man, onmiskenbaar de geluidstechnicus, kroop over het podium, gaf de imam een microfoon en kroop terug. De imam tikte tegen de microfoon en het harde geluid uit de luidsprekers legde de menigte het zwijgen op. In de plotselinge stilte weerklonk het gehuil van een kind, waarop zijn moeder het een standje gaf. Iedereen draaide zich naar het geluid om en het jochie en zijn moeder hielden zich stil.

De imam wachtte nog een ogenblik en zei toen in de microfoon: 'Assalamu 'alaikum – vrede zij met u.'

'Wa laikum as salaam,' prevelde het publiek, 'vrede zij ook met u.'

Toen die traditionele begroeting had plaatsgevonden, zei de imam: 'Bismillah, in de naam van Allah, de grootste vergever, de genadigste der genadigen...

Wij zijn hier bijeengekomen met moslims en niet-moslims om de bruiloft te vieren van Mohammed Irshad, zoon van wijlen Mohammed Ilyas uit Vizag, en Aisha, de ongetrouwde dochter van Mohammed Jalaluddin uit deze stad. Het huwelijk is een zeer heilige overeenkomst. De bruid en bruidegom nemen elkaar uit vrije wil aan als man en vrouw, zonder dwang. Denk aan het vers in de Koran: "Jullie echtgenotes zijn een gewaad voor jullie, en jullie zijn een gewaad voor hen." Het gewaad wordt op het lichaam gedragen; zo moeten man en vrouw zijn. Zoals een gewaad onze naaktheid en gebreken verbergt, horen man en vrouw elkaars geheimen voor de rest van de wereld te verbergen. Zoals kleding warmte biedt bij kou, horen man en vrouw elkaar te beschermen tegen de beproevingen van de wereld. Zoals kleren schoonheid en gratie toevoegen aan onze verschijning, doet een vrouw dat bij haar man en een man bij zijn vrouw.'

De imam overzag de toeschouwers en richtte zich weer tot Irshad. 'Veel mannen onderdrukken hun vrouw, maar denk erom dat dit geen islamitisch gebruik is. De Koran zegt dat als jij bepaalde rechten hebt boven je vrouw, het eerlijk is dat je vrouw ook rechten boven jou heeft. De islam staat vrouwen toe hun eigen geld te beheren en hun eigen zaken te doen. Wie kent niet het voorbeeld van de eerste en meest beminde vrouw van onze Profeet, Khadijah, die zelfstandig was en Mohammed, vrede zij met hem, zelfs inhuurde als haar zaakwaarnemer? Vrees God bij je behandeling van je echtgenote, want je hebt haar van God te leen gekregen. Je vrouw is je nobele helpster, niet je slavin.'

De imam vervolgde: 'Het werkt natuurlijk naar twee kanten. Echtgenotes hebben ook verantwoordelijkheden ten opzichte van hun man. Een vrouw moet haar eer en het bezit van haar man beschermen. Een deugdzame vrouw is waarachtig de grootste schat van een man. *Insha'Allah* – zo God het wil –, zullen er kinderen voortkomen uit deze echtvereniging; het is de plicht van de vrouw die op te voeden tot goede mensen en goede moslims.'

De imam sloeg het huwelijksregister open en stond op. Meneer Ali en Aisha's oom stonden eveneens op en liepen met hem mee naar het huis, waar Aisha en de andere vrouwen de toespraak via een luidspreker volgden. Aisha zat op een bed, gekleed in een rode sari met een gouden rand. Haar hoofd en schouders werden bedekt door een knalrode sluier en haar handen waren versierd met ingewikkelde hennamotiefjes. Ze werd omringd door haar moeder, vriendinnen en nichtjes.

De imam verzocht meneer Ali en Aisha's oom naast hem te komen staan. Toen, in het bijzijn van de officiële getuigen, vroeg hij Aisha met luide stem: 'Aanvaard jij, Aisha, uit vrije wil Mohammed Irshad als je echtgenoot, met een bruidsschat van tienduizend roepia, aan jou uit te keren op jouw verzoek?'

'Ja,' antwoordde Aisha zacht vanonder haar rode sluier.

De vraag werd twee keer herhaald en twee keer met ja beantwoord. De imam reikte Aisha het huwelijksregister aan en verzocht haar het te tekenen. Toen liepen de drie mannen terug naar de bruidegom.

De imam zei: 'Aanvaard jij, Mohammed Irshad, uit vrije wil Aisha als je echtgenote, met een bruidsschat van tienduizend roepia, aan haar uit te keren op haar verzoek, welke bruidsschat haar eigen persoonlijke eigendom zal zijn dat ze naar eigen goeddunken kan uitgeven of verteren?'

'Ja,' antwoordde Irshad.

De vraag werd nog twee keer herhaald en beide keren bevestigend beantwoord. De imam gaf Irshad het register en vroeg hem zijn handtekening te zetten. Vervolgens ondertekenden de beide getuigen en ten slotte de imam de huwelijksakte.

De imam sloeg het register dicht en zei: 'Ik verklaar jullie, Mohammed Irshad en Aisha, gehuwd in aanwezigheid van dit gezelschap als getuigen van jullie huwelijk. Moge God jullie zegenen en jullie een lang, gelukkig leven als gehuwden schenken. Laat ons bidden tot Allah, want Hij heeft ons de zegen van het huwelijk geschonken om ons te steunen en te troosten en ons compleet te maken.'

De imam feliciteerde Irshad als eerste. Meneer Ali, die als getuige op het podium zat, was na hem aan de beurt. Aisha's vader, ooms en broer gaven hem allemaal een hand en een klopje op zijn rechter- en linkerschouder en nog een op de rechter.

Iedereen verliet het podium en trok zijn schoenen weer aan, behalve Irshad, die zijn schoenen nergens meer kon vinden. 'Waar zijn mijn schoenen?' vroeg hij.

Hij kreeg alleen wezenloze blikken ten antwoord.

'Waar is Pervez?' vervolgde hij.

De jongen zat een eindje verderop op een stoel een ijs-
hoorntje te eten. Irshad had met hem afgesproken dat hij op
zijn schoenen zou passen, maar kennelijk was iemand hem te
slim af geweest.

'Oké,' zei hij. 'Wie heeft mijn schoenen gepakt?'

'Uw schoenen, oom?' vroeg het meisje dat hem naar het
podium had gebracht onschuldig.

Tijdens de huwelijksinzegening was Irshad van 'oudere
broer' in 'oom' veranderd. Meneer Ali glimlachte. Het meisje
was beslist niet zo onschuldig als ze eruitzag.

'Ja, kind, mijn schoenen,' zei Irshad geduldig.

'Bent u ze kwijt, oom?' vroeg het meisje vrolijk.

'Ja, kind. Waar zijn ze?' vroeg hij.

'Ik kan ze wel voor u gaan zoeken, tegen betaling,' zei het
meisje.

'Goed,' zei Irshad. Hij haalde een biljet van honderd roepia
uit zijn zak en gaf het haar.

Het meisje zwaaide er minachtend mee. 'Nee,' zei ze, 'daar
doe ik het niet voor!'

Irshad gaf haar nog een biljet van honderd roepia. Ze keek
hem zo honend mogelijk aan met haar jonge gezichtje. Irshad gaf haar met een zucht nog eens vijfhonderd roepia.

'Zal ik mijn tante vertellen dat ze met een gierige man is
getrouwd?' speelde het meisje haar troefkaart uit.

Irshad keek gegeneerd om zich heen. Iedereen lachte hem
uit. Het was duidelijk dat hij als verliezer uit de bus kwam bij
deze onderhandelingen. Hij gaf het meisje nog driehonderd
roepia, zodat ze in totaal duizend roepia had. Het meisje keek
peinzend naar het geld en wierp een vragende blik op een
van haar oudere nichtjes. Toen het nichtje discreet knikte,
nam het meisje het geld aan en verdween. Een paar minuten
later kwam ze terug, met de schoenen.

'Ze stonden vlak om de hoek, oom. Ik weet niet hoe ze daar beland zijn,' zei ze.

'Nee, dat zal wel niet,' zei Irshad, die lachend zijn schoenen aantrok.

Toen werd Irshad naar een kamer in het huis gebracht. Meneer Ali besloot buiten te blijven, waar de stoelen werden opgestapeld en tafels werden neergezet voor het bruiloftsfeest in de tent.

Hij raakte aan de praat met de andere officiële getuige, Aisha's oudste oom, die Iqbal heette en tot zijn pensioen staatsambtenaar was geweest bij de dienst Irrigatie.

'Laten we eens gaan kijken hoe ver ze met het eten zijn. Het moet bijna klaar zijn,' zei Iqbal, en hij pakte meneer Ali bij de elleboog.

De beide mannen liepen door het volle huis naar de open ruimte erachter, waar het een beheerste wanorde was. Mannen en vrouwen renden rond met specerijen en keukengerei. Drie grote keien werden in een driehoek gezet met daarbovenop een kookpot die nog groter was dan een forse jongen. Onder de ketel brandden stapels hout. Een in een wolk stoom gehulde man roerde met een anderhalve meter lange ijzeren spatel in de pikante brinjal en kalebassiroop. Een dikke man met ontbloot bovenlijf en een handdoek om zijn hoofd om het zweet uit zijn ogen te houden stond bij een nog grotere kookpot. Die was afgedekt met een katoenen doek en een deksel, verzegeld met deeg, en het vuur eronder was ingedamd. Withete sintels van het vuur werden op het deksel uitgespreid, zodat het voedsel in de pot werd gestoomd als in een oven. Hier werd de beroemde *dum biryani* bereid die bij geen enkele moslimbruiloft in Zuid-India mag ontbreken.

Het menu bij Zuid-Indiase moslimbruiloften is altijd hetzelfde: biryani met schapenvlees, brinjal met kalebassiroop als saus en een kokosnoot-en-uiensalade. Lang nadat al het andere is vergeten en de bruid een matrone met volwassen kinderen is geworden, leeft de biryani nog in de herinnering voort. Hieraan wordt de kwaliteit van de bruiloft afgemeten. Het beste vlees is afkomstig van een volgroeide ram. Het gewicht van het vlees moet minstens gelijk zijn aan dat van de rijst, maar anderhalf of zelfs twee keer zoveel vlees heeft de voorkeur, als de familie het zich kan permitteren. In het ideale geval wordt er basmatirijst geserveerd, maar aangezien maar weinig families zich dat kunnen veroorloven, is een plaatselijke, dunne, langkorrelige variant ook toegestaan. Het vlees en de rijst zijn echter nog niet genoeg. Het gaat ook om de vaardigheid van de kok en de juiste combinatie van uien, chili's, ghee, zout en specerijen (kruidnagel, kardemom, kaneel, maanzaad, gember, knoflook en nog veel meer), die precies lang genoeg op precies de juiste temperatuur moet sudderen. Koken voor duizend mensen tegelijk is niets voor bangeriken, zeker niet wanneer alle gasten een gerecht al tientallen keren eerder hebben gegeten en zich aanmatigen kenners te zijn.

Meneer Ali keek naar de dikke man en zag dat hij de biryanikok was. Hij liep om de kookpot heen en inspecteerde de afdichting van het deksel. De oom van de bruid zag meneer Ali naar de kok kijken en zei: 'Dat is Musa. Hij kan goed koken, maar niet zo goed als zijn vader. Die heeft de biryani bij al onze huwelijken bereid en dat waren feestmalen waarover de mensen nog steeds niet zijn uitgepraat.'

Musa riep iets en een paar mannen snelden naar hem toe, ook de man die in de *khatta* of natte curry had geroerd. Het uur van de waarheid was aangebroken. Meneer Ali en de oom van de bruid gingen opzij om de mannen de ruimte te gunnen. De sintels werden met zorg van het deksel van de pot geveegd. Er werden twee lange houten stokken gebracht, die onder de overhangende rand van de pot werden gestoken en met oude katoenen sari's aan elkaar werden gebonden. De mannen namen hun posities in en pakten de stokken.

De kok telde af: 'Een, twee, drie!'

Bij drie bolden de armspieren van de mannen op en ze tilden met van inspanning vertrokken gezichten de zware ketel van de keien in een van tevoren gegraven kuil met zand naast de keien, weg van het vuur. Het ingedroogde deeg rond het deksel werd snel weggebikt, waarna het deksel werd opgetild. De enorme stoomwolk die uit de pot opsteeg, voerde de geuren van gekookte rijst, vlees, ghee en specerijen met zich mee. Gesprekken werden gestaakt en iedereen keek naar de kok toen die een grote spatel in de pot zette en er een schep biryani uit pakte. Hij proefde de rijst, voelde tussen duim en wijsvinger hoe mals het vlees was en wipte het in zijn mond. Hij kauwde even, en toen knikte en glimlachte hij. Meneer Ali, die onwillekeurig zijn adem had ingehouden, slaakte een zucht van verlichting. De spanning op de gezichten rondom hem werd verruild voor glimlachjes. Musa draaide zich om en riep de vader van de bruid. De oom van de bruid voegde zich bij hem en trok meneer Ali mee naar de kok. Ze proefden de biryani en spraken hun goedkeuring uit. Musa knikte voldaan en riep naar zijn mannen dat ze het deksel weer op de pot moesten zetten, met een kleine opening voor de ontsnappende stoom, en trok zich terug. Zijn werk zat erop.

Na de lunch was er een pauze waarin iedereen kon rusten, de bruid en bruidegom afzonderlijk. Laat in de middag, zo wist meneer Ali, zouden er andere ceremonies volgen, zoals de *jalwa*, waarbij de bruid en bruidegom elkaar traditioneel voor het allereerst zien. Dat gaat gepaard met dubbelzinnige praatjes en beide partners worden flink geplaagd. Dan volgt de *bidaai*, het afscheid, waarbij de bruid het huis van haar vader en haar kindertijd vaarwel zegt en haar nieuwe echtgenoot vergezelt naar haar nieuwe huis om haar nieuwe leven te beginnen. Bij een bidaai wordt altijd menige traan geplengd, en deze bruiloft zou geen uitzondering zijn.

Meneer Ali wilde het echter niet allemaal meer bijwonen. Hij keek zoekend om zich heen en ontdekte zijn vrouw, die met een paar vrouwelijke familieleden van de bruid praatte. Toen ze zijn blik eindelijk ving, kwam ze naar hem toe.

'Het was een mooie bruiloft, hè?' zei meneer Ali.

Mevrouw Ali zuchtte en zei: 'Je weet toch dat jonge vrouwen broeds worden wanneer ze de baby's van hun vriendinnen zien? Zo voel ik me nu ook.'

Meneer Ali keek zijn vrouw geschrokken aan. 'Broeds?'

Ze schoot in de lach. 'Nee, gekkie! Ik verlang ernaar onze zoon te zien trouwen. Ik verlang ernaar hem met een bloemensluier voor zijn gezicht op een paard naar zijn bruid te zien gaan.'

'Ik voel met je mee. Dat wil ik ook wel, maar ik vraag me af wanneer onze dwaze zoon ons dat plezier zal gunnen,' zei hij. 'Maar goed, zullen we gaan? Ik hoef al dat gehuil en gejammer bij de bidaai niet te zien.'

Mevrouw Ali dacht er net zo over. Ze namen afscheid en gingen naar huis.

16

Aruna, die zich op kantoor zat te vervelen, vroeg zich af hoe Irshads bruiloft verliep. Ze had nog nooit een moslimbruiloft meegemaakt, dus wist ze niet wat voor ceremonies er werden voltrokken. Meneer Ali had de deadline voor de advertenties in de zondagskranten gemist, zodat het heel stil was. Er had zich de hele ochtend nog geen klant gemeld en de telefoon had ook amper gerinkeld.

Meneer Ali had haar opgedragen contact op te nemen met de vader van een kapu-meisje en hem de gegevens van een mogelijke kandidaat te geven. De bruidegom werkte bij een multinational in Delhi, maar zijn ouders woonden in de stad. Ze belde de vader, die niet thuis was, sprak een bericht in en verbrak de verbinding. Ze besloot briefkaarten te schrijven aan mensen die op advertenties hadden gereageerd.

Een halfuur later had Aruna kramp in haar vingers van het

schrijven van een hele stapel kaarten. Ze legde de pen op tafel en masseerde de vingers van haar rechterhand. Net toen
ze overwoog de tent te sluiten en wat eerder naar huis te
gaan, klingelde de deurbel en kwam Ramanujam binnen.

'Hallo,' zei ze verbaasd.

'Hallo, Aruna,' zei hij.

'Heeft meneer Ali je gebeld dat er meer kandidaten voor
je waren?' vroeg ze. 'Ik herinner me niet dat er iemand is
binnengekomen.'

Ramanujam zei niets. Aruna stond op en pakte zijn dossier
uit de kast. Er zat geen briefje in, dus keek ze in de map met
nieuwe aanmeldingen. De vorige dag had een brahmaans
meisje zich aangemeld nadat Aruna naar huis was gegaan.

'Het zal deze wel zijn,' zei ze, en ze pakte het inschrijfformulier.

Ze las de gegevens van het meisje voor. 'Vierentwintig jaar
oud, één vierenzeventig lang.'

Ze keek op. 'Best lang, hè?'

Ramanujam knikte.

Ze las verder. 'Afgestudeerd in huishoudkunde; wil niet werken na haar huwelijk; lichte teint. Haar ouders zijn nog bemiddeld ook. Ze hebben diverse huizen in de stad en zijn bereid
een grote bruidsschat te schenken, al hebben ze niet gezegd
hoe groot. Ze heeft één broer, die als arts in Amerika werkt.'

Ze keek weer op en zei: 'Ik vind het ideaal klinken. Wat
vind je zelf?'

'Ik...' zei Ramanujam.

'O, kijk!' onderbrak Aruna hem. 'We hebben een foto van
haar.'

Ze sprong op, liep naar de kast en pakte een foto. Ze keek
ernaar en gaf hem aan Ramanujam. 'Ze ziet er mooi uit,' zei
ze. 'Had ik maar zo'n teint.'

Ze lachte spijtig.

Ramanujam wierp een blik op de foto en legde hem weg. 'Aruna...' zei hij.

Iets in zijn toon trok haar aandacht en ze zakte langzaam op haar stoel.

'Rustig maar,' zei hij. 'Ik kom niet voor kandidaten.'

'O?' zei ze verbaasd. 'Nou ja, het maakt niet uit waarvoor je komt, dit is een heel geschikt meisje. Ik weet zeker dat je ouders haar perfect zullen vinden.'

'Ik was in de buurt, dus kwam ik even langs,' zei hij.

'Dat is heel vriendelijk van je. Meneer en mevrouw zijn weg en het is hier heel stil. Je kwam net op tijd. Ik stond op het punt het kantoor te sluiten en vroeg naar huis te gaan,' zei Aruna. 'Trouwens, nog bedankt dat je ons hebt meegenomen naar je boomgaard. We hebben genoten. Ik moet je ook namens Vani bedanken.'

'Ik heb een fijne dag gehad. Ik zou jou moeten bedanken. Of misschien die overijverige kaartjescontroleur,' zei Ramanujam met een lach.

Aruna huiverde. 'Goddank dat je me terugbelde nadat je mijn oproep had gemist. Ik begon me zorgen te maken, zo gestrand en zonder geld. O ja, dat krijg je nog van me terug.' Ze pakte een biljet van honderd roepia uit haar portemonnee.

Hij wuifde het weg. 'Doe niet zo gek!' zei hij. 'Als je me niet had gebeld, had ik een heerlijk dagje uit gemist.'

'Nee, nee,' zei Aruna. 'Je had gezegd dat het een lening was.'

'Goed dan,' zei Ramanujam, en hij nam het geld aan. 'Hoe is het met Vani? Zeg maar tegen haar dat ik de cashewappels niet vergeten ben. Zodra ze rijp zijn, zal ik er een paar voor jullie plukken.'

'Graag,' zei Aruna. 'Ze was helemaal weg van de boomgaard.'

'En jij? Vond je het ook leuk?' vroeg Ramanujam.

'Natuurlijk,' zei Aruna. 'Het was echt geweldig. Ik heb in mijn jeugd in verschillende dorpjes gewoond en daar moest ik aan denken, maar het was niet alleen de plek. Ik vond het gezelschap ook aangenaam.'

Ramanujam keek haar indringend aan. 'Echt?' zei hij.

Aruna bloosde. 'Ja,' zei ze, en ze stak haar kin naar voren. 'Ik heb van je gezelschap genoten.'

'Dat vind ik zo leuk aan jou, Aruna,' zei Ramanujam. 'Je bent zo ongekunsteld.'

'Is dat een compliment?' vroeg Aruna.

'Jazeker. De meeste meisjes vinden het cool om koket te doen,' zei Ramanujam.

'Ik weet het, maar ik ben eroverheen gegroeid,' zei Aruna met een lach.

'Hoe is het met je vader?' vroeg Ramanujam. 'Wil hij nog steeds niet dat je trouwt?'

Aruna's ogen vonkten. 'Het is geen kwestie van willen of niet, we hebben gewoon het spaargeld niet voor een bruiloft, dus zouden we ons in de schulden moeten steken. Hij weet ook niet hoe we het moeten redden als we eenmaal in de schulden zitten en ik geen geld meer inbreng.'

'Neem me niet kwalijk,' zei Ramanujam. 'Zo bedoelde ik het niet. Het probleem is dus niet dat je het huis uit gaat?'

Aruna zuchtte. 'Nee,' zei ze zacht.

'Zullen we ergens gaan lunchen?' stelde Ramanujam voor.

'Nee,' zei Aruna ontsteld. 'Mijn ouders verwachten me thuis.'

'Een andere keer dan?' vroeg Ramanujam.

'Misschien,' zei Aruna weifelend. Ze was nog nooit met een man uit geweest, afgezien van de picknick, en toen was Vani erbij geweest. Ze veronderstelde dat rijke mensen regelmatig zulke dingen deden en dat een lunch niets te betekenen had, maar in haar eigen familie- en vriendenkring zou het schandaal wanneer iemand haar met een man zag, haar beslist haar reputatie kosten.

Ze zwegen allebei. Aruna rommelde in de papieren op haar bureau.

'Aruna...' verbrak Ramanujam de stilte uiteindelijk.

Ze keek op. 'Ja?'

Voordat Ramanujam nog iets kon zeggen, ging de telefoon. 'Neem me niet kwalijk,' zei Aruna, en ze nam op.

Het was een klant die sinds een week lid was en zijn lijsten nog steeds niet had gekregen. Aruna bladerde in de map met inschrijfformulieren en vond zijn gegevens. Door al het oponthoud van de afgelopen week waren de lijsten nog maar een paar dagen tevoren verstuurd.

'Uw lijsten zijn verstuurd, meneer. Bel alstublieft nog eens als u ze over een paar dagen nog niet hebt ontvangen,' zei ze.

Ze hing op. 'Sorry,' zei ze tegen Ramanujam.

'Het geeft niet,' zei hij.

'Wat wilde je zeggen?' vroeg Aruna.

Ramanujam haalde diep adem. 'Aruna, wil je met me trouwen?' vroeg hij.

Aruna keek hem verbaasd aan. 'Nee, Ram,' zei ze toen. Het was de eerste keer dat ze hem bij zijn naam noemde. 'Ik kan niet met je trouwen.'

Hij zag er ontdaan uit en Aruna wist dat ze hem had gekwetst. Ze wist zeker dat ze juist handelde, maar god, waarom moest het zo'n pijn doen?

Ze deed haar ogen dicht, maar zag zijn glimlachende gezicht nog voor haar geestesoog. Ze herinnerde zich hoe opgelucht en veilig ze zich had gevoeld toen hij bij het café van de oude vrouw uit de auto stapte.

Toen ze haar ogen opende, zag ze dat hij haar nog steeds gespannen aankeek. Hij is echt volmaakt, dacht ze, maar het hele idee was onuitvoerbaar. Zijn ouders zochten een beeldschone bruid van rijke komaf. Zijn moeder en zus waren zo mondain dat zij er maar lomp bij zou afsteken. Ze kon zich niet voorstellen dat Ram zich op zijn gemak zou voelen in de voorkamer van haar vader, op een metalen klapstoel met verf die door het vele gebruik van de zitting was gesleten. En het schandaal! Wat zou haar vader zeggen als ze thuis verkondigde dat ze zelf een echtgenoot had gevonden? En om het af te maken: hoe moesten ze het thuis redden zonder haar inkomen? Misschien zou Vani haar opleiding moeten afbreken.

Ramanujam zat met hangend hoofd op de bank. Aruna wilde niets liever dan naast hem gaan zitten en haar armen om hem heen slaan. Waarom moest ze hem afwijzen? Zou het niet heerlijk zijn als ze gewoon ja kon zeggen, zonder over de consequenties te tobben? Ze konden het goed met elkaar vinden; ze konden over van alles praten en maakten elkaar aan het lachen. Hij was rijk, had een goede baan en was ongetwijfeld een uitstekende vangst op de huwelijksmarkt. Ze wist dat ze gezien de omstandigheden van haar ouders allang blij mocht zijn dát ze een aanzoek kreeg, laat staan van zo'n begeerlijke vrijgezel als Ramanujam. Het is een droom en arme mensen kunnen zich geen dromen veroorloven, hield ze zichzelf voor. Daar ga je je alleen maar ongelukkig van voelen. Ze moest haar plicht doen en haar karma zich laten ontvouwen zoals het wilde.

Ramanujam stond op. 'Tot ziens, Aruna.'

Aruna stond ook op. 'Het spijt me. Ik hoop dat we vrienden kunnen blijven. Ik wil nog steeds die cashewappels proeven, hoor,' zei ze met een trieste glimlach.

'Weet je dat zeker?' vroeg hij.

'Ja,' zei ze, al wist ze dat ze zich op gevaarlijk terrein begaf. Ze kon het contact beter helemaal verbreken, maar dat kon ze niet over haar hart verkrijgen, nog niet. Ze vond hem een van de aantrekkelijkste mannen die ze ooit had gezien. Hij was de eerste man die haar een aanzoek had gedaan om wie ze was, niet omdat ze door twee families waren gekoppeld. Het idee dat ze hem nooit meer zou zien was ondraaglijk, al kostte het haar al haar kracht om bij haar besluit te blijven.

Ramanujam knikte. 'Ik zie je wel weer, Aruna. Ik wens je het allerbeste toe, altijd,' zei hij voordat hij haastig vertrok.

Aruna wachtte tot ze het portier van zijn auto dicht hoorde slaan en zijn auto was weggereden. Ze liep langzaam naar de tafel en ging zitten. Toen barstte ze plotsklaps, zonder enige waarschuwing, in tranen uit. Waarom? Waarom? Waarom was het leven zo moeilijk?

Waarschijnlijk zou hij haar snel vergeten en verdergaan met zijn leven. Ze betwijfelde of zij dat ook zou kunnen.

Meneer en mevrouw Ali vonden hun taxi. Het portier stond open en de chauffeur zat voorin te snurken; ongetwijfeld een gevolg van de uitstekende biryani. Meneer Ali maakte hem wakker.

'Neem me niet kwalijk, meneer,' zei de chauffeur, die rechtop ging zitten. 'Gaan we weg?'

'Ja,' zei meneer Ali. 'We gaan.'

Ze stapten achter in de auto. Toen de chauffeur wilde starten, leunde meneer Ali naar voren en vroeg: 'Weet u de weg naar Royyapalem? Hoe lang doen we daarover?'

'Het is niet zo ver, meneer. Het is nog geen uur rijden,' zei de chauffeur.

Meneer Ali keek zijn vrouw aan. 'Zullen we erheen gaan?'

Haar ogen glansden en ze knikte enthousiast.

'Laten we eerst maar naar Royyapalem gaan,' zei meneer Ali tegen de chauffeur.

'De taxi is alleen betaald voor de rit vanaf uw huis en weer terug,' zei de chauffeur. 'Die omweg kost tweehonderd roepia extra, en als we niet voor zeven uur weer in de stad zijn, moet u ook voor het wachten betalen.'

'Goed,' zei meneer Ali. 'Rijden maar.'

Royyapalem lag aan de snelweg. De chauffeur sloeg links af de snelweg af, een smalle weg vol kuilen in. Mevrouw Ali had de voorafgaande weken zoveel over Royyapalem gehoord, dat het een teleurstelling voor haar was dat het net zo'n dorpje was als alle andere die ze in de loop der jaren had gezien. Toch had het dorp iets vreemds, al kon ze het niet meteen benoemen. Hotsend over de weg zag ze een paar stenen huizen en veel hutten, dicht op elkaar langs de weg. In de schaduw van de huizen lagen zwerfhonden te hijgen en de taxi moest bijna stoppen om langs een zwarte buffel te komen die midden op straat stond te poepen. Ze kwamen bij een kleine markt, zag mevrouw Ali aan de hopen aarde langs een open plek. 's Avonds zouden die bergjes in kramen veranderen waar verschillende soorten groente werden verkocht. Toen ze over de markt reden, drong het opeens tot mevrouw Ali door wat er zo griezelig was aan het dorp.

'Er is helemaal niemand,' zei ze tegen meneer Ali. 'In elk dorp waar ik ooit ben geweest, zag je mensen lopen of gewoon voor hun huis naar de weg kijken, maar hier is het uitgestorven, alsof er niemand meer woont.'

Meneer Ali knikte. 'Je haalt me de woorden uit de mond,' zei hij.

De weg kronkelde en slingerde naar een plein voor een massief gebouw met een standbeeld van Gandhi ervoor. Hier waren veel mensen. Politiemensen met lathi's klitten in groepjes bij elkaar. Aan één kant van het plein waren rode en oranje tenten opgezet die wel iets weg hadden van de feesttent bij de bruiloft van Irshad en Aisha. De middelste was groter dan de andere. Ervoor hing een spandoek aan twee lange bamboepalen met de tekst: GERECHTIGHEID VOOR DE BOEREN.

Er liep een agent naar de auto en de taxichauffeur stopte voor hem. De agent boog zich vanuit zijn middel en hield zijn hoofd bij het raampje van de taxi.

'Wat komt u hier doen?' vroeg hij.

'We willen onze zoon bezoeken,' zei meneer Ali.

'U mag het dorp niet in,' zei de agent.

Mevrouw Ali leunde naar voren en keek de agent aan. 'Alstublieft?'

De agent keek naar haar en zei verbaasd: 'Ik ken u, mevrouw. U was die moeder op tv.'

'Ja, dat was ik,' bevestigde mevrouw Ali.

'We zaten thuis allemaal tv te kijken toen u in beeld kwam,' vertelde de agent. 'Vooral mijn moeder was diep getroffen. Ze zei dat ze precies begreep hoe u zich voelde. We zijn christelijk, mevrouw, en de zondag daarop heeft ze speciaal voor u gebeden bij de mis.'

'O, wat aardig van uw moeder. Wilt u haar namens mij bedanken?' zei mevrouw Ali.

De agent knikte en vroeg de chauffeur de auto opzij te zetten. Daarna mochten ze naar de grote tent op het plein lopen.

Toen ze op weg waren, wilde een andere agent hen tegenhouden, maar de eerste riep: 'Het is goed. Ze hebben mijn toestemming.'

'De macht van de roem,' merkte meneer Ali op.

'Niet spotten. Het geeft ons de kans onze zoon te zien,' zei mevrouw Ali.

Bij de ingang van de tent werden ze door een jongeman aangehouden. Mevrouw Ali herkende hem als een van Rehmans vrienden uit de stad die samen met hem voor de rechter hadden gestaan. Hij leek verbaasd hen te zien.

'Meneer, mevrouw... Heeft niemand het u verteld?' zei hij.

'Wat?' zei meneer Ali.

'Tot eergisteren was er niets met Rehman aan de hand. Toen heeft hij vermoedelijk iets gegeten wat niet goed is gevallen, want hij werd opeens misselijk en ziek.'

Mevrouw Ali maakte zich ongerust en liep snel de tent in, gevolgd door haar man en Rehmans vriend. Er was geen mens.

'Waar is Rehman?' vroeg ze.

'Daar, mevrouw,' zei de jongeman en hij bracht haar naar een hoek die met een gordijn was afgeschermd.

Ze schoven het gordijn open. Rehman lag op een *charpoy*, een ruwe brits, bespannen met henneptouw. Hij zweette. Er stonden drie mannen om het bed heen.

'Wat is er met mijn zoon gebeurd?' riep mevrouw Ali, die zich naar het bed haastte.

Rehman hees zich moeizaam overeind op het kussen, trok een pijnlijk gezicht en zei: 'Ik heb niets, amma.'

Mevrouw Ali ging bij hem op het bed zitten en omhelsde hem. 'Je gloeit helemaal!' riep ze uit.

Rehman klopte op haar hand en richtte zich tot de mannen. 'Ga weg,' zei hij. 'Artikel 144 is nog steeds van kracht. Er mogen niet meer dan vijf mensen tegelijk zijn. Laten we de politie geen excuus geven om ons te arresteren.'

De mannen vertrokken snel en Rehman richtte zijn aandacht op zijn ouders. Meneer Ali, die aan de andere kant van het bed was gaan zitten, legde een hand op zijn voorhoofd.

'Jongen, je bent echt ziek,' zei hij.

'Het valt wel mee, abba. Een beetje koorts,' zei Rehman.

'Wat zei de dokter ervan?' vroeg mevrouw Ali.

Rehman zei niets. Zijn vriend, die aan het voeteneind van het bed stond, zei: 'Er is nog geen dokter bij hem geweest.'

'Waarom niet?' vroeg mevrouw Ali. 'Hij is ernstig ziek. Al wilde hij zelf niet, je had hem moeten dwingen naar de dokter te gaan. Mooie vriend ben jij!'

De jongen liet gegeneerd zijn hoofd hangen en schuifelde heen en weer. Mevrouw Ali keek weer naar Rehman. 'Jij gaat nu naar de dokter en geen praatjes, jij.'

Rehman zakte terug op het bed. 'Ammi,' zei hij met zwakke stem, 'er is geen dokter in dit dorp.'

'Geen dokter? Hoe bedoel je, geen dokter?' zei mevrouw Ali.

'Je komt zelf uit een dorp, ammi. Jij weet beter dan ik hoe het daar toegaat,' zei Rehman. 'Er is hier geen dokter en al was er een, dan is er nog geen apotheek.'

Mevrouw Ali zweeg.

Er kwam een jongeman door het gordijn. 'Sorry dat ik stoor, Rehman,' zei hij, 'maar ik heb de voorzitter van een studentenvakbond uit Vijayawada aan de lijn. Hij vraagt hoeveel mensen hij hiernaartoe moet sturen. Hij zegt dat hij minstens vijfhonderd studenten op de been kan brengen.'

Rehman dacht even na. 'Het heeft geen zin om ze allemaal hierheen te sturen,' zei hij toen. 'Ze worden toch buiten het dorp door de politie tegengehouden.'

Hij deed zijn ogen dicht en mevrouw Ali bette zijn voorhoofd met haar zakdoek. Hij sloeg zijn ogen op en zei: 'Ik weet het al. Zeg maar dat hij een demonstratie in Vijayawada kan organiseren om ons te steunen. Dat is zelfs een fantastisch idee. Vraag hem andere studentenleiders in andere steden te benaderen. Laten we dat doen. Laten we een paar dagen de tijd nemen om het goed te organiseren, dan kunnen we in de hele staat tegelijkertijd demonstraties houden. De regering zal schudden op haar grondvesten.'

De jongeman reageerde enthousiast. 'Wat een geweldig idee. Ik ga meteen aan de slag.'

Rehman probeerde overeind te komen, maar zakte weer achterover.

'Rehman, je bent zo slap als een vaatdoek,' zei mevrouw Ali. 'Ga met ons mee terug naar de stad. Dan kan er een dokter naar je kijken en als je weer beter bent, kun je terug.'

Rehman schudde zijn hoofd. 'Nee, ammi. Het is hier bijna afgelopen. We moeten nog even sterk blijven, dan winnen we. Ik kan nu niet weg.'

'Doe niet zo koppig, Rehman,' zei meneer Ali. 'Je bent ziek. Wie weet wat je hebt? Als je iets verkeerds hebt gegeten, krijg je geen koorts. Er moet iets anders aan de hand zijn, ik voel het. Hoe eerder je naar een dokter gaat, hoe beter.'

'U zou gelijk kunnen hebben, oom,' zei Rehmans vriend. 'Hij zei dat er een beetje bloed in zijn braaksel zat.'

Rehman keek woedend naar zijn vriend, die zijn hand voor zijn mond sloeg.

'Laat je vriend praten,' zei mevrouw Ali. 'Dit klinkt ernstig. Ga alsjeblieft met ons mee naar huis.'

Ze kibbelden nog een paar minuten, tot Rehman uitgeput op het bed zakte, maar hij zwichtte niet. Uiteindelijk namen meneer en mevrouw Ali afscheid van hem en gingen weg.

Toen ze uit de tent kwamen, gaf mevrouw Ali haar telefoonnummer aan Rehmans vriend. 'Wil je me alsjeblieft elke dag bellen om te vertellen hoe het met hem gaat?' vroeg ze.

'Dat zal ik doen, mevrouw,' beloofde de vriend.

Ze liepen terug naar de taxi. Net toen ze wilden instappen, werden ze aangesproken door een jonge vrouw. Het was de verslaggeefster die Rehman en mevrouw Ali bij de rechtbank had geïnterviewd.

'Meneer, mevrouw?' zei ze. 'Ik ben Usha. Mag ik even voor de camera met u praten? De politie laat me niet in de tent. Ik zit al vanaf vanochtend te wachten op een kans om uw zoon te spreken, maar ik zie hem nergens.'

Mevrouw Ali weigerde, maar de jonge vrouw wist haar te overreden.

'Uw zoon is heel dapper, mevrouw. Hij is onze held en onze kijkers zullen dol op hem zijn,' zei Usha.

Al snel was de camera op mevrouw Ali en Usha gericht.

'U hebt uw zoon gevraagd niet terug te gaan naar Royyapalem. Hoe denkt u erover nu u hem hier hebt gezien?' vroeg Usha.

'Mijn angsten als moeder zijn bewaarheid. Mijn zoon ligt ziek in de tent, maar hij wil de strijd niet opgeven. Het verzet draait op volle toeren en hij zegt dat hij hier nu niet weg kan,' zei mevrouw Ali.

'Het spijt me te horen dat uw zoon ziek is. Wat mankeert hem?' vroeg Usha bezorgd.

'Hij heeft hoge koorts. Ik weet niet wat hij heeft,' zei mevrouw Ali. De tranen stroomden haar over de wangen. 'Er is geen dokter bij hem geweest en hij weigert mee terug te gaan naar de stad. De regering wil hier grote fabrieken neerzetten, maar er is niet eens een dokter in dit dorp. De machthebbers zouden hun prioriteiten eens op een rijtje moeten zetten.'

De verslaggeefster gaf de cameraman een seintje. 'Het staat erop,' zei ze.

Mevrouw Ali kwam diep terneergeslagen terug van haar bezoek aan Royyapalem. De dagen daarna schaamde ze zich net zo diep. Het interview met de verslaggeefster werd continu op tv herhaald onder de titel 'Nieuw leed van een moeder'.

Een paar dagen na het bezoek hoorde ze meneer Ali met Rehman telefoneren.

'Je moeder is heel neerslachtig. Ze wil niemand zien en zet geen voet buiten de deur. Ze gaat 's avonds niet eens bij het hek staan om te zien hoe de wereld voorbijgaat,' zei meneer Ali.

Hij luisterde even en zei toen: 'Hoe bedoel je, het verzet is belangrijk? Doen de gevoelens van je moeder er soms niet toe? Ze is bang dat je een ernstige ziekte hebt opgelopen, en ik ook. Kom gewoon een dag naar de stad, laat je onderzoeken en ga weer terug.'

Het gesprek ging een tijdje door en meneer Ali's stem kreeg iets smekends. Rehman hield kennelijk zijn poot stijf, want uiteindelijk hing meneer Ali op, leunde achterover in zijn stoel en deed zijn ogen dicht. Hij zag er vermoeid uit en mevrouw Ali's hart ging naar hem uit. Ze glipte weg in de verwachting dat meneer Ali haar later over het gesprek zou vertellen, zodat ze het konden bespreken, maar hij zei niets.

Rehmans vriend belde trouw elke avond op. Na een paar dagen had hij eindelijk bemoedigend nieuws: Rehmans koorts zakte en hij kon elke dag een paar uur zijn bed uit. Daarna knapte hij snel op. Een week na het bezoek kreeg mevrouw Ali hem aan de telefoon. Hij was weer helemaal de oude. Hij vertelde zijn moeder dat ze studentenleiders in de hele staat hadden benaderd en protestmarsen voor de komende dinsdag organiseerden. Mevrouw Ali vroeg hem voorzichtig te zijn.

Meneer Ali wilde zijn zoon niet spreken. Mevrouw Ali werd weer heen en weer geslingerd tussen twee sterke krachten, die geen van beide wilden wijken.

17

Aruna was al de hele week somber. Ze sprankelde niet meer. Ze voelde zich als een *ryot*, een pachtboer, die de sprinkhanen ziet neerdalen op zijn akker die net kan worden geoogst; hij ziet zijn gewassen verdwijnen en weet dat dit nog maar het begin is van zijn problemen. Aruna had geen mens over Ramanujams aanzoek verteld, zelfs haar zusje niet. Ze leefde als een slaapwandelaar.

Op maandag zei Vani tegen haar: 'Kom morgenochtend om negen uur naar het kruispunt Jagadamba.'

'Waarom zou ik?' zei Aruna. 'Ik moet morgen naar kantoor.'

'Akka, je loopt al de hele week met je ziel onder je arm. Een beetje afwisseling zal je goeddoen,' zei Vani.

'Ik loop niet met mijn ziel onder de arm,' zei Aruna.

'O, jawel. Amma heeft het ook gezien. We denken dat je te hard werkt. Kom morgen nou maar gewoon. Ik garandeer je dat als je je baas vertelt wat je hebt gezien, hij het niet erg meer zal vinden dat je te laat bent gekomen,' zei Vani.

'Hè? Hoe kun jij weten wat meneer Ali zal zeggen? Je hebt hem zelfs nooit gezien,' zei Aruna.

'Niet tegenstribbelen, akka. Doe het dan voor mij, alsjeblieft...' zei Vani.

'Vooruit dan maar,' verzuchtte Aruna. 'Ik kom, al is het maar om te bewijzen dat ik niet somber ben.'

'Fijn!' zei Vani.

De volgende dag ging Aruna iets vroeger van huis dan anders om op tijd bij het kruispunt te zijn. Toen ze daar aankwam, zag ze tot haar verbazing dat het er wemelde van de politiemensen. Ze ging in de schaduw van een winkel staan kijken, tegenover de naar het kruispunt vernoemde Jagadamba-bioscoop. Er hing een groot aanplakbiljet van een blond meisje dat het uitschreeuwde van angst om een verschrikking buiten het kader. Het was de enige bioscoop in de stad waar regelmatig Hollywoodfilms werden vertoond. In de andere draaiden Hindi- of Telugu-films.

Aruna wachtte een poosje en keek geërgerd op haar horloge. Het was bijna tien voor halftien en er gebeurde niets. Het leek drukker dan anders, maar het was altijd druk op het kruispunt, dus ze wist het niet zeker. Twee wegen leidden vanuit het noorden van het kruispunt om een klein, oud christelijk kerkhof heen, de ene naar de universiteit op de heuvel en de andere naar het nieuwere gedeelte van de stad. De weg naar het zuiden leidde naar het oude stadscentrum en de weg naar het oosten naar het stadhuis en het King George-ziekenhuis. Door het ziekenhuis moest Aruna aan Ramanujam denken, en toen kon ze hem niet meer uit haar hoofd zetten.

Ze moest er heel verdrietig uitzien, want iemand zei: 'Waarom ben je zo droevig, meisje? Je bent jong en je ziet er gezond uit. Ik weet zeker dat het allemaal goed komt.'

Aruna schrok op uit haar gepeins en zag een oude, tandeloze vrouw tegenover zich staan. Ze had de vrouw nog nooit van haar leven gezien. Ze schudde haar hoofd en zei: 'Het valt wel mee, baamma. Er is niets.'

De oude vrouw knikte en liep weg. Aruna keek om zich heen. Het was beslist drukker geworden, en de mensen liepen niet, ze stonden allemaal maar, alsof ze op iets wachtten, net als zij. Na een minuut of vijf hoorde ze geluid over de weg naar de universiteit naderen. Het zwol aan en algauw keek iedereen reikhalzend in de richting waar het vandaan kwam. De politiemannen hadden zich langs de weg opgesteld en praatten in hun portofoons. Opeens was er geen verkeer meer.

Een rumoerige stoet studenten kwam aangelopen. Het moesten er meer dan duizend zijn, want er kwam geen eind aan. Sommigen hadden een trommel of trompet, veel andere droegen spandoeken.

GERECHTIGHEID VOOR DE BOEREN

RESPECT VOOR DE RECHTEN VAN DE RYOTS VAN ROYYAPALEM

DORPEN WILLEN DOKTERS, GEEN MULTINATIONALS

LUISTER NAAR DE TRANEN VAN DE MENSEN, NIET NAAR AANDELEN EN OBLIGATIES

WEG MET DE WHO

Aruna vroeg zich af hoe de Wereld Handels Organisatie ineens bij de demonstratie betrokken was geraakt. Was het een overgebleven spandoek van een eerdere protestmars?

Een student liep achteruit aan het hoofd van de stoet. Hij riep door een megafoon: 'Gerechtigheid voor...'

'Boeren!' donderde het antwoord van de studenten.

De trommels sloegen en de trompetten schalden.

De student met de megafoon riep: 'Dokters, geen...'

'Multinationals,' brulden de studenten.

De optocht trok langzaam aan Aruna voorbij. Ze keek uit naar Vani, maar kon haar zusje niet ontdekken in de mensen-massa.

'Regering,' riep de stem door de megafoon.

'Weg ermee! Weg ermee!'

De trommels roffelden.

De trompetten bliezen luid en duidelijk.

Het duurde meer dan vijf minuten voordat de stoet voorbij het kruispunt was. Aruna hoorde iemand zeggen dat de studenten naar het gebouw van de staatsoverheid gingen, waar ze een petitie met tienduizend handtekeningen tegen de beslaglegging in Royyapalem zouden aanbieden. Aruna wachtte tot de menigte zich verspreidde en nam toen de bus naar het huis van meneer Ali.

De week daarop bleef Aruna in een schemertoestand rond-lopen. Ze dacht dat het aan het weer lag. Na de eerste bui was de regen overgegaan in een hittegolf. Het was elke dag meer dan veertig graden en heel vochtig.

Aruna's moeder vroeg haar een tijdje vrij te nemen, maar ze weigerde. De dag daarna, net toen ze naar kantoor wilde gaan, zei haar vader tegen haar dat hij zijn broer in Annava-ram wilde opzoeken en haar hulp nodig had.

'Heeft amma je opgehitst?' vroeg Aruna.

Aruna's vader keek haar zo streng aan dat ze ervan bloosde.

'Het spijt me,' zei ze.

'Je ziet er uitgeput uit, Aruna. Een korte vakantie zal je goeddoen. En ik heb je hulp echt nodig. Ik wil niet alleen reizen,' zei haar vader.

'Nee, naanna, ik wil nu niet weg. Het is momenteel heel druk op kantoor,' zei ze, en ze stapte naar buiten.

Om tien uur die ochtend ging meneer Ali naar de bank om een cheque van een klant te innen. Aruna bleef alleen op kantoor achter. De postbode was net geweest en ze zat de brieven van die dag te behandelen toen de telefoon ging.

'Hallo, met meneer Ali's huwelijksbureau, wat kan ik voor u doen?' zei ze.

'Hallo. Is meneer Ali er ook?' vroeg een vrouwenstem die haar vaag bekend voorkwam.

'Nee, mevrouw, hij is er niet. Kan ik u helpen?' zei Aruna.

'Misschien wel,' zei de vrouw. 'Wij zijn klanten van u. Ik ben de zus van Ramanujam, de chirurg.'

Aruna's hart sloeg over en ze omklemde de hoorn stevig. Ze snakte naar adem en zei: 'Ik weet nog wie u bent, mevrouw. U bent hier met uw broer en uw moeder geweest. Wat kan ik voor u doen?' Ze was blij dat haar stem vast klonk.

De zus van Ramanujam antwoordde: 'We hebben gisteren familieberaad gehouden en besloten dat de zoektocht geïntensiveerd moet worden. Ik vind dat jullie opnieuw moeten adverteren, en dan uitgebreider.'

'Goed, mevrouw,' zei Aruna. 'Ik zal het aan meneer doorgeven.'

'Doe dat. Ik heb het de komende dagen druk, maar daarna kom ik bij jullie langs.'

Aruna legde de hoorn langzaam op de haak en staarde in het niets. Opeens verloor ze haar zelfbeheersing, sloeg haar handen voor haar gezicht en barstte in snikken uit.

'Aruna, gaat het?'

Aruna keek snel op en zag tot haar afgrijzen dat mevrouw

Ali tegenover haar stond. Ze knikte en wendde haastig haar gezicht af. Mevrouw Ali zweeg even en Aruna hoopte maar dat ze haar tranen niet had gezien.

'Aruna, wat is er? Vanwaar die waterlanders?' vroeg mevrouw Ali vriendelijk.

Aruna keek haar onwillig aan en zei: 'Ik weet me geen raad, mevrouw. Ik ben helemaal in de war.'

Nieuwe tranen stroomden over haar wangen.

Mevrouw Ali kwam naar haar toe. 'Kom, kindje, ga mee naar binnen. Iedereen kan ons hier storen.'

Mevrouw Ali loodste Aruna mee naar binnen en ging naast haar op de bank zitten. 'Stil maar, niet huilen, kindje. Het komt allemaal goed. Vertel, wat is er?'

Aruna zweeg even, heen en weer geslingerd tussen haar aangeboren terughoudendheid en haar behoefte haar hart te luchten. Mevrouw Ali wachtte rustig af.

Ten slotte zei Aruna: 'Kent u Ramanujam, mevrouw? Een van onze klanten?'

Mevrouw Ali dacht even na. 'Ja, ik weet het weer,' zei ze toen. 'Hij is toch chirurg?'

'Ja, mevrouw.'

Aruna zei niets meer. Mevrouw Ali wachtte even en zei toen: 'Wat is er met hem?'

'Hij heeft me ten huwelijk gevraagd, mevrouw,' zei Aruna.

Mevrouw Ali schoot in de lach. 'Daar hoef je toch niet om te huilen, kindlief? Je zou het als een compliment moeten beschouwen.'

'Ik heb nee gezegd, mevrouw,' zei Aruna. 'Ik heb hem afgewezen.' Ze barstte weer in huilen uit.

'Heb je dit met iemand besproken?' vroeg mevrouw Ali.

Aruna schudde snikkend haar hoofd. Mevrouw Ali sloeg een arm om haar schouders en zei: 'Zulke dingen moet je niet opkroppen. Vertel het me maar. Zeg eens, vind je hem leuk?'

Aruna knikte. 'God vergeef me; ja, ik vind hem leuk. Echt leuk. Toen ik nee zei, dacht ik dat de pijn wel over zou gaan. Ik dacht dat ik er na een paar dagen overheen zou zijn, maar nee! Het wordt alleen maar erger. Ik word verteerd door verdriet en ik weet me geen raad meer.'

Mevrouw Ali bleef stilletjes met haar arm om Aruna's schouders zitten tot ze was uitgehuild. Toen droogde Aruna haar tranen aan haar dupatta en keek gegeneerd op.

'Het spijt me, mevrouw,' zei ze.

'Je hoeft nergens spijt van te hebben. Je moest eens lekker huilen. Maar vertel eens, als je hem zo leuk vindt, waarom heb je hem dan afgewezen?'

'Gaat u maar na, mevrouw. U weet wat voor meisje zijn ouders voor hem zoeken. Ik ben absoluut niet geschikt. Ze zoeken een mooi meisje uit een rijke familie. Ik ben niet mooi. We zijn maar een heel eenvoudige familie, geen miljonairs, zoals zij.'

'Haal jezelf niet naar beneden, kind. Geld is niet alles. Kennis en karakter zijn belangrijker, en wat dat betreft is jouw familie niet minder dan welke andere ook in het land.'

'Maar dat is nog niet alles, mevrouw. Ze hebben me thuis nodig. Mijn zusje volgt een opleiding en er is op het pensioen van mijn vader beknot. Ze kunnen zich moeilijk redden met alleen dat pensioentje. Ik moet werken en een bijdrage leveren tot mijn vader zijn volledige pensioen weer krijgt en mijn zusje haar opleiding heeft afgerond. Ramanujams ouders willen niet dat hij een werkende vrouw trouwt. En zelfs al mocht ik werken, welke echtgenoot zou het dan goedvinden dat ik mijn loon aan mijn ouders gaf? Ik moet een huwelijk nog zeker drie, vier jaar uit mijn hoofd zetten,' zei Aruna.

'Aruna,' zei mevrouw Ali, 'soms moet je in het leven voor jezelf kiezen. Je familie redt zich wel, op de een of andere manier. Ramanujam gaat zijn huwelijk geen drie, vier jaar meer uitstellen, dat vinden zijn ouders niet goed. Denk ook eens aan jezelf. Iedereen weet dat hoe ouder een meisje wordt, hoe moeilijker ze aan de man kan komen. Over een paar jaar trouwt je zusje en dan gaat ze het huis uit. Je ouders zijn bejaard; wie weet hoe lang ze er nog zullen zijn? Je zult eenzaam en verbitterd worden. Je zusje zal een wrok tegen je gaan koesteren, want mensen kunnen niet lang dankbaar blijven, weet je. Ik heb vaker zulke gevallen gezien, en ironisch genoeg overkomt het altijd de beste meisjes, zoals jij. Meisjes die minder rekening met hun familie houden en iets egoïstischer zijn, zijn niet alleen zelf gelukkiger, maar onderhouden ook goede betrekkingen met hun familie.'

'Ik weet dat u wijzer bent dan ik, mevrouw,' zei Aruna, 'maar ik weet niet of ik wel anders kan. Bovendien is hij rijk en zijn wij arm. Als schoonzoon zal hij bij mijn ouders op bezoek komen en dan verwachten dat hij fatsoenlijk wordt behandeld. Hoe kunnen mijn ouders zich dat veroorloven? En ik zou het niet verdragen als hij mijn ouders beledigde vanwege ons kleine huis of onze armoede.'

'Als hij echt zo'n lomperik is, is hij niet de juiste man voor jou,' zei mevrouw Ali, 'maar Ramanujam lijkt me niet iemand die zich zo zou gedragen. Vergeet niet dat jullie allebei uit deze stad komen. Hij hoeft echt niet bij je ouders te overnachten. Hij brengt ze alleen korte bezoekjes en ik weet zeker dat hij je ouders zo hoffelijk zal behandelen als ze verdienen.'

'Dat weten we toch niet, mevrouw?' bracht Aruna ertegen in. 'Hij is rijk geboren, dus hoe kan hij weten hoe hij met arme mensen moet omgaan? Het is trouwens mosterd na de maaltijd. Ik heb hem beledigd door zijn aanzoek af te slaan en ik betwijfel of hij me ooit nog een blik waardig zal keuren. Zijn zus heeft zojuist opgebeld om te vragen of we opnieuw voor hem willen adverteren. Mannen zijn trots, mevrouw, en ze kunnen een afwijzing niet over hun kant laten gaan.'

Aruna bleef nog even op de bank zitten. Toen stond ze op en zei: 'Wilt u het alstublieft niet aan meneer vertellen? Het is heel gênant.'

Mevrouw Ali knikte en zei: 'Je hebt niets gedaan om je voor te schamen, kindje, maar als jij dat wilt, hou ik het voor me.'

Aruna glimlachte flauwtjes. 'Dank u wel, mevrouw.'

Nog diezelfde middag ging ze na de lunch naar haar vader en beloofde hem een week vrij te nemen zodat ze hem kon vergezellen naar zijn broer in de tempelstad Annavaram.

Aruna's afwezigheid was een schok voor meneer Ali. Hij merkte nu pas hoe prettig het was om een efficiënte assistente te hebben. Hij moest zijn wandelingen bekorten en zijn middagdutje schoot er ook vaak bij in. Gelukkig was het zo warm dat de meeste klanten pas na vijf uur 's middags kwamen, maar eentje was al genoeg om de siësta te verstoren, dacht hij zuur.

Op woensdag, toen alle klanten weg waren en hij de zaak wilde sluiten, kwam er een oude klant binnen: Sridevi, de gescheiden bloemiste.

Ze vouwde haar handen en zei: 'Namaste.'

Meneer Ali beantwoordde de begroeting en zei: 'Heb je de gegevens ontvangen van Venu, de computermonteur,

257

die we je hebben gestuurd? Ben je op zoek naar nieuwe kandidaten?'

'Nee,' zei Sridevi vrolijk. 'Ik ga trouwen en ik was in de buurt, dus kwam ik even langs om u te bedanken.'

'Echt waar? Dat is fantastisch nieuws. Dus je hebt contact opgenomen met Venu?' vroeg meneer Ali.

'Nee, ik ga niet trouwen met hem of een andere kandidaat die u voor me hebt uitgezocht, maar ik wil u toch bedanken,' zei ze.

'Hoe dat zo?' vroeg meneer Ali verwonderd. Toen merkte hij pas dat Sridevi nog stond. 'Ga toch zitten,' voegde hij eraan toe.

Sridevi ging zitten en zei: 'Het is misschien het eenvoudigst als ik u het hele verhaal maar vertel.'

Meneer Ali knikte, legde zijn pen neer en schonk haar zijn onverdeelde aandacht.

'Zoals u weet, heeft mijn familie me na mijn scheiding verstoten. Ze wilden me niet meer spreken en ik werd niet meer uitgenodigd voor familiefeesten. Het was alsof ik nooit had bestaan. Dat was moeilijk te verkroppen. Maar goed, ik had het druk met mijn zaak en dat maakte iets goed. Uiteindelijk besloot ik schoon schip te maken en opnieuw te trouwen. Toen heb ik contact met u opgenomen. Weet u nog dat ik u heb verteld dat mijn jongere oom bij me kwam eten toen u me opbelde over Venu?'

'Ja, dat weet ik nog,' zei meneer Ali.

'Hij is de jongste broer van mijn vader. Hij woonde bij ons toen hij studeerde. Ik was toen nog klein. Ik ben zijn lievelingsnichtje. Vlak voordat ik trouwde, was hij naar Oman gegaan, en hij vond het heel erg dat hij niet bij mijn bruiloft kon zijn. Enfin, hij deed goede zaken in de Golf en kwam schatrijk terug. Hij bracht cadeaus in overvloed mee voor ons allemaal, ook voor mij, en ontdekte dat de familie me had verstoten. Hij nam meteen contact met me op en kwam bij me eten.'

Meneer Ali knikte.

'Onder het eten kon ik niet ophouden met praten en uiteindelijk begon ik te huilen. Hij troostte me en ging weg. Ik dacht dat het daarmee afgelopen was, maar twee dagen later zocht hij me op in mijn winkel in het hotel en zei dat hij zin had in Chinees eten. Ik was verbaasd, want het was drie uur 's middags. Hij nam me mee naar het restaurant in het hotel. Er zat niemand, behalve een man aan een tafeltje in een hoek. Het was mijn ex-man. Ik wilde weggaan, maar mijn oom hield me tegen. Zoals u zich kunt voorstellen, was de spanning tussen mijn ex en mij eerst om te snijden, maar dat werd geleidelijk beter. Op een paar specifieke problemen na hadden we het altijd goed met elkaar kunnen vinden. Mijn oom werd op een gegeven moment op zijn mobieltje gebeld en liep naar buiten, zodat wij alleen waren. We raakten aan de praat en ik kwam erachter dat hij niet hertrouwd was, waar ik van opkeek, want ik had gedacht dat zijn ouders hem meteen na onze scheiding aan het een of andere arme kind zouden uithuwelijken. Mijn ex wist zelfs dat ik de bloemisterij in het hotel had. Na een poosje kwam mijn oom terug. Hij zag hoe goed we met elkaar konden opschieten en zei dat hij dat weekend een maaltijd had gereserveerd en ook al betaald in een ander restaurant, maar dat zijn vriend het had laten afweten. Hij wilde dat wij in hun plaats gingen. Ik vermoedde dat het een list was en zei dat hij met geen mogelijkheid van me kon verwachten dat ik uit zou gaan met een man die niet mijn echtgenoot was,' zei Sridevi, die haar verhaal even staakte en naar meneer Ali opkeek.

Meneer Ali knikte en wuifde met zijn hand ten teken dat ze verder moest vertellen.

Sridevi vervolgde: 'Mijn oom lachte en zei dat het hindoeïsme geen echtscheiding erkent. Volgens de wet waren we dan dus misschien geen man en vrouw, maar voor God waren we nog steeds getrouwd. Mijn ex wilde iets zeggen, maar mijn oom was nog maar net begonnen. Wij zijn geen moslims, zei hij, met een geloof dat echtscheiding toestaat, en ook geen christenen die tot de dood ons scheidt beloven. Jullie zijn hindoes en jullie zijn in de echt verbonden met het heilige vuur als getuige; jullie zijn zevenmaal om het vuur gelopen als deel van de huwelijksceremonie en jullie band is sterker dan de dood; die geldt voor zeven levens samen.'

Meneer Ali knikte begrijpend. 'En toen?' vroeg hij.

Sridevi vervolgde: 'We gingen een paar keer samen uit en ontdekten dat we eigenlijk heel goed bij elkaar pasten. Ik begon warm te lopen voor het idee van een hereniging, maar mijn ex gaf er geen blijk van naar een volgende stap te verlangen, tot ik me tegen mijn oom en hem liet ontvallen dat ik nadacht over de kandidaat die u me had voorgelegd. Toen ik dat had gezegd, kreeg mijn ex opeens haast. Kennelijk stond het idee dat ik met een ander zou trouwen hem helemaal niet aan! Plotseling was híj degene die aandrong op een huwelijk en hield ik hém aan het lijntje. Maar goed, ik had dus macht en kon mijn eisen stellen: we zouden bij zijn ouders weggaan en zelfstandig gaan wonen. Ik zou mijn bedrijf mogen houden en het geld dat ik verdien, mag ik uitgeven zoals ik zelf wil. Ik heb tegen hem gezegd dat ik van plan was een voltijds huishoudster in te huren van het geld dat ik verdien, zodat hij niet meer kan klagen over het eten of het huishouden. Eind goed, al goed, kortom, en over twee weken trouwen we voor de burgerlijke stand.'

'Wat een fantastisch nieuws,' zei meneer Ali. 'Het beste wat ik de hele week heb gehoord.'

'Dank u, meneer,' zei Sridevi.

Meneer Ali zei: 'Ik praat nu tegen je als iemand die ouder is dan jij, dus begrijp me niet verkeerd. Het huwelijk draait om compromissen sluiten. Ik zeg altijd dat de meeste mensen die klant bij mij worden, niet flexibel genoeg zijn. Ze willen alles: een lange schoonzoon met een goede baan die de enige zoon is van rijke ouders, terwijl hun dochter er maar gewoontjes uitziet en ze niet bereid zijn een grote bruidsschat te betalen, of ze willen een beeldschone, hoogopgeleide schoondochter met een hoge functie terwijl hun zoon een uitvreter is met maar vier jaar middelbare school. Als je een levensgezel wilt, moet je water bij de wijn doen. Maar daarmee houdt het nog niet op. Het getrouwde leven is het hoogste genot, mits je elkaar tegemoetkomt, want anders is het een hel op aarde. Jij hebt veel geluk gehad. Dankzij de gratie Gods en de inspanningen van je oom heb jij een tweede kans gekregen. Gooi die niet weg. Zeker, het geld dat je verdient is van jou, maar loop er niet mee te koop. Geef je man elke maand een deel van je verdiensten, zodat hij dat kan gebruiken voor het huishouden. Vraag hem advies over hoe je je geld kunt investeren. Hij heeft in een scheiding van zijn ouders toegestemd. Ga regelmatig met hem mee naar zijn ouders; eens per week of eens per veertien dagen. Zorg dat ze aan jouw kant blijven staan; negeer eventuele katten van hun kant en geef ze af en toe een cadeautje. Ja, je gaat een huishoudster aannemen, maar geef haar eens een dag vrij en kook zelf voor je echtgenoot. Ik zeg niet dat jij de enige bent die compromissen moet sluiten, maar jij bent wel de enige over wie jíj iets te zeggen hebt.'

Sridevi knikte. 'Dank u voor uw raad, oom. Ik zal het zeker

in gedachten houden. U hebt gelijk. Ik mag me gelukkig prijzen met mijn tweede kans.'

Net toen meneer Ali Sridevi uitliet, kwam Ramanujams zus binnen.

'Hallo, ga zitten,' zei hij. 'Aruna heeft me verteld dat u had gebeld.'

De zus ging op de bank zitten en zei: 'We krijgen geen kandidaten meer. Ik vind dat we weer moeten adverteren.'

Meneer Ali knikte. 'Dat is waarschijnlijk geen gek idee. Ik heb al een advertentie opgesteld. Laten we ons deze keer op de Engelstalige kranten richten. Dat gaat wel meer kosten. Een tweede advertentie in de Engelse kranten is niet bij ons honorarium inbegrepen. Ik denk dat het nog eens twee- of driehonderd roepia gaat kosten.'

'Dat is geen probleem,' zei Ramanujams zus, en ze pakte driehonderd roepia uit haar portemonnee.

'Ik zal eens kijken of we de laatste tijd nog brahmaanse kandidates binnen hebben gekregen,' zei meneer Ali. Hij nam de lijst met nieuwe leden door en vond er een, bijna onderaan.

'Deze is een dag of tien geleden binnengekomen. Ik geloof niet dat we u de gegevens al hebben gestuurd,' zei hij. 'Het meisje heet Sita – ideaal voor iemand die Ram heet!'

Ramanujams zus glimlachte en meneer Ali vervolgde: 'Ze is vierentwintig jaar en één vierenzeventig lang.'

'De perfecte lengte,' zei Ramanujams zus.

Meneer Ali knikte. 'Ze heeft huishoudkunde gestudeerd en ze wil niet werken na haar huwelijk. Ze heeft een lichte teint. Haar ouders bezitten verschillende huizen in de stad en zijn bereid haar een grote bruidsschat mee te geven. Ze hebben geen bedrag genoemd, maar ze zeiden dat geld geen probleem was als ze de juiste kandidaat konden vinden. Sita's broer werkt als arts in Amerika.'

'Dat klinkt heel goed,' zei Ramanujams zus. 'Hebt u een foto van haar?'

Meneer Ali keek naar het formulier en zei: 'Ja, die hebben we.'

Hij pakte de foto uit de kleerkast en gaf hem aan Ramanujams zus. Die keek er aandachtig naar en zei: 'Wat is ze mooi... Zo licht en slank.'

Meneer Ali noteerde de gegevens op een vel papier en gaf het aan haar. Ze vouwde het op en stopte het in haar tas. 'Mag ik de foto ook meenemen?' vroeg ze.

Meneer Ali aarzelde. 'Normaal gesproken geven we geen foto's van meisjes mee.'

'Ik begrijp het,' zei ze, 'maar ik beloof u dat ik hem terug zal sturen. Dit is zo'n geschikte kandidate dat ik geen tijd wil verspillen.'

'Goed dan,' zei meneer Ali met een knikje, 'maar pas er alstublieft goed op en zorg dat we hem over een paar dagen terug hebben.'

Ramanujams zus knikte en stond op. Meneer Ali kwam eveneens van zijn stoel en bracht haar naar de deur.

'Waar is uw assistente?' vroeg Ramanujams zus. 'Is het haar vrije dag?'

'Nee, ze voelde zich niet goed, dus heeft ze een week vrijgenomen,' zei meneer Ali voordat hij het hek achter haar sloot.

De volgende dag bakte mevrouw Ali dosa's voor het ontbijt, kruidige linzenflensjes, terwijl meneer Ali zich schoor. Zoals gewoonlijk had hij de radio hard gezet en luisterde hij naar het nieuws.

De nieuwslezer zei: 'Tijdens een bijeenkomst in de vroege ochtend heeft de staatsregering verklaard de inbeslagname van grond in Royyapalem te staken. De regeringsleider heeft gezegd dat zijn regering niet tegen boeren is en dat er meer overleg zal komen over locaties voor Speciale Economische Zones. De regering zal zich ook opnieuw buigen over de compensatiepakketten die worden aangeboden en nagaan of niet ten minste één lid van elke ontheemde familie gegarandeerd een baan zou kunnen krijgen in de economische zone. Deze verklaring volgde op dagen van toenemende protesten in de staat, die de regering zo aan het wankelen hebben gebracht dat een val niet ondenkbaar was.'

Mevrouw Ali slaakte een vreugdekreet. Meneer Ali draaide zijn hoofd weg en zei: 'Au!'

Hij had zich gesneden. Er liep bloed van zijn kin en hij bette het met een handdoek. Toen waste hij het scheerschuim van zijn gezicht en kwam tevoorschijn. Zijn kin prikte.

'Heb je dat gehoord? Is het geen fantastisch nieuws?' zei mevrouw Ali. Toen keek ze nog eens goed naar haar man. 'Hoe komt dat bloed op je kin?'

'Dat komt door dat geschreeuw van jou,' zei meneer Ali.

'Zulk nieuws is wel een gil waard. Kan ik er iets aan doen dat jij je niet kunt scheren zonder je te snijden, zelfs nadat je vijftig jaar lang elke dag hebt geoefend?' zei mevrouw Ali.

'Het is goed nieuws,' zei meneer Ali, 'maar ik denk er nog net zo over. Als hij niet thuiskomt wanneer we het hem vragen, hoeft hij helemaal niet meer thuis te komen.'

Mevrouw Ali's glimlach werd beverig. 'Laat het rusten,' zei ze. 'Het doet er niet meer toe. Laat het verleden achter je.'

'Ik kan het niet vergeten,' zei meneer Ali. 'Ik had het je nog niet eerder verteld, maar na ons bezoek aan Rehman heb ik hem opgebeld. Ik heb tegen hem gezegd dat je neerslachtig was en je bed niet uit wilde komen, maar hij wilde nog steeds niet toegeven. Ik hoef geen zoon die niets om zijn ouders geeft.'

Mevrouw Ali wilde iets zeggen, maar haar man stak afwerend zijn handen op. 'Ik wil er niets meer over horen. Mijn besluit staat vast. Er wordt niet over gediscussieerd.'

Mevrouw Ali was niet blij, maar ze kende haar man. Als hij eenmaal iets had besloten, kon je hem moeilijk op andere gedachten brengen. Ze zuchtte en richtte haar aandacht weer op de flensjes.

18

Toen meneer Ali die maandag met een christelijke man overlegde over een bruid voor zijn jongere broer, kwam Ramanujam binnen. 'Hallo,' begroette meneer Ali hem. 'Je zus is laatst geweest. Ze heeft de gegevens van een kandidate meegenomen.'

'Ja, dat heeft ze verteld,' zei Ramanujam. 'Maak uw gesprek eerst maar af. Ik wacht wel.'

Toen de andere klant weg was, pakte Ramanujam een envelop, haalde de foto van Sita eruit en gaf hem aan meneer Ali. 'Bedankt dat u de foto aan mijn zus wilde meegeven,' zei hij.

Meneer Ali borg de foto op en wendde zich weer tot Ramanujam. 'Wat vond je van de kandidate?' vroeg hij.

'Ik hoorde dat het niet zo goed ging met Aruna,' zei Ramanujam. 'Hoe is het nu met haar?'

Meneer Ali keek op van die plotselinge wending, maar antwoordde: 'Ze was de afgelopen weken heel lusteloos, dus heeft ze een week vrij genomen. Haar vader is met haar naar Annavaram. Ik hoop dat de verandering van omgeving haar goed zal doen en dat ze weer helemaal de oude is wanneer ze terugkomt.'

'Ik moet u iets bekennen,' zei Ramanujam. 'Eigenlijk ben ik er wel blij om dat Aruna zich zo voelt.'

'O? Hoe dat zo?' vroeg meneer Ali venijnig. De glimlach bestierf hem op de lippen. Hij beschouwde Aruna als een dochter en Ramanujams opmerking viel hem rauw op zijn dak.

'Zo bedoel ik het niet,' zei Ramanujam. 'Ik mag haar heel graag. Weet u, ik heb Aruna een paar keer ontmoet, op haar werk en daarbuiten, en ik heb lange gesprekken met haar gevoerd en ik weet niet... Ik denk de hele tijd aan haar. Ik ben met een patiënt bezig en opeens denk ik aan Aruna's glimlach of hoe haar ogen stralen wanneer ze naar me kijkt. Ik hoor hoe ze me plagerig tot de orde roept of lacht om iets wat ik heb gezegd. Ik weet niet of het liefde is; ik weet alleen dat ik me nog nooit zo heb gevoeld.'

Meneer Ali trok een zuinig mondje. Wanneer Aruna bij hem werkte, was hij verantwoordelijk voor haar, en wat hij nu hoorde, verontrustte hem. 'Waarom maakt het je dan blij dat Aruna zich niet goed voelt?' vroeg hij.

'Sinds wanneer is Aruna somber?' luidde Ramanujams wedervraag.

Meneer Ali dacht terug en zei: 'Ik denk dat het is begonnen rond de tijd dat we naar een bruiloft in Kottavalasa gingen. Ik herinner me dat er de dag daarvoor nog niets aan de hand was en die zondag heb ik haar niet gezien, want we gingen vroeg van huis en toen we terugkwamen, was ze er niet. Ik vond het vreemd, want ik had verwacht dat ze er zou zijn. Die maandag had ze haar vrije dag. Daarna begon het. Ja, ik weet het zeker. Toen is het begonnen.'

Meneer Ali zweeg even en keek Ramanujam priemend aan. 'Ben jij hier geweest, die dag dat wij er niet waren? Heb jij iets gezegd wat haar somber heeft gemaakt?'

Meneer Ali keek naar Ramanujam en zijn angsten werden bevestigd. 'Ik heb het goed geraden, hè? Jij bent hier die zondag geweest. Wat heb je tegen haar gezegd? Als jij haar verdrietig hebt gemaakt, vergeef ik het je nooit. Chirurg? Poeh! Je zou je moeten schamen. Ik zal je ouders bellen om te zeggen wat voor zoon ze hebben opgevoed. Ik had haar niet aan haar lot mogen overlaten hier. Dat was verkeerd van me.'

Meneer Ali wist niet wanneer hij uit zijn stoel was opgestaan en zijn stem boos had verheven, maar mevrouw Ali kwam op het geluid af. 'Wat is hier aan de hand?' vroeg ze.

Meneer Ali wees naar Ramanujam. 'Die vent...' sputterde hij. Hij kon geen woord meer uitbrengen.

Ramanujam hief zijn handen. 'Oom, zo is het helemaal niet gegaan. Luister alstublieft even rustig naar wat er is gebeurd. Ik heb haar een aanzoek gedaan. Ik heb haar gevraagd mijn vrouw te worden.'

'Wát?' zei meneer Ali. Hij keek naar zijn vrouw, die tot zijn verbazing niet schrok. Het leek bijna alsof ze het al wist.

'Ja, ik heb Aruna ten huwelijk gevraagd en ze heeft me afgewezen. Ze zei dat ze niet met me kon trouwen.'

'Net goed,' snauwde meneer Ali, die nog steeds boos was, onbeleefd.

Mevrouw Ali ging zitten en vroeg haar man hetzelfde te doen, maar meneer Ali was te overstuur om te zitten. Uiteindelijk vroeg ze hem dus maar of hij drie glazen water wilde halen. 'Zie je niet dat onze gast dorst heeft?' zei ze.

Meneer Ali prevelde iets, maar zijn aangeboren hoffelijkheid won het van zijn woede. Toen hij met drie glazen water
op een dienblad terugkwam, was hij enigszins tot rede gekomen. Op dat moment kwam er een man naar het hek.
Meneer Ali liep naar hem toe en de man zei: 'Is dit het huwelijksbureau? Ik heb een advertentie in de krant gezien.'

'Ja, dit is het huwelijksbureau,' antwoordde meneer Ali,
'maar we zijn al gesloten. Kunt u morgen terugkomen, en
dan iets vroeger?'

De man ging weg en meneer Ali sloot het hek. Het was
voor het eerst dat hij een mogelijke klant wegstuurde. Hij
liep terug en ging naast mevrouw Ali tegenover Ramanujam
zitten.

'Zo,' zei hij. 'Wil je alsjeblieft nog eens vertellen wat er is
gebeurd?'

'Er valt niet zoveel meer over te zeggen,' zei Ramanujam.
'Ik mag Aruna heel graag en ik dacht dat ze ook op mij gesteld was. Ik vroeg haar ten huwelijk en ze wees me af. Ik
ging weg en vroeg me af hoe ik haar zo verkeerd had kunnen begrijpen, maar toen ik van mijn zus hoorde dat ze zich
somber voelde en vrijaf had genomen, kreeg ik weer hoop.
Misschien voelt ze toch iets voor me. Ik dacht dus nog eens
na over ons gesprek en toen viel het me op dat ze niet had
gezegd dat ze niet met me wílde trouwen, maar dat ze niet
met me kón trouwen. Daarom ben ik hier, om u te vragen
nog eens met Aruna te praten en haar over te halen met me
te trouwen.'

Meneer Ali dacht even na. Het was duidelijk dat hij de
jongeman tegenover hem verkeerd had beoordeeld. 'Mijn
excuses voor wat ik eerder heb gezegd. Zo had ik je niet
mogen behandelen,' zei hij.

Ramanujam wuifde de verontschuldiging weg. 'U maakte

zich zorgen om Aruna's welzijn. Dat is niet verkeerd,' zei hij.

'Stel dat we je kunnen helpen Aruna over te halen met je te trouwen...' begon mevrouw Ali.

Ramanujams gezicht lichtte hoopvol op en ze vervolgde snel: 'Ik zeg niet dát het ons lukt, maar laten we dat even aannemen. Heb je er echt goed over nagedacht? De bruiden die je ouders en je zus voor je bekijken, zijn mooier dan Aruna. Ze zijn langer, lichter van huid en mondainer.'

'Ik heb veel foto's bekeken en ook een paar meisjes die mijn zus en mijn moeder voor me hadden uitgekozen, maar Aruna is mooier dan al die meisjes bij elkaar,' zei Ramanujam. 'Die andere meisjes doen allemaal gekunsteld aan, ze zijn opgesmukt. Aruna is een natuurlijke schoonheid. Ze is heel eenvoudig, zonder maniertjes. Zij ziet er zelfs in oude kleren elegant uit, in tegenstelling tot die anderen, die zich moeten opdoffen met mooie kleren en dure sieraden om er op hun best uit te zien.'

'Ramanujam, je lijkt echt heel dol op Aruna te zijn,' zei meneer Ali, 'maar heb je aan je familie gedacht? Hoe zullen die reageren? Ze doen hun uiterste best om de ideale bruid voor je te vinden en dan kom jij vertellen dat je zelf iemand hebt uitgekozen.'

'Geen probleem, oom,' zei Ramanujam. 'Zodra Aruna ja heeft gezegd, haal ik mijn familie wel over. Ik weet zeker dat mijn ouders en mijn zus net zo dol zullen zijn op Aruna als ik. Ze hebben me in het verleden nooit iets ontzegd en ik denk niet dat ze me zullen dwarsbomen als het om zoiets belangrijks gaat.'

'Je bent naïef, jongeman,' zei mevrouw Ali. 'Misschien zullen ze je je bruid niet ontzeggen en het is zelfs mogelijk dat ze jou niet anders zullen behandelen dan voorheen, maar waarschijnlijk zullen ze Aruna's leven tot een hel maken. Ik neem aan dat je van plan bent ook na je huwelijk bij je ouders te blijven wonen?'

'Ja, mevrouw. Natuurlijk gaan we na ons huwelijk bij mijn ouders wonen. Waarom zouden we ergens anders naartoe gaan?' zei Ramanujam.

'Ze kunnen Aruna het leven zuur maken, zoals ik al zei,' zei mevrouw Ali. 'Ze kunnen haar als een dienstmeisje behandelen, geen woord tegen haar zeggen of haar beledigen waar andere familieleden bij zijn. Ze kunnen wel honderd dingen doen om haar ongelukkig te maken en Aruna kennende zal ze zich vermoedelijk niet eens bij jou beklagen, omdat jij dan van streek zou kunnen raken.'

'Mevrouw, u kent mijn familie niet,' zei Ramanujam stijfjes. 'Zo zijn ze niet. En we hebben bedienden in huis die ons al jaren trouw zijn. Waarom zou Aruna huishoudelijk werk moeten doen als ze daar geen zin in heeft? Dat slaat nergens op.'

Meneer Ali ging naar de archiefkast achter zijn tafel en pakte Ramanujams inschrijfformulier. Hij nam het door en zei: 'Ik zie hier dat je een lang, hoogopgeleid meisje met een lichte huid zoekt, met rijke ouders die een grote bruidsschat kunnen betalen. Ik ben het met je eens dat Aruna aantrekkelijk is, maar ze is niet erg lang of licht van huid. En hoewel ze een goede opleiding heeft, zijn haar ouders beslist niet rijk. De reden waarom ze nog steeds niet is getrouwd, is juist dat haar ouders geen bruiloft of fatsoenlijke bruidsschat voor haar kunnen betalen.'

Ramanujam keek gegeneerd. 'Oom, u mag dit mij niet aanwrijven,' zei hij. 'Die voorwaarden zijn allemaal door mijn familie gesteld; ik heb nooit om een bruidsschat gevraagd.'

'Misschien niet en dat strekt je tot eer,' zei meneer Ali, 'maar je hebt je neergelegd bij de eisen van je familie. Je hebt nooit tegen je ouders gezegd dat je geen bruidsschat hoefde van het meisje met wie je gaat trouwen. Hoe moet het straks, als je familie Aruna slecht behandelt omdat ze geen bruidsschat heeft ingebracht? Zul je dan in verzet komen, terwijl je daar nu al niet de kracht toe hebt?'

'Meneer, u beledigt mijn familie,' zei Ramanujam verontwaardigd. 'We zijn fatsoenlijke mensen en we zouden iemand nooit slecht behandelen alleen maar omdat hij of zij arm is.'

'Rustig, Ramanujam,' zei mevrouw Ali. 'Wij hebben iets meer van de wereld gezien dan jij. Zulke dingen zouden niet mogen voorkomen binnen fatsoenlijke families, maar het gebeurt toch. Sla er de kranten maar op na. De mensen zijn tegenwoordig materialistisch en staan er niet bij stil dat de rijkdom die een schoondochter een huishouden brengt, niet in geld of grond kan worden uitgedrukt, maar schuilt in de beschaving, het goede karakter en de vreugde die ze de zoon schenkt. Het is triest, maar zo is het nu eenmaal. Die dingen gebeuren echt, hoor.'

Ramanujam zuchtte en zei: 'Oom, tantetje, hoe kan ik u ervan overtuigen dat Aruna gelukkig zou zijn met mij en mijn familie wanneer we trouwden? Zeg nou niet dat ik mijn ouders moet verlaten en mijn eigen huishouden moet opzetten, want dat zou hun hart breken. Ik doe alles wat u wilt, behalve dat.'

'Aruna is een intelligent meisje en ik weet zeker dat zij ook over al die dingen heeft nagedacht en dat ze daarom heeft gezegd dat ze niet met je kan trouwen,' zei mevrouw Ali. 'Als je ons wilt overtuigen, en, nog belangrijker, Aruna, zul je je er om te beginnen van bewust moeten zijn dat zulke akelige dingen kunnen gebeuren, ook in families waar verder niets op aan te merken valt. Je mag het niet voor jezelf

ontkennen. Geef ruiterlijk aan jezelf en ons toe dat schoon-
dochters in elke familie slecht behandeld kunnen worden,
hoe respectabel of normaal die familie ook is. En het gevaar
van zo'n slechte behandeling wordt groter wanneer je tegen
de wensen van je ouders in gaat en bij hen blijft wonen.'

Ramanujam zweeg. Mevrouw Ali wachtte even en vervolgde toen: 'Je moet het hardop zeggen, want pas dan aan-
vaardt je hart die waarheid. Toe maar, je beledigt je familie er
niet mee. Ik zeg niet dat het onvermijdelijk zal gebeuren,
maar het kán; en alleen jij hebt de macht om het te voorkomen. Maar als je die macht wilt ontketenen, zul je eerst de
noodzaak ervan moeten erkennen.'

Ramanujam zei nog steeds niets. De tweestrijd was op zijn
gezicht te lezen. Het was zonneklaar dat hij zijn ouders aan-
bad en veel van zijn zus hield.

'Ramanujam, je doet het voor Aruna,' zei meneer Ali. 'We
vragen je niet het van de daken te schreeuwen; je hoeft het
alleen maar tegen Aruna te zeggen, tegen de mensen die haar
belangen voor ogen hebben en bovenal tegen jezelf.'

Ramanujam haalde diep adem en zuchtte. Hij hield zijn
hoofd gebogen en zijn ogen neergeslagen. 'U hebt gelijk. U
bent allebei wereldwijzer en ervarener dan ik. Ik ben het met
u eens. Als Aruna mijn aanzoek aanneemt, trouw ik met een
meisje dat niet door mijn ouders of mijn zus is uitgekozen.
Ze zouden op haar kunnen neerkijken omdat ze niet de
bruid is die zij voor me in gedachten hadden. Ik denk niet
dat ze haar opzettelijk slecht zullen behandelen, maar ze zouden haar het gevoel kunnen geven dat ze wordt buitengeslo-
ten en ze zou ongelukkig kunnen worden,' zei hij.

'Zeg het nog maar eens,' zei meneer Ali. 'Je moet het zelf
geloven.'

Ramanujam keek verbaasd op. Hij deed zijn mond open om

tegen te stribbelen, maar bedacht zich en zei: 'Als ik met Aruna trouw, zou mijn familie haar slecht kunnen behandelen.'

Meneer Ali keek hem stralend aan.

'Gefeliciteerd, Ramanujam. Je hebt zojuist de lastigste horde genomen. Nu je hebt erkend wat er kan gebeuren, kun je je er veel makkelijker tegen indekken,' zei meneer Ali. 'Je bruid, wie ze ook is, verlaat het huis van haar vader en volgt haar nieuwe echtgenoot naar zijn huis. Daarmee geeft ze blijk van een immens vertrouwen in haar man. Jij, als echtgenoot, zult dat vertrouwen moeten waarborgen. Er zullen conflicten tussen jullie en je ouders ontstaan, zeker tussen je moeder en je bruid. Ze komt tenslotte in een geregeld huishouden en zal de orde enigszins verstoren. Je ouders zouden zich ook onzeker kunnen voelen; ze kunnen bang zijn dat ze hun zoon aan die onbekende vrouw kwijtraken. Je mag niet blind zijn voor die conflicten. Je moet je hard opstellen in zulke kwesties; je zult niet altijd de kant van je vrouw kiezen, maar je kunt ook niet altijd je ouders steunen. Je mag van je vrouw verwachten dat ze zich in sommige opzichten aanpast en je kunt haar uitleggen dat zij jonger is en dus makkelijker kan veranderen dan je ouders, maar je moet je ouders ook uitleggen dat sommige dingen noodzakelijkerwijs anders zullen gaan met een schoondochter in huis. Je vrouw moet weten dat je dat tegen je ouders hebt gezegd; ze mag zich niet alleen en verlaten voelen, alsof niemand op de hele wereld haar kant kiest. Het is een zware taak; een man kan zich verscheurd voelen tussen zijn rol van zoon en die van echtgenoot, maar niemand heeft ooit gezegd dat het makkelijk is om een man te zijn. Kun je het aan?'

Ramanujams gezicht kreeg een vastberaden uitdrukking. 'Ja,' zei hij. 'Ik denk dat ik het aankan. Het zal niet makkelijk worden, zoals u zegt, maar omwille van mijn liefde voor Aruna en mijn ouders zal ik het doen. Ik zal alert zijn op alle conflicten die zich kunnen voordoen en proberen ze op te lossen. Ik zal ervoor zorgen dat Aruna zich niet eenzaam voelt in haar nieuwe huis.'

'Het zou nog altijd nodig kunnen zijn dat je je ouderlijk huis verlaat en zelf een huishouden sticht met Aruna,' waarschuwde meneer Ali. 'Je zult je ouders duidelijk moeten maken dat je van ze houdt, maar dat Aruna's geluk ook belangrijk is.'

Ramanujams gezicht betrok en mevrouw Ali zei snel: 'Juist het feit dat je bereid bent zoiets te zeggen, verkleint de kans dat het zal gebeuren. Aruna is een volwassen vrouw, die niet zal proberen een wig tussen jou en je familie te drijven. Dat weet je.'

Ramanujam knikte. 'U hebt gelijk,' zei hij. 'Ik moet erop vertrouwen dat mijn ouders en Aruna allemaal verstandige mensen zijn. Ik moet gewoon zorgen dat de problemen in de kiem worden gesmoord, voordat ze kunnen gaan zweren als een slecht verbonden wond.'

Hij zweeg even. 'Dan hoef ik nu alleen Aruna nog maar over te halen,' zei hij. Hij stond op. 'Dank u wel, oom en tantetje, voor al uw hulp. Aruna mag blij zijn dat ze mensen zoals u heeft die voor haar zorgen.'

'Moeten we Aruna over dit gesprekje vertellen?' vroeg meneer Ali toen Ramanujam weg was.

Mevrouw Ali dacht even na. 'Ik vind van niet,' zei ze toen.

'Doen we er wel verstandig aan Ramanujam aan te moedigen? Moeten we haar wens niet eerbiedigen?' zei meneer Ali.

'Normaal gesproken was ik het met je eens geweest, maar Aruna kent zichzelf niet. Ze heeft over de mogelijke problemen nagedacht en Ramanujam afgewezen, maar ze is niet blij met die beslissing. Daarom is ze sindsdien zo uit haar doen, het arme kind. Ramanujam lijkt echt gek op haar te zijn en als hij op haar past, zoals hij heeft gezegd, is hij een fantastische man voor haar. Daar kunnen we niet omheen; we moeten proberen haar zover te krijgen dat ze de juiste beslissing neemt. Als ze van verschillende kasten waren, had ik mijn bedenkingen gehad, maar ze zijn allebei brahmaan, dus een hoop problemen zullen zich niet eens voordoen,' zei mevrouw Ali.

'Ja,' zei meneer Ali. 'Ze zijn allebei vegetariër, om maar iets te noemen.'

'Jij en je bezetenheid van eten!' zei mevrouw Ali met een lach. 'Ik zit te denken aan wat je tegen Ramanujam zei toen ik naar buiten kwam. Je zei dat je er verkeerd aan had gedaan haar hier alleen achter te laten. Je had gelijk; zou je je eigen dochter alleen achterlaten als er een man met haar kan komen praten? Ik dacht het niet. Als hij terugkomt om met haar te praten, mag ze niet alleen zijn.'

'Maar wat kunnen we doen? We kunnen er ook niet bij blijven. Ze moeten er samen uit zien te komen,' bracht meneer Ali ertegen in.

'We kunnen haar niet alleen laten. Dat is verkeerd. Ik moet erover nadenken,' zei mevrouw Ali.

Ze zwegen allebei even. Toen vroeg mevrouw Ali: 'Denk je echt dat het zo eenvoudig is? Dat hij haar woensdag weer ten huwelijk komt vragen en dat ze dan gaan trouwen?'

Meneer Ali dacht erover na en schudde zijn hoofd. 'Ik betwijfel het. Hij moet zijn familie zien te overtuigen. Ramanujam is een aardige jongen, maar zijn zus is een gehaaide vrouw; zo iemand die je ingewanden kan tellen als je gaapt waar ze bij is. Ze zal het niet eens zijn met zijn keuze en ik ben er niet zo zeker van of hij de kracht heeft om zich tegen zijn hele familie te verzetten.'

'Ik weet wat je bedoelt,' verzuchtte mevrouw Ali. 'Jammer, want ze zouden zo'n leuk stel zijn.'

Op dinsdag kwam Aruna weer werken. Er kon weer een glimlachje af en de korte vakantie leek wonderen te hebben gedaan voor haar gemoedsrust.

Meneer Ali, die de hele week aan zijn bureau gekluisterd had gezeten, nam de gelegenheid te baat om naar de bank en het postkantoor te gaan. Het was halverwege de ochtend voor alle klanten weg waren en Aruna alleen was. Mevrouw Ali kwam naar buiten met een glas koele limonade voor hen beiden en ging zitten. Aruna bedankte mevrouw Ali en ze nipten allebei van hun glas.

'Hoe was je vakantie?' vroeg mevrouw Ali.

'Leuk, mevrouw. We hebben bij mijn oom gelogeerd. Het was maar goed dat we zijn gegaan, want mijn tante was ziek, dus kon ik voor haar en het huishouden zorgen.'

Mevrouw Ali sloeg de Telugu-krant open en begon te lezen. 'Dit is boeiend,' zei ze.

Aruna keek op van haar werk. 'Wat, mevrouw?' vroeg ze.

'Schaam je je voor je Engels?' zei mevrouw Ali.

'Ik?' vroeg Aruna.

'Nee!' zei mevrouw Ali met een lach. 'Dat staat hier in de krant. Ze gaan een wekelijkse cursus plaatsen om hun lezers te helpen hun Engelse taalvaardigheid te verbeteren.'

Ze zwegen allebei even. Mevrouw Ali klemde peinzend haar lippen op elkaar en zei toen: 'Misschien doe ik wel mee. Ik ken wel een beetje Engels, maar het zou fijn zijn als ik er iets beter in was.'

De telefoon ging en Aruna nam op. Terwijl ze luisterde,

werden haar ogen groot en trok ze wit weg. Ze legde de hoorn langzaam neer. Er biggelde een traan over haar wang.

Mevrouw Ali haastte zich naar haar toe. 'Aruna, wat is er?' vroeg ze. 'Is er iets gebeurd?'

Aruna draaide langzaam haar hoofd en keek op naar mevrouw Ali. 'Waarom zou er iets zijn, mevrouw? Wat kan het me tenslotte schelen?' zei ze met een vreugdeloze lach.

Nu werd mevrouw Ali pas echt ongerust. 'Ophouden, Aruna!' zei ze streng. 'Wie had je aan de lijn en wat heb je gehoord?'

'Dat was de zus van Ram, mevrouw,' zei Aruna. Ze zegt dat ze vanavond op bezoek gaan bij een mogelijke bruid om kennis te maken met haar ouders.'

Mevrouw Ali nam Aruna's handen in de hare. 'Dat spijt me, kindje. Ik vind het heel erg voor je.'

Die avond at Aruna zonder iets te proeven. Het was duidelijk dat ze niet van de maaltijd genoot.

'Aruna, wat is er?' vroeg haar moeder. 'Ik heb gebakken banaan gemaakt, daar ben je dol op, maar je eet alsof het grind is.'

'Er is niets, amma.'

'Vanochtend was er niets aan de hand en nu ben je helemaal terneergeslagen. Is er iets op je werk?' vroeg haar moeder.

'Ik heb gewoon hoofdpijn. Ik denk dat ik na het eten meteen naar bed ga,' zei Aruna.

Nog geen kwartier later lag ze in bed, met het laken over haar hoofd om het licht in de kamer buiten te sluiten. Haar kussen werd langzaam nat, hoe ze ook haar best deed om haar tranen te bedwingen. Ze vroeg zich af of Ram nu met het meisje praatte. Vertelde hij haar over zijn tijd in Delhi?

Lachten ze om zijn pogingen meisjes te ontmoeten bij het meisjespension? Ze had haar besluit toch uit vrije wil genomen? Waarom voelde ze zich dan zo ellendig? Hij mocht omgaan met wie hij wilde. Het kon haar niets schelen.

Na een paar minuten begon ze zachtjes de drieduizend jaar oude Gayatri-mantra in het Sanskriet op te zeggen, zoals haar vader haar had geleerd te doen wanneer ze verdrietig of verward was. '*Om bhur bhuva svah...* O, God, U bent de gever van leven, de verlosser van pijn en verdriet, de schenker van geluk; o, Schepper van het heelal, mogen wij Uw verheven licht ontvangen; moge Gij ons in de juiste richting voeren.'

Ze moest de mantra tientallen keren opzeggen voordat ze eindelijk in slaap viel.

De volgende dag ging mevrouw Ali 's ochtends vroeg op weg naar haar zus. Ze gaf de sleutels van de poort aan Aruna.

'Ik kom pas laat in de avond thuis,' zei ze. 'Meneer heeft gezegd dat hij vanmiddag weg moet. Hou de sleutels bij je en sluit vanavond af als het nodig is.'

Aruna stopte de sleutels in haar tas.

Die ochtend hadden Aruna en meneer Ali het allebei druk met klanten. Net toen ze lunchpauze wilden nemen, belde Venu, de gescheiden computermonteur. Meneer Ali nam op.

'Het spijt me,' zei hij, 'maar we hebben geen kandidaten voor je. We hebben je gegevens naar een gescheiden vrouw gestuurd die we geschikt vonden, maar het is niets geworden. Ze is via familieconnecties getrouwd. Verder hebben we op dit moment niemand in de boeken.'

Meneer Ali hing op en keek schokschouderend naar Aruna. 'Soms kunnen we niets doen,' zei hij.

'Nee, meneer,' zei Aruna.

Kort daarna ging ze naar huis om te lunchen.

Kort voor drieën kwam Aruna terug en liet zichzelf binnen met de sleutels die ze van mevrouw Ali had gekregen. Meneer Ali was er niet. Dat verbaasde Aruna, want meestal ging hij pas van huis als het wat koeler was. Er waren geen klanten die haar konden storen, dus begon ze te archiveren. Leela kwam binnen en zei: 'Mevrouw, ik ben op het achtererf, de afwas doen.'

Aruna glimlachte naar haar en werkte door. Een minuut of twintig later ging het hek open en daar was Ramanujam. Bij de aanblik van zijn lange, aantrekkelijke gestalte kon Aruna geen woord meer uitbrengen. Hij moest een paar keer hallo zeggen voordat ze zich had hersteld en hem een vormelijk 'namaste' wenste.

Ze keek zenuwachtig naar de documenten die ze opborg, alsof de oplossing zich daar ergens verborgen hield. Ramanujam wachtte geduldig tot Aruna hem kon aankijken.

'Wat kan ik voor je doen?' vroeg ze.

'De grootste stap van je leven zetten: met mij trouwen,' antwoordde hij.

'Nee! Niet weer. Laat me toch met rust!' riep ze uit.

'Ik geloof dat ik de vorige keer niet duidelijk ben geweest, Aruna. Daarom ben ik teruggekomen. Aruna, ik hou van je. Ik hou heel veel van je. Alsjeblieft, trouw met me...' zei hij.

'Ik dacht dat je gisteravond bij dat rijke meisje op bezoek was geweest,' zei Aruna.

'Ja. Mijn familie had me erheen gesleept en toen besefte ik dat jij de enige voor me bent. Ik hou van je, Aruna. Zeg ja, alsjeblieft.'

'Nee! Hoe vaak moet ik het nog zeggen? Nee. Kwel me niet langer.'

'Integendeel, Aruna. Jíj bent degene die zowel mij als jezelf kwelt. Kijk me in de ogen en zeg dat je niets voor me voelt, dan laat ik je met rust. Dan ga ik weg en zal ik nooit meer met je over een huwelijk praten.'

Aruna's hoop laaide op. 'Ik...' begon ze met vaste stem terwijl ze hem in de ogen keek.

Ze deed haar uiterste best om de paar woorden te zeggen die haar zouden bevrijden, maar ze werd in zijn diepe, bruine ogen getrokken en de woorden bleven in haar keel steken. 'Ik...' herhaalde ze geknakt.

Ramanujam wachtte en de stilte sleepte zich voort.

Ten slotte zei hij: 'Aruna, mijn hart zegt me dat je van me houdt. Waarom geef je het niet toe?'

'Ja, ik hou van je,' riep Aruna vurig. 'Zo, ik heb het gezegd en ik zal het nog eens zeggen. Ik hou van je. Ik hou van je, ik hou van je! Ben je nu tevreden?'

'Het is een begin,' zei Ramanujam breed grijnzend. 'Ik voel me fantastisch. Ik voel me zo sterk als Hanuman, de aapgod die met één sprong de zee kon overbruggen.'

'Dan mag je net als Hanuman vrijgezel blijven, want ik wil nog steeds niet met je trouwen,' zei Aruna stuurs.

Ramanujams glimlach verflauwde. 'Waarom niet, schat?' vroeg hij zacht.

Het kooswoordje ontging Aruna niet en ze bloosde. Ze leunde naar voren en zei geëmotioneerd: 'We trouwen niet uit liefde, Ram, dat weet je ook wel. De liefde hoort na het huwelijk te komen, niet andersom. Een huwelijk draait niet alleen om twee mensen, maar om twee families. Je hebt er helemaal niet goed over nagedacht. Je hebt je gewoon een dwaas idee in je hoofd gehaald en nu wil je je zin hebben, als een verwend kind. Meer niet.'

'De liefde is een verdwazing, Aruna. Je kunt er niet goed over nadenken. Ja, het huwelijk hoort eraan vooraf te gaan, maar dat wil niet zeggen dat je de liefde die er al is, opzij kunt zetten. Vertel me maar welke problemen jij voorziet, dan lossen we ze samen op. Ken je het gezegde "de liefde maakt alles licht" dan niet?'

Aruna schudde haar hoofd. 'Nee. Het gezegde dat ik heb gehoord, is dat alles wat door de liefde wordt aangeraakt, ingewikkeld wordt.'

'Dat is een van de redenen waarom ik van je hou. Niemand kan jou verslaan in een discussie.'

'Wedden dat je er anders over gaat denken als we een paar jaar getrouwd zijn?' flapte ze eruit. Ze kon haar tong wel afbijten, zo'n spijt had ze ervan.

'Ja, laten we erom wedden. Als ik er op de derde verjaardag van ons huwelijk nog net zo over denk, krijg je een ketting met diamanten van me. Wat zet jij in?' zei Ramanujam grinnikend.

Aruna schudde vertwijfeld haar hoofd. 'Ram, even serieus, alsjeblieft. We kunnen niet trouwen.'

Ram werd ernstig. 'Aruna, leg me dan uit waarom niet,' zei hij.

'Zou je familie me accepteren? Ze zoeken een heel bijzondere bruid voor je,' zei ze.

'Jij bent bijzonder, Aruna,' zei Ramanujam. 'Ik kan je niet garanderen dat er in het begin geen wrevel zal zijn, maar ik geef je op een briefje dat ze je aardig zullen gaan vinden wanneer ze je aangeboren goedheid zien. Tot het zover is, zal ik vierkant achter je staan. Wat voor problemen je ook krijgt, ik zorg ervoor dat ze worden opgelost. Dat beloof ik je, Aruna.'

'Hoe kun je zoiets beloven? Kijk naar je zus, ze is altijd even mooi. Ze ziet er perfect uit. Ik zou er zo misplaatst uitzien bij jullie thuis. Ik ben niet zo wereldwijs als zij; mijn Engels is niet zo goed als het hare. Misschien vind je het nu leuk dat ik zo onervaren ben, maar over een jaar ga je je eraan ergeren. Dan kijk je naar de vrouwen van je vrienden en krijg je minachting voor me.'

'Aruna, waarom beoordeel je jezelf zo streng? Veel van wat jij wereldwijsheid noemt, is niet meer dan geld en ervaring. Je pikt het snel genoeg op. Je hebt nu al meer waardigheid en elegantie dan de meesten van die vrouwen. Trouwens, ik hoop dat je niet alles overneemt, want wat jij wereldwijsheid noemt, is niet meer dan materialisme en cynisme,' zei hij.

'Je hebt op je inschrijfformulier aangegeven dat je geen werkende vrouw wilde. Ik wil dit werk blijven doen tot mijn zus trouwt en de financiële situatie van mijn ouders weer stabiel is,' zei Aruna.

'Dat was de voorkeur van mijn familie. Het maakt mij niets uit. Het lijkt me zelfs goed voor je om eruit te gaan in plaats van de hele dag thuis naar tv-series te kijken en dik te worden, zoals zoveel vrouwen na hun huwelijk,' zei Ramanujam.

'Weet je dat zeker?' vroeg Aruna. 'Als jij uit je werk komt, sta ik niet klaar om eten voor je te koken.'

'We hebben thuis een kokkin die al bij ons in dienst is sinds ik een klein jongetje was. Zelfs al zou je willen koken, dan betwijfel ik nog of Kaka het goed zou vinden. We hebben ook een chauffeur, een voltijds huishoudster en een tuinman. De wasvrouw komt twee keer per week de was aan huis doen. Verder nog iets?'

Aruna hoorde hoofdschuddend aan met hoeveel gemak hij alle mensen opnoemde die voor zijn familie werkten. De rijken zijn echt een ander soort mensen, dacht ze. Ze zei: 'Ik kom uit een arm gezin. We wonen in een huis met maar één kamer en als je bij ons thuis komt, kunnen mijn ouders je niet zo ontvangen als je gewend bent. Je auto kan onze straat zelfs niet eens in. Je moet hem op de grote weg achterlaten en het laatste stuk lopen, zo smal is onze straat.'

'Nou, dan loop ik toch? Dat ik rijk ben, wil niet zeggen dat ik verwend ben, Aruna. Jíj bent degene die zich druk maakt om geld, niet ik.'

Ze schudde haar hoofd. 'Ik luister niet meer naar je, Ram. Ik heb nee gezegd en daar blijf ik bij.'

Ramanujam stond op. Aruna ging ook staan. Ze keek hem vastberaden aan, alsof ze hem tartte nog iets te zeggen, maar voordat hij zijn mond open kon doen, ging de deur open en kwam Leela binnen.

'Mevrouw, ik heb de afwas gedaan...' begon ze, en toen zag ze Ramanujam. 'Dokter *babu*, bent u het?' vroeg ze verwonderd.

Ramanujam keek ervan op dat het dienstmeisje hem aansprak. Hij nam haar op en zei: 'Hoe is het met je kleinzoon?'

'Heel goed. Dat hebben we aan u te danken, meneer. Zonder u was hij nu dood geweest.'

'We doen wat we kunnen, maar uiteindelijk is het allemaal in Gods handen,' zei Ramanujam. 'Neemt hij die tabletten die ik heb voorgeschreven?'

'Ja, meneer. Ze zijn duur, maar mevrouw helpt me soms ze te kopen en de mensen van mijn andere werk helpen me ook. Mijn dochter en schoonzoon betalen de rest.'

'Ja, ze zijn duur, maar hij moet ze slikken,' zei Ramanujam.

'U weet dat mijn kleinzoons een tweeling zijn? Luv en Kush. Ze waren niet van elkaar te onderscheiden, maar nu is Kush achteropgeraakt. Luv is zijn broertje voor met praten, dingen doen met zijn handen en andere dingen. Zou dat altijd zo blijven?' vroeg Leela.

'Dat is moeilijk te zeggen,' antwoordde Ramanujam. 'Vergeet niet dat we zijn schedel hebben opengemaakt. Een operatie aan de hersenen is heel zwaar. Het is niet zo gek dat hij achterop is geraakt. Wees blij zolang hij vooruitgaat. Vergelijk hem niet met zijn broertje.'

Leela zuchtte. 'U hebt gelijk, dokter babu. We zouden alleen maar dankbaar moeten zijn dat hij het gevaar heeft overleefd. Neem me niet kwalijk dat ik u heb gestoord, meneer, mevrouw,' zei ze, en ze liep weg.

Ramanujam wendde zich weer tot Aruna. 'Blijf je bij je besluit? Wijs je me nog steeds af?'

'Ja, mijn besluit staat vast,' zei Aruna.

'Ik geloof je niet. Ik neem er vandaag genoegen mee dat je me je liefde hebt verklaard. Ik laat het er niet bij zitten. *Hasta la vista, baby.* Je bent nog niet van me af,' zei Ramanujam.

Hij liep naar zijn auto en reed weg, nagekeken door Aruna. Wat kan hij zich toch vreemd uitdrukken, dacht ze.

Leela kwam weer binnen. 'Was dat de dokter die je kleinzoontje heeft behandeld?' vroeg Aruna.

'Ja, mevrouw. Hij is een heel goed mens. Hij heeft mijn kleinzoon geopereerd en hij wilde er geen paisa voor aannemen.'

'Dat is niet zo bijzonder. Je bent naar het King George gegaan, een overheidsziekenhuis. Natuurlijk vraagt hij geen honorarium voor die operatie,' zei Aruna.

Leela schoot in de lach. 'Neem me niet kwalijk dat ik het zeg, mevrouw, maar u bent een heel naïef meisje. De artsen in het overheidsziekenhuis behandelen je alleen fatsoenlijk wanneer je patiënt wordt in hun particuliere praktijk. Ze laten je betalen als een normale particuliere patiënt en behandelen je vervolgens in het overheidsziekenhuis. Dat zou u toch moeten weten.'

'Ja, je hebt gelijk,' zei Aruna. 'Ik weet er alles van. Mijn vader is heel lang ziek geweest.'

'Het is niet alleen dat hij geen geld vroeg,' vervolgde Leela.

'U weet hoe het gaat als arme, ongeletterde mensen naar zo'n ziekenhuis gaan. Je wordt er betutteld en op een neerbuigende manier behandeld. Ze leggen je niets uit en ze kijken op je neer. De dokter babu was de enige die ons als gelijken behandelde. Hij legde alles duidelijk uit in begrijpelijke taal; hij tekende schema's om te laten zien wat hij ging doen, hij vertelde wat we konden verwachten en wat de risico's waren. Ambtenaren in overheidskantoren doen dat niet eens, laat staan artsen.'

Aruna liet Leela's woorden zwijgend bezinken. 'Ik ga nu weg, mevrouw,' zei Leela. 'Ik ben klaar met mijn werk.'

Aruna zakte peinzend op haar stoel. In gedachten nam ze al haar ontmoetingen met Ramanujam door. Ze dacht aan zijn ernstige beloften. Toen schudde ze haar hoofd, alsof ze uit een diepe slaap ontwaakte. Haar hand vloog naar de telefoon en ze koos een nummer dat in haar geheugen gegrift stond. De telefoon ging twee keer over en toen hoorde ze tot haar opluchting een vertrouwde stem zeggen: 'Met Ramanujam.'

'Hallo! Met Aruna.'

'Aruna!' riep Ramanujam zo luid dat Aruna in elkaar kromp en de hoorn ver van haar oor hield. 'Sorry,' vervolgde hij. 'Je verraste me. Wat kan ik voor je doen?'

'Wil je terugkomen? Je bent iets vergeten,' zei ze.

'Nu meteen? Kun je het niet voor me vasthouden tot ik weer langskom?' zei hij. 'Want ik kom terug, dat weet je.'

'Nee, dat kan niet. Je kunt beter nu meteen komen,' zei ze.

'Ik ben al onderweg,' zei Ramanujam, en hij hing op.

Hij was er binnen een paar minuten, maar voor Aruna, die rusteloos liep te ijsberen, leken die paar minuten maanden te duren. Toen hoorde ze het hek eindelijk en zag hem aankomen. Ze bleef stokstijf staan, sidderend van opwinding.

'Wat was ik vergeten?' vroeg hij.

'Je was vergeten je vraag nog eens te stellen,' antwoordde Aruna zacht.

'Hè?' zei hij verbaasd.

'Vraag me nog eens wat je me eerder hebt gevraagd,' zei Aruna. Ze deed haar ogen dicht.

Een trage glimlach trok over Ramanujams gezicht. 'Aruna, schat, wil je met me trouwen?' vroeg hij.

'Ja,' zei ze eenvoudigweg. Ze deed haar ogen open en keek naar zijn gezicht.

Hij zette een stap naar voren en sloeg zijn armen om haar heen. Ze verstijfde van de schrik, ontspande zich toen langzaam en plooide haar lichaam naar het zijne. Zo bleven ze even staan, tot Aruna zich voorzichtig uit zijn omhelzing bevrijdde. Ze voelde zich gegeneerd en keek hem niet aan.

'Ik hou van je,' zei hij.

'Ik ook van jou,' zei ze aarzelend.

'Pardon? Ik verstond je niet,' zei hij.

'Ik ook van jou,' zei ze iets krachtiger.

'Wat ook van mij?' vroeg hij.

Nu keek Aruna hem eindelijk aan. Ze zag hem breed glimlachen en bloosde. 'Bruut die je bent!' zei ze.

Ramanujam lachte. 'Als je hier nu eens afsloot, dan kunnen we weg,' zei hij.

'Afsluiten?' Ze keek hem argwanend aan. 'Hoe weet je dat ik de sleutels heb?'

'Ik... ik dacht gewoon...' zei hij.

'Ik wíst het. Jullie hebben dit allemaal achter mijn rug om bekokstoofd, stiekemerds.'

'Voor je eigen bestwil, schat,' zei Ramanujam. 'Ik heb ze gisteren gebeld toen ik weer thuis was. Kom, ga mee. We gaan schoenen voor je kopen en dan kunnen we naar Kailasagiri op de berg gaan om de zonsondergang te zien.'

'Schoenen? Ik heb al twee paar. Ik heb geen schoenen nodig,' zei ze.

'Lieverd, neem maar van mij aan dat vrouwen áltijd meer schoenen nodig hebben,' zei hij.

19

De volgende ochtend vroeg werd er op een agressieve manier keer op keer bij meneer Ali op de bel gedrukt. Meneer Ali liep naar de deur en zag een boos kijkende man op leeftijd staan. Voor het huis stond een witte auto. Meneer Ali deed open. 'Wat kan ik voor u doen?'

De man stormde naar binnen en zei. 'Wat is dit voor immoreel huishouden? Ze zouden mensen zoals u met een zwartgemaakt gezicht op een ezel door de stad moeten laten paraderen.'

Hij schreeuwde; zijn gezicht was rood aangelopen van woede.

Meneer Ali sloot gehaast de deur achter de man, want hij wilde de buren geen reden tot roddelen geven. 'Meneer, kunt u me rustig vertellen wat er aan de hand is?' zei hij tegen de man. 'Schreeuwen doet de zaak geen goed.'

'Hoe kan ik niet schreeuwen?' kaatste de man terug. 'U hebt het geluk van mijn familie verwoest.'

'Kunt u me zeggen waar u het over hebt, zodat we een verstandig gesprek kunnen voeren?' vroeg meneer Ali wanhopig.

'Ik heb het over mijn zoon, die door u op het verkeerde pad is gebracht. U en die heks die hier werkt moeten hem met zwarte magie hebben gelokt. We hadden mensen zoals jullie nooit mogen vertrouwen,' zei de man, die weer steeds harder begon te praten.

Het drong tot meneer Ali door dat de man de vader van Ramanujam was. 'Meneer, ik begrijp dat u boos bent, maar denk om uw woorden, alstublieft. Uw zoon is niet met zwarte magie gelokt. Het is zelfs zo...'

'Waarom moet ik om mijn woorden denken? De hoofd-inspecteur van politie is een goede vriend van me. Ik laat u oppakken, dat zal u leren u met de zaken van mijn familie te bemoeien. Wat had ik me voorgesteld van de bruiloft van mijn zoon? Wat stelden we ons niet voor bij onze schoon-dochter, hoe mooi, hoog opgeleid en beschaafd ze zou zijn. Dat de familie van onze schoondochter gelijk aan de onze zou zijn in aanzien en rijkdom. En wat krijgen we? Een meid die bij een huwelijksbureau werkt? De mensen zullen ons uitlachen. We kunnen ons niet meer met opgeheven hoofd in fatsoenlijke kringen begeven,' zei Ramanujams vader.

'Geen dreigementen, meneer. Aruna is een heel verstandig meisje dat ook aan die dingen heeft gedacht, en aanvankelijk heeft ze uw zoon dan ook afgewezen. Hij heeft haar onder druk gezet tot ze zijn aanzoek aannam. En ik wil niet horen dat u aan het kortste eind hebt getrokken omdat uw zoon gek is geworden. Heb een beetje vertrouwen in uw zoon. Waar-om zou hij iets doen wat het aanzien van uw huis schaadt?'

'Bah!' riep de man afwijzend. 'Omdat uw zoon niet naar u luistert en zijn moeder openlijk op tv tegenspreekt, denkt u zeker dat het geen schande is dat een kind zijn eigen huwelijk arrangeert. Onze familie houdt zich beter aan de tradities.'

'Hoe durft u iets op mijn familie aan te merken,' zei meneer Ali met stemverheffing. 'Mijn zoon strijdt tegen onrecht en mijn vrouw heeft alleen maar gezegd wat iedere moeder zou zeggen wanneer haar zoon zich in het gevaar begaf. Er mankeert niets aan mijn familie.'

Meneer Ali haalde diep adem, hief zijn handen in een verzoenend gebaar en vervolgde zachter: 'Maar we hebben het niet over mijn familie. Laten we het over het huwelijk van uw zoon hebben. U hoeft niet op Aruna of haar familie neer te kijken. Aruna is een heel goed meisje, een aanwinst voor uw familie. Haar familie geniet niet minder aanzien dan de uwe. Uw zoon moet u al hebben verteld dat ze een brahmaanse is. Heeft hij erbij gezegd dat haar voorouders de hofpriesters van Rajahmundry waren? Aruna heeft de Veda's in het Sanskriet gelezen en kent de *purana's*. Hoeveel meer beschaving kunt u zich wensen?'

'Woorden...' zei de man.

'Niet zomaar woorden, meneer. Aruna is een bijzonder goed meisje, maar, nog belangrijker, uw zoon is verliefd op haar geworden. Hebt u geen respect voor zijn wensen? Eerbiedig zijn keus. Aanvaard Aruna van ganser harte als uw schoondochter; dan zal uw familie het geluk vinden.'

'Praat me niet van het geluk van mijn zoon. Ik ben zijn vader en ik weet beter dan u waar zijn geluk ligt. Dit is maar een bevlieging en als deze zogenaamde verloving is verbroken en ik een fatsoenlijke bruid voor hem heb gevonden, zal hij snel bijdraaien,' zei de man.

'Kent u de gebroeders Bezwada?' vroeg meneer Ali. 'Ze hebben de grootste sariwinkel van de stad.'

'Ja,' zei de man, die van zijn stuk was gebracht door de plotselinge omschakeling, wat meneer Ali's bedoeling ook was.

'Ze komen oorspronkelijk uit een marktstadje in de buurt van mijn eigen dorp. Jaren geleden, voordat ze hun winkel in deze stad begonnen, hadden ze een groothandel in sari's in het marktstadje. Ze waren nog niet zo rijk als nu, maar toch heel bemiddeld. De oudste van de broers had een tienerdochter die wel eens meehielp in de winkel. Ze werd verliefd op een knappe wever, een moslim, die zijden sari's aan de winkel leverde. We weten niet hoe lang ze al verliefd op elkaar waren toen ze op een dag wegliepen. Het meisje nam geld en sieraden uit huis mee en daarvan leefden ze de twee maanden dat ze op de vlucht waren voor hun vaders. Uiteindelijk werden ze door de politie gepakt toen ze probeerden een van de sieraden in een naburige stad te verpanden. Het meisje werd teruggebracht naar het huis van haar vader en de jongen werd door de politie gearresteerd omdat hij het geld en de sieraden zou hebben gestolen. Hij werd na een week vrijgelaten, maar hij was mishandeld en zijn rechterhand, die was gebroken, was verkeerd gezet, waardoor hij het weefgetouw nooit meer zou kunnen bedienen. Intussen vond de vader van het meisje een weduwnaar voor zijn dochter. Het maakte niet uit dat hij vijfentwintig jaar ouder was, twee kinderen had en dat zijn vrouw onder verdachte omstandigheden was overleden; hij was rijk en behoorde tot dezelfde kaste. Op de avond voor de bruiloft pleegde het arme meisje zelfmoord door rattengif te drinken.'

'Wilt u nu beweren dat mijn zoon zelfmoord zal plegen als dit huwelijk niet doorgaat? En trouwens, het is een belachelijk verhaal en ik geloof er niets van,' zei Ramanujams vader verbolgen.

'Natuurlijk beweer ik niet dat Ramanujam zelfmoord zal plegen. Uw zoon is ouder en beslist verstandiger dan dat arme kind. Wat dat verhaal betreft, die wever was een verre neef van me, dus ik weet hoe het is gegaan. Ik zeg alleen maar dat de vader van het meisje handelde op de manier die hij juist achtte. Hoe kon hij zijn dochter laten trouwen met een arme wever, en nog een moslim bovendien? De meeste mensen zouden in zijn situatie waarschijnlijk hetzelfde hebben gedaan, maar daar komt alleen maar ellende van. We doen allemaal ons best om een zo goed mogelijke bruid of bruidegom voor onze kinderen te vinden, maar ik vind dat we ons afzijdig moeten houden als ze verliefd worden. We moeten vertrouwen hebben in hun keus en ons best doen het huwelijk te laten slagen.'

'Maar ze is zo ongeschikt,' jammerde Ramanujams vader.

'Ik zou niet weten waarom Aruna zo'n ongeschikte schoondochter voor u zou zijn. In tegenstelling tot het meisje over wie ik het net had, komt uw zoon niet met een moslim of christen aanzetten. Aruna is niet alleen een hindoe, maar ook nog brahmaan, net als u. Het is een volwassen, verstandig meisje, absoluut niet wispelturig of onnozel. Ze komt uit een traditioneel gezin en zal uw zoon niet alleen tevreden houden, maar ook voor u en uw vrouw zorgen zoals het een nette schoondochter betaamt.'

'Ze zijn zo arm. Ze kunnen zich waarschijnlijk niet eens een fatsoenlijke bruiloft veroorloven,' zei Ramanujams vader.

'Wat hebt u liever? Een meisje als Aruna, dat u met respect behandelt, of een meisje uit een rijke familie dat in haar hele leven nog geen dag heeft gewerkt en u en uw echtgenote saai zal vinden? Zo'n vrouw zal uw zoon vermoedelijk zo snel mogelijk van u vervreemden. Is een grote bruiloft belangrijker dan het levenslange geluk dat een echt fantastische schoondochter u en uw gezin zal schenken?' vroeg meneer Ali.

Ramanujams vader schudde gefrustreerd zijn hoofd.

Meneer Ali vervolgde: 'Waarom is geld zo belangrijk voor u? Aruna stamt uit een familie van hofpriesters; haar vader heeft Sanskriet gestudeerd en is docent in ruste. Is dat niet belangrijker dan geld? Zou dat niet belangrijker móeten zijn? Waren uw voorouders soms kooplieden, dat u zoveel waarde hecht aan geld? God heeft u rijkdom in overvloed gegeven en uw zoon is ook nog eens chirurg, dus hij gaat nog meer geld verdienen. Waarom wilt u een rijke schoondochter? Die brengt alleen maar geld in, en dat hebt u al genoeg. Iemand als Aruna zal u respect, kennis en karakter schenken; ze zal de eeuwenoude tradities in ere houden; dat zijn dingen waarvan je nooit genoeg kunt hebben. In de Tirukkural staat tenslotte: "Als liefde en deugd in het huis regeren, is dit het leven van de volmaakte genade en groei."'

Ramanujams vader zweeg nadenkend. Meneer Ali zag het als een goed teken en zei: 'Ik begrijp dat een man in uw positie veel sociale verplichtingen heeft en dat iedereen een grote bruiloft voor uw zoon verwacht. Ik denk dat ik daar iets op weet.'

Ramanujams vader keek op. 'Wat dan?' vroeg hij.

'Aruna's oom van vaderskant is priester in de tempel van Annavaram. Laat iedereen weten dat haar familie de traditie heeft de kinderen met een sobere ceremonie in de tempel in de echt te verbinden. Organiseer een grote receptie in de stad, huur een zaal in een vijfsterrenhotel en nodig iedereen uit.'

'Hebben ze die traditie echt?' vroeg Ramanujams vader.

'Ik betwijfel het, want ik heb het net zelf verzonnen,' zei meneer Ali grinnikend, 'maar daar kraait toch geen haan naar? Elke familie heeft weer andere tradities.'

Ramanujams vader vertrok. Meneer Ali ging terug naar binnen, zakte zwaar op de bank en veegde het zweet van zijn voorhoofd. Mevrouw Ali glimlachte waarderend naar hem en gaf hem een glas karnemelk.

'Wát?' riep Vani, die letterlijk een gat in de lucht sprong.

Ze draaide zich opgewonden naar Aruna om, pakte haar bij de schouders en sprong nog een paar keer op en neer. 'Vertel!' gilde ze.

De voorbijgangers op straat wierpen nieuwsgierige blikken op de meisjes, wat Aruna verlegen maakte. 'Laten we ergens naartoe gaan waar we onder vier ogen kunnen praten,' zei ze.

Het was rond halfnegen 's ochtends en de meisjes waren een paar minuten eerder van huis gegaan. Aruna hoefde nog niet naar haar werk, maar ze was met haar zusje meegelopen om haar het nieuws van haar verloving te kunnen vertellen.

De zusjes gingen naar een café. De ontbijtdrukte liep ten einde en ze vonden een tafel in een hoek, omringd door onbezette tafels. De ruimte was doortrokken van de geur van koffie, thee en sambhar. Er kwam een ober naar hen toe en Vani bestelde een kop thee, verdeeld over twee glazen.

Zodra de ober weg was, zei Vani tegen Aruna: 'Kom op, vertel. Wanneer is het gebeurd? Hoe?'

'Gistermiddag. Hij kwam langs toen meneer en mevrouw Ali weg waren. Hij vroeg me en ik heb ja gezegd,' zei Aruna.

Vani stampte met haar voet. Aruna lachte om het vertwijfelde gezicht van haar zusje.

'Details,' zei Vani. 'Details wil ik horen.'

De ober kwam terug met twee halfvolle glazen thee en Vani zweeg. Zodra hij weg was, tikte ze met haar vinger op tafel. Aruna nam bedaard een slok thee en Vani keek haar aan alsof ze haar wel kon wurgen.

'Hij had me al eerder gevraagd, maar ik had hem afgewezen,' vertelde Aruna uiteindelijk.

'Wat? Ik geloof je niet. Wanneer had hij je gevraagd?' zei Vani. 'Informatie uit jou lospeuteren is als water uit een steen persen.'

'Een week of twee geleden. Voordat ik naar oom ging,' zei Aruna.

'Maar waarom had je hem afgewezen? Ik dacht dat je hem leuk vond. Wacht eens! Daarom was je zo chagrijnig en katterig. Ik wist wel dat het zoiets moest zijn,' zei Vani.

'Ik denk dat ik niet zo'n meisje wilde zijn dat uit liefde trouwde,' zei Aruna. 'En zijn familie is zo rijk dat ik me niet kon voorstellen dat het iets zou worden.'

'Gekkie! Iedere andere vrouw had meteen gehapt als een rijke, knappe man haar ten huwelijk vroeg. Zijn rijkdom zou hem alleen maar aantrekkelijker maken,' zei Vani. 'En toen? Waarom heb je nu wel ja gezegd? Denk erom, ik vind dat je de juiste beslissing hebt genomen. Ik vind het ongelooflijk dat je zo warhoofdig bent geweest om hem af te wijzen. Wat had je gedaan als hij je niet nog eens had gevraagd?'

'Het is nu allemaal net een droom. Ik moet gewoon blij zijn dat hij het nog eens heeft geprobeerd, denk ik. Toen mevrouw erachter kwam, heeft ze met me gepraat. Ze zei hetzelfde als jij daarnet: dat ik zijn aanzoek had moeten aannemen. Ik heb tegen haar gezegd dat ik dacht dat hij geen belangstelling meer voor me had, maar ik denk dat ze al hadden geregeld dat ze van huis zouden zijn wanneer hij langskwam.'

'Je mag blij zijn dat er mensen zijn die zich om je bekommeren. Als je een goed mens bent, krijg je goede mensen om je heen, denk ik,' zei Vani.

'Dat weet ik nog zo net niet,' zei Aruna, 'maar ik heb echt geluk gehad.'

'Hoe wil je het aan naanna vertellen? Gelukkig is hij brahmaan. Kun je je de herrie voorstellen als je met iemand van een andere kaste wilde trouwen?' zei Vani huiverend.

'Ik denk niet dat ik op zijn aanzoek was ingegaan als hij geen brahmaan was geweest, hoe goed hij verder ook was. Naanna had het bestorven,' zei Aruna.

Wat ze niet zei, was dat ze niet alleen nooit met een niet-brahmaan had willen trouwen omdat het haar ouders veel verdriet en gezichtsverlies zou bezorgen, maar ook omdat het dan heel moeilijk geworden zou zijn om een goede echtgenoot voor Vani te vinden.

'Ik heb een plan om het aan amma en naanna te vertellen, maar jij moet me helpen,' zei Aruna.

Vani leunde naar Aruna over. 'Je zegt het maar, akka. Wat ben je van plan?'

'Wat is er aan de hand, Aruna? Waarom gaan we naar een theehuis?' vroeg oom Shastry.

'Ik wil iets met u bespreken.'

Het was drie uur 's middags en Aruna had tegen meneer Ali gezegd dat ze wat later zou terugkomen.

Er kwam een ober naar hun tafel en Aruna bestelde thee. Shastry bestelde idli's, pannenkoekjes van gestoomde linzen en rijst, zonder sambhar maar met extra kokoschutney. Ze praatten een minuut of tien over ditjes en datjes. Toen hun bestelling was gebracht, liet Aruna haar oom op zijn idli's aanvallen. Toen hij aan de tweede wilde beginnen, vroeg ze als terloops: 'Hoe staat het met mijn bruiloft, oom?'

Haar oom keek haar zo streng aan dat ze ervan bloosde en zei: 'Aruna, je bent een braaf meisje, heel anders dan sommigen van die moderne meisjes die alleen maar aan jongens en mode lijken te denken. Je moet je wel heel veel zorgen maken om je toekomst om zo openlijk over je bruiloft te praten.'

Aruna nam een slokje thee en zei niets.

Oom Shastry zuchtte en zei: 'Je weet hoe het zit, kind. Je vader heeft het zich in zijn hoofd gezet dat hij geen geld heeft om je uit te huwelijken. Hij heeft zich nooit zo druk gemaakt om geld, dus ik begrijp niet waarom hij nu zo doet. Ik heb geprobeerd met hem te praten, maar hij is ongelooflijk koppig.'

'Ik weet het, oom,' zei Aruna. 'En ik weet dat u uw uiterste best doet om me te helpen. Heel erg bedankt. Ik moet u iets bekennen.' Ze tikte nerveus met haar voet op het linoleum en vervolgde zonder Shastry aan te kijken: 'Een man heeft me ten huwelijk gevraagd en ik heb ja gezegd.'

'Wat?' sputterde Shastry, die zich in een hap idli verslikte.

Aruna sprong op en klopte hem op zijn rug tot hij weer lucht kreeg. Hij nam een grote slok water. Hij zag rood. Aruna ging weer zitten.

'Had me toch gewaarschuwd. Ik had wel kunnen stikken,' zei hij verontwaardigd. 'Maar goed, wat zeg je daar? Dat had ik nooit van je verwacht, Aruna. Ik weet dat je vader koppig is, maar we praten hem wel om. Denk je dan helemaal niet om de eer van de familie? En hoe moet het met Vani's toekomst? Welke fatsoenlijke familie zal haar nog in huis willen opnemen als jij een huwelijk uit liefde sluit? Je stelt me teleur. Jij bent de laatste van wie ik zoiets zou verwachten. En wat zal je vader zeggen? En je moeder? Het is jammer dat ze dit nog moet meemaken. Het was beter als mijn zus was gestorven voordat ze deze droevige dag moest beleven.'

Aruna was van streek, al kwam de reactie van haar oom niet onverwacht. Ze pakte haar zakdoek en gaf de ober een afgesproken seintje. Hij liep het restaurant uit. Aruna zweeg tot Vani binnenkwam. Oom Shastry zag haar en zei: 'Weet je wat je zus me net heeft verteld?'

'Ja, oom Shastry, akka had het me al verteld. Trouwens, dit is Ramanujam,' zei Vani.

Ramanujam was na haar binnengekomen.

Hij ging voor de oom van de meisjes staan, vouwde zijn handen ter begroeting en zei: 'Namaste, oom.'

'Hmpf,' bromde oom Shastry. Vani tikte hem op zijn hand. Hij keek haar kwaad aan, wendde zich tot Ramanujam en zei: 'Ga toch zitten.' Hij voegde er binnensmonds aan toe: 'Je hebt onze dochter al, wat maakt een stoel nog uit?'

Aruna hoorde hem en keek hem fel aan, maar hij nam er geen notitie van.

Oom Shastry nam Ramanujam zichtbaar kritisch van top tot teen op. Aruna was gespannen, maar ze wist dat haar oom een redelijk mens was en Ramanujam zou laten uitpraten. Daarom had ze Ramanujam aan hem voorgesteld, en niet aan haar ouders.

'Zo, jongeman, wat doe je voor de kost?' vroeg oom Shastry.

'Ik werk als chirurg in het King George-ziekenhuis,' antwoordde Ramanujam.

Vani gaf haar oom een por. 'Hij heet Ramanujam,' zei ze monter.

Oom Shastry glimlachte zwakjes. 'Kun je me iets over je familie vertellen? Wie is je vader? Waar komen jullie van oorsprong vandaan?' vroeg hij.

'We komen uit het district West Godavary, oom,' antwoordde Ramanujam. 'We hebben er nog landerijen, maar mijn vader is hier voor mijn geboorte naartoe gekomen en we zijn hier gevestigd. Mijn vader heet Narayan Rao en we wonen in Waltair, de havenstad.'

'Is dat geen chique omgeving, oompje?' zei Vani opgewekt.

Shastry wierp zijn nichtje een boze blik toe en richtte zijn aandacht weer op Ramanujam. 'Van welke kaste ben je?' vroeg hij.

'We zijn niyogi-brahmanen, meneer, uit de Vashishta-gotram,' zei Ramanujam.

Oom Shastry keek naar Aruna, die zijn blik hoopvol beantwoordde. Ze hield zijn blik even vast, bloosde en sloeg haar ogen neer. Aruna wist dat de combinatie niet volmaakt was: Ramanujam was een niyogi-brahmaan, terwijl haar familie uit de vaidiki-brahmanen stamde. Niyogi-brahmanen hadden seculiere beroepen, terwijl de vaidiki-brahmanen priester waren en bij religieuze ceremonies optraden, maar dat was een kleinigheid die tactvol te omzeilen was, of dat hoopte ze tenminste. Ze wist dat verder alles in orde was en dat ze zelfs uit verschillende gotrams kwamen, zodat ze niet als broer en zus werden beschouwd en mochten trouwen.

'Vertel eens iets meer over je familie?' zei oom Shastry, die wat naar voren leunde.

Aruna en Vani hadden Ramanujam al op het hart gedrukt dat als hij wilde dat hun oom een goed woordje voor hem zou doen bij hun vader, hij indruk op hem moest maken. Ze praatten een kwartiertje. Oom Shastry ontdekte dat de familie van Ramanujams moeder afkomstig was uit zijn buurdorp, en dat was voldoende om hen te plaatsen. Het gesprek ging verder en Aruna probeerde te achterhalen wat haar oom dacht. Keurde hij de verbintenis goed? Ze kreeg er geen hoogte van.

'Aruna's ouders hebben momenteel financiële problemen en kunnen zich geen bruiloft veroorloven,' zei oom Shastry.

'Er hebben zich zelfs al een paar kandidaten aangediend die haar vader om die reden heeft afgewezen.'

'Ik weet het, oom. Aruna's baas, meneer Ali, heeft een goede oplossing aangedragen. Hij zei dat we een simpele huwelijksceremonie in de tempel van Annavaram konden houden. Daarna kan mijn familie een grote receptie in de stad geven waarvoor we iedereen kunnen uitnodigen.'

'Dat is een fantastisch idee. Aruna's oom van vaderskant is daar priester en ja, dat zou een goede oplossing zijn, maar zou jouw familie ermee instemmen?' vroeg Shastry.

'Ja, oom. Meneer Ali heeft mijn vader al overtuigd.'

Shastry wendde zich tot Aruna en zei: 'O, dus je baas heeft zijn vader al ontmoet? Waar heb je mij dan nog voor nodig? Het lijkt erop dat je je heel goed zonder mij kunt redden. Ik ben tenslotte maar je oom van moederskant.'

Aruna reikte over het tafelblad naar de hand van haar oom. 'Oom Shastry, u bent de belangrijkste man bij deze hele bruiloft. U bent de enige die mijn vader kan overhalen. Ik zou het hem zelf allemaal nooit durven vertellen.'

Ramanujam zei: 'Mijn vader is vanochtend op hoge poten naar meneer Ali toe gegaan. Hij foeterde hem uit en zei dat hij me op het verkeerde pad moest hebben gebracht. Ik wist niet waar hij naartoe was, maar toen hij terugkwam, vertelde hij het me. Hij was niet echt blij, maar hij leek erin te berusten.'

'O, hemel,' zei oom Shastry. 'Zijn je ouders het wel eens met dit huwelijk? Zullen ze onze Aruna wel goed behandelen?'

'Natuurlijk, oom. Ik heb al tegen ze gezegd dat ik erop reken dat ze haar fatsoenlijk zullen behandelen. Ik zal mijn vrouw steunen en ervoor zorgen dat ze gelukkig wordt.'

'Oom, ik heb al besloten dat ik na mijn huwelijk blijf werken en dat ik mijn salaris zal gebruiken om mijn ouders bij te staan,' zei Aruna.

'Weet je dat zeker, dochter? Je kunt er nu wel zo over denken, maar als je eenmaal getrouwd bent, krijg je andere verantwoordelijkheden. Je zult andere prioriteiten stellen. Je schoonouders vinden het misschien niet goed,' zei oom Shastry.

'Nee, oom,' zei Ramanujam, 'ik vind het juist goed dat Aruna na haar huwelijk blijft werken in plaats van thuis opgesloten te zitten. En als zij haar ouders wil helpen met haar zelfverdiende geld, wie ben ik dan om haar daarvan te weerhouden?'

Ramanujam en oom Shastry stonden op en liepen naar buiten. Aruna en Vani bleven aan de tafel zitten. De meisjes hoorden hun oom net voordat hij de deur uit liep vragen: 'Wie zei je dat het hoofd van je afdeling was?'

Aruna keek Vani aan. 'Wat denk je? Valt hij bij oom in de smaak?'

'Ik weet het wel zeker,' zei Vani.

'Ik geloof dat hij nog twijfelt. Oom Shastry gaat vast naar het ziekenhuis om met de mensen daar te praten en ik weet niet wat voor speurwerk hij nog meer gaat doen voordat hij zijn besluit neemt.'

Een paar dagen later, toen Aruna en haar familie zich na het eten ontspanden, werd er aan de deur geklopt. Aruna deed open en oom Shastry kwam binnen. Aruna had aan één blik op zijn gezicht genoeg om te weten dat hij met haar ouders over Ramanujam kwam praten. Ze gaf Vani een seintje en ze gingen allebei naar de keuken, maar ze lieten de deur op een kier staan om het gesprek in de kamer te kunnen volgen.

Na wat inleidend gebabbel zei oom Shastry: 'Ik heb een bruidegom voor Aruna gevonden.'

'Niet weer!' zei Aruna's vader. 'Mijn oren kunnen die

praatjes van jou niet meer aanhoren. Shastry, hoe vaak moet ik het nog zeggen? Ik wil het er niet meer over hebben.'

'Je hebt het al een paar keer gezegd, maar neem maar van mij aan dat dit de laatste keer is dat ik erover begin. Deze keer heb je geen andere keus dan in te stemmen met de kandidaat die ik heb gevonden.'

'Luister toch naar hem,' hoorde Aruna haar moeder zeggen. 'Wat kan het voor kwaad?'

Haar vader bromde, wat oom Shastry als een teken zag dat hij verder kon vertellen. 'De jongen is chirurg in het King George-ziekenhuis. Zijn ouders zijn heel rijk: ze hebben vruchtbare grond in Godavary en een groot huis bij de universiteit.'

'Shastry, je maakt een grapje,' zei Aruna's vader. 'Waarom wrijf je zout in de wond?'

'Het is geen grap, zwager,' zei oom Shastry. 'Het is helemaal waar. De jongen heet Ramanujam.'

Aruna's vader lachte en zei: 'Waarom zouden zulke mensen een verbintenis willen sluiten met zo'n arme familie als de onze? Is die jongen soms zestig en veroordeeld omdat hij zijn vrouw heeft geslagen?'

Vani pakte Aruna's arm om Aruna's aandacht te trekken, grinnikte en deed een beverig oud mannetje met een wandelstok na. Aruna's mondhoeken trokken, maar ze was te nerveus om te lachen.

Oom Shastry zei: 'Niets van dat alles. Hij is nog jong, pas achtentwintig, hij is niet eerder getrouwd geweest en hij is nog lang en knap bovendien.'

'Mankeert er dan iets aan zijn familie?' vroeg Aruna's vader.

'Waarom doe je zo negatief?' zei oom Shastry. 'Hij komt uit een respectabele familie. Ze zijn rijk, maar orthodox en absoluut geen patsers. Het zijn niyogi-brahmanen.'

'Aha!' zei Aruna's vader. 'Ik wist wel dat er een addertje onder het gras zat.'

'Dat is toch zeker ondergeschikt?' zei Aruna's moeder. 'Als het zo'n goede kandidaat is als Shastry zegt, kunnen we zo'n kleinigheid wel door de vingers zien. Het zijn tenslotte wel brahmanen.'

'Zo is het maar net,' zei oom Shastry. 'Het is een kleinigheid. Ik heb verschillende mensen in het King George-ziekenhuis gesproken en ze waren allemaal vol lof over hem. Ik heb zelfs de tuinman en de huishoudster van zijn ouders gesproken. Ze zijn al vijfentwintig jaar bij die mensen in dienst en zij zijn ook dol op Ramanujam.'

'Spreekt het niet vanzelf dat bedienden die al zo lang in dienst zijn niets lelijks over hun baas zeggen?' zei Aruna's vader.

'Nee, dat is niet waar. Bedienden zijn de beste bron van informatie. Ze weten alles van hun baas en doorgaans zijn ze maar al te bereid om te praten. Trouwens, waarom blijf je maar bezwaren opperen in plaats van het huwelijk goed te keuren?' vroeg oom Shastry.

Het bleef even stil en toen zei Aruna's vader: 'Je hebt gelijk, Shastry. Je hebt een goede kandidaat op de kop getikt en het spijt me dat ik zo negatief doe.'

'Het is rond. Naanna is akkoord gegaan,' fluisterde Vani in Aruna's oor.

Aruna schudde haar hoofd. 'Er is nog niets gebeurd. Oom Shastry heeft het hele verhaal nog niet verteld,' fluisterde ze terug.

'Je bent op de hoogte van onze situatie,' zei Aruna's vader. 'Hoe kunnen we zo'n huwelijk doorzetten? Wat voor bruidsschat willen ze? Voor wat voor bruiloft moeten we betalen?'

Oom Shastry zei: 'Ze vragen geen paisa bruidsschat. En ze zijn akkoord gegaan met een sobere dienst in de tempel van je broer. Ze geven naderhand zelf een receptie in de stad voor al hun gasten.'

'Shastry, dit is het beste nieuws dat je me ooit hebt gebracht,' zei Aruna's moeder. 'Als het waar is, moge je mond dan altijd de smaak van ghee en suiker kennen. Maar hoe heb je zo'n goede man voor onze Aruna kunnen vinden?'

Aruna leunde naar voren en gluurde door de kier in de deur.

'Ik heb hem niet gevonden,' zei oom Shastry. 'Aruna heeft hem zelf ontdekt.'

Aruna's vader schoot overeind. 'Wát?' riep hij uit.

Aruna kromp in elkaar en deinsde achteruit. Dit was het moment waarvoor ze had gevreesd.

'Waar is Aruna? Ik wil het uit haar eigen mond horen. Ik kan niet geloven dat ik een sloerie onder mijn dak heb grootgebracht,' tierde Aruna's vader.

Aruna's knieën knikten en ze viel bijna. Vani sloeg haar armen om haar heen en drukte haar tegen zich aan.

'Ga zitten, zwager,' zei oom Shastry zacht. 'Je hebt twee brave meisjes grootgebracht. Kalmeer en luister naar me, alsjeblieft.'

'Ja, ga zitten,' zei Aruna's moeder. 'Heb vertrouwen in onze dochter. Vertrouw erop dat we haar goed hebben opgevoed. Wind je niet zo op, alsjeblieft, dat is niet goed voor je.'

'Ik geloofde eerst ook niet dat zo'n welopgevoed meisje als Aruna zelf een echtgenoot zou zoeken,' zei oom Shastry, 'maar hoe meer ik over Ramanujam en zijn familie te weten kwam, hoe sterker ik ervan overtuigd raakte dat onze dochter niets heeft misdaan. Ramanujam is een brahmaan. Aruna is niet met hem weggelopen.'

'Dat is allemaal goed en wel, maar hoe kón ze?' zei Aruna's vader.

Oom Shastry zei: 'Ze krijgt een traditioneel, gearrangeerd huwelijk en geen mens uit de buitenwereld hoeft te weten hoe het tot stand is gekomen. Jij maakt je veel zorgen om je financiële toestand, en zij heeft de bruidegom en zijn familie bereid gevonden akkoord te gaan met een sobere huwelijksinzegening in de tempel van Annavaram. Ze heeft je behoed voor een ernstige zonde. Een vader hoort zijn jonge dochter niet thuis te houden zonder haar uit te huwelijken.'

Toen richtte oom Shastry zich tot Aruna's moeder en zei: 'Zusje, denk erover na. Aruna's toekomstige echtgenoot is chirurg; zijn ouders bezitten vruchtbare grond; ze krijgt personeel dat haar op haar wenken bedient; ze zal dure sari's en sieraden dragen.'

'Dat klinkt allemaal geweldig,' zei Aruna's moeder, 'maar...'

'Geen gemaar,' zei oom Shastry. 'Jullie hoeven geen bruidsschat te betalen. Aruna blijft na haar huwelijk in deze stad wonen, op nog geen vijf kilometer hiervandaan.'

'Arunáá!' riep Aruna's vader. 'Kom hier.'

Aruna maakte zich los uit Vani's armen en liep schoorvoetend de woonkamer in. Zodra ze haar vader zag, rende ze naar hem toe en legde haar hoofd op zijn benen. 'Het spijt me, naanna!' zei ze.

Aruna's vader zweeg. Haar moeder en oom wachtten met bezorgde gezichten de uitbarsting af. Vani hield zich schuil in de keuken. Toen legde Aruna's vader een hand op het hoofd van zijn dochter en zegende haar in het Sanskriet: '*Chiranjeeva soubhagyavatee bhava*, moge je voor eeuwig een getrouwde vrouw zijn.'

Aruna keek met glanzende ogen naar haar vader op. Vani kwam uit de keuken gerend, zakte op haar knieën naast Aruna en omhelsde haar. Toen sprongen de meisjes op om hun moeder en oom Shastry te omhelzen. Vani maakte een vreugdedansje. Aruna's moeder was perplex en oom Shastry zakte terug in zijn stoel en veegde het zweet van zijn voorhoofd.

Aruna draaide zich naar haar vader om en legde haar hoofd op zijn borst. 'Dank u, naanna,' zei ze met tranen in haar ogen.

'Let maar niet op mij, kind,' verzuchtte haar vader. 'De wereld draait door en ik ben maar een oude man die niet met zijn tijd mee kan gaan.'

20

'Ik wil niet met Aruna trouwen. Ik wil helemaal niet trouwen,' zei Ramanujam.

'Zeg dat nou niet,' smeekte Aruna's vader. 'Mijn dochter komt er nooit overheen als ze voor het altaar de bons krijgt. Als je haar nu afwijst, kunnen we ons nergens meer vertonen.'

'Ik geloof niet dat het huwelijksleven iets voor me is. Ik overweeg mijn baan op te zeggen, naar Kashi te gaan en als asceet aan de oever van de Ganges te gaan wonen. Het getrouwde leven brengt te veel problemen en compromissen met zich mee,' zei Ramanujam.

'Zo moet je niet denken,' zei oom Shastry. 'Je denkt dat het huwelijk problemen met zich meebrengt, maar het schenkt ook veel vreugde. Wijs dat niet af voordat je ervan hebt geproefd. Mijn nichtje zal het huishouden leiden en voor jou en je ouders zorgen, zowel in ziekte als in gezondheid. Waarom wil je dat allemaal opgeven voor het steriele leven van een monnik?'

Ramanujam droeg een witte dhoti, een lange lap die om zijn middel was geknoopt en zijn onderlichaam bedekte. Zijn borst was bloot, op een gesteven zijden sjaal over zijn ene schouder na en een witte draad die over de andere schouder om zijn borst, middel en rug was gehangen. Hij had een ouderwetse zwarte paraplu in zijn ene hand en een bronzen mok met een oortje in de andere. Zijn voeten staken in houten sandalen en hij zag eruit als een monnik die op het punt stond afstand te doen van de wereld. Aruna's vader en oom, die als plaatsvervangers optraden van de broers die Aruna niet had, probeerden hem op andere gedachten te brengen. Om hen heen stond een groepje gasten, die allemaal gniffelden.

Meneer Ali had wel gehoord van dit brahmaanse gebruik, maar het nog nooit gezien. Vlak voor de bruiloft verkleedt een brahmaanse bruidegom zich als monnik en doet alsof hij alle aardse genoegens achter zich wil laten en een sober leven wil leiden. De broers en andere mannelijke familieleden van de bruid hebben de taak hem over te halen het huwelijk toch door te zetten.

Het was vroeg in de ochtend op de dag van de bruiloft, iets na zevenen, en ze waren boven op de berg in Annavaram. Achter hen was de witte, met beelden getooide toren van de tempel zichtbaar, en op de heuvel strekten zich kilometers bos uit. De zon was net op en de lichte ochtendnevel was nog niet verdampt.

Aruna's familie was drie dagen tevoren naar het huis van Aruna's oom van vaderskant gegaan, waar ze tot bruid was gemaakt: haar lichaam was gezalfd met olie en kurkuma en haar handen en voeten waren voorzien van hennatatoeages. Ramanujams vader had via een connectie geregeld dat zijn familie en hij gebruik konden maken van het staatspension in de tempelstad, en zij waren de vorige dag gekomen. Meneer en mevrouw Ali waren met hen meegegaan, al waren ze gasten van de kant van de bruid en verbleven ze in een hotel.

Ramanujam had zich eindelijk laten overhalen toch te trouwen en beide partijen keerden terug naar hun onderkomens.

Twee volwassen bananenbomen, elk met een grote tros groene bananen eraan, waren gekapt en aan de ingang van de trouwzaal gezet. De slingers van mangobladeren die tussen de bananenbomen waren gehangen, vormden een groene poort; het lichte groen van de lange, waaiervormige bananenbladeren contrasteerde met het donkerder groen van de kleinere mangobladeren. Aruna en haar naaste verwanten liepen de trouwzaal in, waar ze werden opgewacht door een priester. Aruna droeg een negen meter lange roodzijden sari met een gouden rand en alle traditionele gouden bruidssieraden: oorringen, een halsketting, klemarmbanden om haar bovenarmen, een kettinkje langs haar middenscheiding, armbanden om beide polsen en zilveren enkelbanden met belletjes die tinkelden bij elke stap die ze zette. Haar haar zat in een lange vlecht. Midden in de zaal was een vierkant podium neergezet, met kleinere bananenbomen in de vier hoeken en versierd met mangobladeren. Midden op het altaar bevond zich een stenen vuurplaats. De trouwzaal was nog leeg en er werden nog stoelen voor de gasten om het altaar heen gezet. Aruna was gekomen om de godin Gauri om een geslaagde bruiloft en een gelukkig huwelijk te smeken. De godin zelf had strenge straffen ondergaan om de echtgenoot van haar keuze te kunnen krijgen.

Toen de bruid klaar was met haar gebeden, verliet ze de trouwzaal met haar familie. Nu kon de huwelijksinzegening beginnen.

Meneer en mevrouw Ali voegden zich bij Aruna's familie en liepen de zaal in.

Achter zich hoorden ze een ver dragende stem zeggen: 'Dokters, geen multinationals.'

Meneer Ali zag dat zijn vrouw bloosde, maar haar rug rechtte en strak voor zich uit keek. Er speelde een glimlachje om haar lippen. De gasten drentelden rond tot ze muziek hoorden. Een paar oudere mensen gingen zitten, maar de meeste anderen verzamelden zich bij de poort om de gasten van de bruidegom te zien aankomen. Al snel dook de muziekgroep op, die bestond uit trommelaars, trompettisten en fluitisten in kleurige kleding met tulbanden op. Ze werden voorafgegaan door hun dirigent, die de hoogste tulband van iedereen droeg en met een stok de maat aangaf van het populaire liedje uit een Zuid-Indiase film dat de muzikanten speelden. Ze werden gevolgd door een auto die zo weelderig met bloemen was versierd dat meneer Ali zich afvroeg of de chauffeur nog wel door de voorruit kon kijken. In de auto zaten de bruidegom en mogelijk zijn moeder en zus; alle andere gasten van de kant van de bruidegom liepen achter de auto, die met een slakkengangetje vooruitkwam.

Meneer Ali en zijn vrouw stonden in de menigte te kijken hoe Ramanujam uit de auto stapte. Een van Aruna's tantes brak een kokosnoot voor hem. Toen pakte ze een biljet van honderd roepia, zwaaide er drie keer mee voor Ramanujams gezicht, hield haar handen tegen haar slapen en liet haar knokkels hard kraken. Ze gaf het biljet van honderd roepia aan een bedelaar die zich afzijdig had gehouden. Nu het boze oog aldus was afgeleid, werden Ramanujam en zijn familie in de zaal verwelkomd.

De gasten gingen zitten; het was een kleine bruiloft, met maar een paar honderd mensen. Meneer en mevrouw Ali vonden een plekje op de voorste rij opzij van het altaar. Ramanujam en zijn ouders gingen met gekruiste benen op het podium zitten, met hun gezicht naar het westen. Een vriend van een oom van vaderskant van Aruna en een brahmaan die was meegenomen door Ramanujams familie, traden als priester op. Zodra de bruidegom en de gasten waren gaan zitten, aangespoord door de priesters, die bang waren dat de gunstige tijd voorbij zou gaan, werd er een beeldje van de olifantgod Ganesha binnengebracht. Ganesha is de god van het begin, en geen hindoeceremonie neemt een aanvang zonder dat er een gebed tot hem is gericht. Ramanujam bad met de priesters mee om een geslaagde huwelijksinzegening en het wegnemen van alle belemmeringen voor een gelukkig huwelijksleven. Na het gebed beklommen Vani en een van haar nichtjes het podium. Ze hielden een lange sari tussen zich in, die het podium in tweeën deelde. Ramanujam kon niet over de afscheiding heen kijken. Vani stond met haar rug naar meneer en mevrouw Ali, die het geluk hadden dat ze beide kanten van het altaar konden zien.

Mevrouw Ali wees naar een zijdeur in de zaal en meneer Ali strekte zijn nek en zag hoe Shastry, de oom van moederskant van de bruid, Aruna in een bamboemand door de zaal naar het podium droeg. Aruna's neven hielpen hem de mand te dragen. Aruna hield haar hoofd gebogen, maar keek af en toe op naar de gasten. Toen ze meneer Ali's blik ving, glimlachte ze naar hem. Ze genoot zichtbaar van het gebeuren en het ritje in de mand op de schouders van haar oom en neven. Meneer Ali glimlachte terug. Het viel hem in dat de ceremonie waar ze nu getuige van waren, waarschijnlijk nog bijna hetzelfde was als duizend jaar geleden.

Aruna werd tegenover Ramanujam gezet, aan de andere kant van het sarigordijn. Haar ouders kwamen naast haar zitten en Shastry ging naast Vani staan.

'Ik zou maar niet aankomen als ik jou was,' zei hij hijgend. 'Tegen de tijd dat jij trouwt, ben ik nog ouder en ik zou onder je gewicht kunnen bezwijken.'

'Misschien trouw ik alleen voor de burgerlijke stand, dan kunt u zich de moeite besparen,' zei Vani.

'Zwijg, dwaas kind. Zeg niet zulke lichtzinnige dingen bij deze gunstige gelegenheid. Wie weet welke goden er meeluisteren en die wens willen vervullen?' zei Shastry boos.

Meneer Ali hoorde het gesprekje en glimlachte. Hij had Vani de vorige avond ontmoet en was gecharmeerd van haar sprankelende persoonlijkheid. Aruna was net zo gevat, maar die hield zich meer in, terwijl Vani een flapuit was.

De priesters begonnen in het Sanskriet verzen uit de Veda's voor te dragen. Ze riepen zeven generaties voorouders van bruid en bruidegom aan om de verbintenis te zegenen en het paar de wijsheid te geven om met de onvermijdelijke problemen van het huwelijksleven om te gaan. Toen het gunstige moment daar was, begonnen muzikanten in de zaal op trommels te slaan en op de Zuid-Indiase fluit te blazen. Het getrommel kwam tot een crescendo en op een teken van een van de priesters liet Vani's nichtje haar kant van de sari los. Vani trok de sari weg, zodat bruid en bruidegom oog in oog met elkaar kwamen te zitten. Ramanujam keek onbeschaamd naar Aruna, die bloosde en verlegen haar ogen neersloeg. Een priester knielde bij hen met een schaal waarin een pasta van komijn en palmsuiker zat. Aruna en Ramanujam pakten allebei een handvol pasta en besmeerden elkaars hoofd ermee.

'Gatsie,' fluisterde mevrouw Ali haar man toe. 'Nu is hun haar vies.'

'Boerse vrouw die je bent,' zei meneer Ali met een zachte lach. 'De bittere komijnzaadjes en zoete suiker staan voor de bitterzoete vreugde en problemen van het huwelijk.'

'Dat zal best,' zei mevrouw Ali, 'maar ze hebben toch vies haar.'

Een van de priesters maakte met sandelhout en ghee vuur in de stenen haard.

'Kijk,' zei mevrouw Ali. Ze wees naar Ramanujams zus, die met een gezicht als een donderwolk achter haar broer zat.

'Ze ziet eruit alsof ze net een bittere pinda in haar mond heeft gewipt!' lachte meneer Ali.

'Ik hoop dat ze het Aruna niet moeilijk gaat maken,' zei mevrouw Ali.

Het aanmaakhout vatte vlam en de priesters lieten het vuur oplaaien. De trommels en fluiten bereikten weer een crescendo en terwijl de priesters de zegen van de goden afsmeekten, stond Ramanujam op, boog zich naar Aruna over en bond een koord met een ronde, gouden hanger eraan met drie knopen om haar nek. De priester van Aruna's familie gaf hem nog een koord met net zo'n gouden hanger eraan, die Ramanujam op dezelfde manier om Aruna's nek bond.

Meneer Ali, die nog nooit van zo dichtbij een hindoebruiloft had gadegeslagen, keek naar mevrouw Ali en zei: 'Een mangalsutra is toch één ketting met twee hangers eraan?'

'Leela heeft het me uitgelegd,' zei mevrouw Ali. 'Het schijnt dat het ene koord met de gouden hanger door

314

Ramanujams familie wordt geschonken en het andere door de familie van Aruna. Zestien dagen na de bruiloft worden de beide hangers aan één koord bevestigd, en dat is dan de mangalsutra die Aruna haar hele leven als getrouwde vrouw zal dragen.'

Aruna en Ramanujam stonden op en kregen allebei een bloemenkrans van de priester. Aruna hing de hare om Ramanujams nek en hij hing de zijne om de nek van Aruna. Mevrouw Ali pakte een zakdoek waarin gele rijst was geknoopt.

'Hoe kom je daaraan?' vroeg meneer Ali.

'Van een tante van Aruna gekregen,' zei mevrouw Ali.

Ze strooiden de confetti samen met de andere gasten over het bruidspaar.

De trommels en fluiten zwegen. In de plotselinge stilte bond de priester het uiteinde van Ramanujams dhoti vast aan dat van Aruna's sari, waarna ze om het vuur liepen, Ramanujam voorop. Bij de eerste ronde vroeg Ramanujam de god van het vuur getuige te zijn van het huwelijk en hun eten te geven om in leven te blijven; bij de tweede vroeg hij om lichamelijke kracht opdat hun leven en huwelijk zouden slagen; bij de derde vroeg hij de god van het vuur hen te helpen zich aan hun geloftes tegenover elkaar en de samenleving te houden; bij de vierde ronde vroeg hij om een sensueel, gerieflijk leven met zijn echtgenote; bij de vijfde bad hij om veel vee, wat een teken van rijkdom is; bij de zesde ronde bad hij om goede regens en een lang leven van vele seizoenen. Bij de zevende en laatste ronde bad Ramanujam dat zijn echtgenote en hij hun religieuze plichten altijd mochten vervullen.

Zo werden Ramanujam en Aruna met drie knopen en zeven rondes om het vuur in de echt verbonden, in aanwezigheid van hun families, met de god van het vuur als heilige getuige. Ze waren nu man en vrouw. De gasten kwamen naar de pasgehuwden toe om hun geschenken te geven: kleding, geld of sieraden. Meneer en mevrouw Ali gaven Aruna een papegaaigroene zijden sari en Ramanujam een roomwitte zijden dhoti. Ze gaven het echtpaar ook een vijftien centimeter hoog olifantje van sandelhout.

Aruna en haar man verlieten de zaal. De gasten stonden op, zodat de zaal in gereedheid kon worden gebracht voor de lunch.

Meneer Ali knoopte een gesprek aan met de zwager van Ramanujam.

'Waar woon je?' vroeg hij.

'Lawson's Bay,' antwoordde Ramanujams zwager.

Voordat meneer Ali nog iets kon vragen, wierp Ramanujams zus haar man een woedende blik toe en maakte hij zich snel uit de voeten.

Mevrouw Ali voegde zich bij haar man. 'O, jee! Er zit iemand in de nesten,' zei meneer Ali tegen haar.

Mevrouw Ali lachte. 'Je bent een slecht mens. Je wist dat hij het met zijn vrouw aan de stok zou krijgen als ze hem met jou zag praten,' zei ze.

'Ik probeerde alleen maar met hem aan te pappen om te zorgen dat hij op goede voet kwam te staan met Aruna,' zei meneer Ali.

Mevrouw Ali wendde haar blik hemelwaarts en zei: 'Ja, hoor.' Het was duidelijk dat ze hem niet geloofde.

Aangezien Annavaram vrij ver van de stad was en Ramanujams ouders tijdig terug wilden, werd de bidaai, het 'afscheid' waarbij de bruid haar huis verlaat om naar dat van haar echtgenoot te gaan, kort na de vegetarische lunch gehouden. Meneer Ali had gevraagd of zijn vrouw en hij mee konden rijden in de bus. Ze stonden buiten de trouwzaal bij Ramanujam en zijn familie op Aruna te wachten.

Na een paar minuten, net toen Ramanujams vader op zijn horloge keek en bromde dat hij niet in het donker over de bergwegen wilde rijden, kwam Aruna naar buiten. Ze droeg een dieprode, met gouddraad doorweven sari die haar, zoals de traditie het vereiste, was geschonken door de familie van de bruidegom. Over de middenscheiding in haar haar liep een gouden vlecht met een hanger op haar voorhoofd. Ze was zwaarbeladen met sieraden: oorringen, een neusringetje, klemarmbanden om haar bovenarmen, een stuk of tien armbanden, een halsketting, een lang collier, de twee helften van haar mangalsutra, een brede gouden band om haar middel, zilveren enkelbandjes en teenringen. Haar moeder en zusje liepen naast haar en haar vader en oom Shastry volgden haar. Zo liep ze langzaam naar Ramanujam toe.

Op de achtergrond zette iemand een taperecorder aan. Een oude, aangrijpende melodie zweefde naar buiten:

Ga, mijn dochter, naar je nieuwe huis,
met deze zegeningen van je vader:
Moge je nooit meer aan me denken,
opdat je geluk niet wankelt.
Ik heb je opgevoed als een tere bloem,
een geurige bloesem uit onze tuin,
Moge elk seizoen een nieuwe lente zijn,
Moge je nooit meer aan me denken,
opdat je geluk niet wankelt,
Ga, mijn dochter, naar je nieuwe huis,
met deze zegeningen van je vader.

Toen ze bij Ramanujam was, bleef Aruna staan. Ze omhelsde eerst haar moeder en keek toen naar haar zusje. Vani, die opeens leek te beseffen hoe belangrijk deze gebeurtenis was, glimlachte niet meer. De zusjes vielen elkaar huilend in de armen. Hun vader sloeg onhandig zijn armen om hen heen en na een lange minuut maakten ze zich van elkaar los. Aruna zette een pas vooruit en keek om, als een hert dat gevangen is in de starende blik van een tijger. Een van haar tantes voegde zich bij haar zodat ze zich niet alleen zou voelen in haar nieuwe huis en hielp haar in de wachtende bus.

De receptie, die drie dagen later werd gehouden, was grandioos: er waren meer dan vijftienhonderd mensen uitgenodigd, die bijna allemaal kwamen. Het hotel had alle drie de zalen samengevoegd en de tuindeuren opengezet om plaats te kunnen bieden aan alle gasten. Aruna droeg een oranje sari en meer sieraden dan ze ooit van haar leven had bezeten. Ramanujam droeg een lange, kastanjebruine jas met opstaande kraag en een tulband. Ze zagen er allebei schitterend uit op het podium aan het eind van de zaal, waar ze een eindeloze stroom gasten ontvingen, die ze allemaal een paar beleefde woorden gunden. De cadeaus stapelden zich opzij van het podium op.

De wand achter hen was van de vloer tot aan het plafond versierd met witte, rode en oranje bloemen, zodat de mensen ervoor heel nietig leken. Exquise, speciaal uit Bangalore ingevlogen boeketten rozen stonden in manden op de tafel voor de bruid en bruidegom.

Op verschillende plekken in de zaal was een buffet uitgestald, zodat de mensen niet te lang in de rij hoefden te staan. Obers met bladen vol frisdrank, sap en water liepen door de zaal. Meneer en mevrouw Ali wandelden rond. Ze kwamen een aantal bekenden tegen, en sommigen van hen zeiden dat de bruid en bruidegom voor elkaar geschapen leken te zijn. De meeste vrouwen waren jaloers en er werden wat kattige opmerkingen gemaakt over een bruid uit een arm gezin die zo'n goede bruidegom had gevonden. Het viel meneer Ali op dat niemand opmerkte dat Ramanujam had geboft, hoewel hij, als hij niet met Aruna was getrouwd, uitgehuwelijkt zou zijn aan de verwende dochter van een rijke man die niet half zo lief voor hem zou zijn geweest als Aruna.

'Zullen we even naar de tuin gaan?' stelde meneer Ali aan zijn vrouw voor. 'Ik wil een frisse neus halen.'

Mevrouw Ali knikte en ze baanden zich een weg door de massa. Net toen ze bij de tuindeuren waren, zag meneer Ali Sridevi.

Hij bleef staan en stelde haar aan mevrouw Ali voor. 'Dit is Sridevi, de bloemiste van het hotel. Zij heeft de hele zaal met bloemen versierd.'

Toen zag hij dat Sridevi haar mangalsutra droeg en rode sindoor op haar voorhoofd had. 'Ik zie dat je weer terug bent bij je man?'

'Ja,' zei ze. 'We zijn een paar weken geleden voor de burgerlijke stand getrouwd.'

'Hoe gaat het deze keer?' vroeg hij.

'Het is nog vroeg dag, maar het gaat heel goed, dank u,' antwoordde Sridevi. 'Nu we niet meer bij zijn ouders wonen en geen geldproblemen hebben, maken we geen ruzie meer.'

'Gelukkig maar. Houden zo,' zei meneer Ali.

'Dat ben ik wel van plan. Ik ben niet vergeten wat u tegen me hebt gezegd. Eigenlijk ben ik hier niet uitgenodigd. Ik was de winkel aan het sluiten en kwam alleen even kijken of de versieringen er nog goed uitzien,' zei ze.

'De bloemstukken zijn fantastisch,' zei mevrouw Ali.

'Dank u. Ik heb deze opdracht aan oom te danken,' zei Sridevi met een knikje naar meneer Ali.

'Dat weet ik, maar je hebt het heel goed gedaan en ik heb gehoord dat je de familie veel korting hebt gegeven,' zei mevrouw Ali.

'Ik heb het in feite tegen de kostprijs gedaan, want het is de receptie van uw assistente en oom heeft me verteld dat zij heeft geholpen mijn andere kandidaat te vinden, maar weet u? Ik heb zoveel mensen over de bloemen horen praten dat dit me vast veel nieuwe opdrachten gaat opleveren,' zei Sridevi opgetogen.

'God zorgt ervoor dat onze goedheid altijd wordt beloond,' merkte mevrouw Ali op.

Ze namen afscheid van Sridevi en liepen de tuin in.

Meneer en mevrouw Ali liepen tussen de andere gasten over het gazon. De opkomst was echt verbluffend. Ze zagen veel belangrijke mensen uit de stad tussen de gasten. Ze hoorden iemand zeggen dat zelfs de burgemeester en de hoofdinspecteur van politie zich onder de gasten bevonden. Plotseling hoorden ze iemand zeggen: 'Saibamma! Hoe is het met u?'

Ze keken om en zagen Anjali, de wasvrouw die lang geleden hun buurvrouw was geweest en nog steeds weigerde mevrouw Ali bij haar naam te noemen. Ze sprak haar altijd aan met 'moslimdame'.

'Hallo, Anjali!' riep mevrouw Ali uit. 'Hoe is het met jou? Welke kant heeft jou uitgenodigd?' Mevrouw Ali was te welgemanierd om iets te laten merken, maar het verbaasde haar Anjali op de receptie te zien. Vrouwen uit een lage kaste worden niet vaak uitgenodigd voor een brahmaanse bruiloft.

'We zijn uitgenodigd omdat mijn jongste zoon in hetzelfde ziekenhuis werkt als de bruidegom. Mijn man wilde niet komen, maar ik had het voor geen goud willen missen. We worden tenslotte niet vaak voor zo'n groots feest gevraagd.' Ze wendde zich tot meneer Ali. 'Hallo, *babugaaru*.'

Meneer Ali beantwoordde haar begroeting met een glimlach.

Anjali richtte zich weer tot mevrouw Ali. 'Ik heb gehoord dat Lakshmi's zoon haar weer in huis heeft opgenomen. En ik hoorde dat u daar iets mee te maken had, klopt dat?'

'Inderdaad,' zei mevrouw Ali. 'Je weet dat ze bij haar zus was ingetrokken nadat ze ruzie kreeg met haar schoondochter en haar zoon haar verzocht het huis te verlaten?'

'Ja,' zei Anjali. 'Dat heb ik u zelf verteld.'

Mevrouw Ali knikte en vervolgde: 'Ik vond dat het welletjes was en ben met de zoon en de schoondochter gaan praten. Ik heb tegen ze gezegd dat familieleden altijd bij elkaar moeten blijven, hoeveel ruzie ze ook maken. Ik heb tegen de zoon gezegd dat zijn moeder weduwe was en dat het zijn plicht was voor haar te zorgen. Het duurde even, maar ik heb ze overtuigd. Toen ben ik met Lakshmi's zoon naar het huis van haar zus gegaan. Voordat haar zoon vroeg of ze terug wilde komen, heb ik haar gevraagd waarom ze bij haar zus woonde in plaats van bij haar zoon. Ik wees haar erop dat ze het aan haar eigen gedrag te danken had. Ze zou beter met haar schoondochter moeten omgaan. Of ze nu dacht dat haar zoon niet goed werd verzorgd, of dat haar schoondochter lui was, deed er niet toe. Ze moest het loslaten. De relatie tussen haar zoon en schoondochter kon niet hetzelfde zijn als de relatie die zij met haar man had gehad. Het zijn andere mensen en andere tijden. Pas toen ze beloofde zich anders op te stellen, heb ik haar zoon laten vragen of ze terug wilde komen. Dat is nu meer dan een maand geleden en het lijkt goed te gaan.'

'Dat is fantastisch, saibamma,' zci Anjali. 'Goed gedaan.'

Meneer en mevrouw Ali gingen opgevrolijkt door het gesprek terug naar de zaal en begaven zich onder de andere gasten tot het tijd was om in de rij te gaan staan voor het diner. 'Het is een brahmaanse bruiloft, dus er is geen vlees,' waarschuwde mevrouw Ali haar man.

'Je vergist je,' zei meneer Ali. 'Kijk maar, daar is een niet-vegetarisch buffet.'

Mevrouw Ali lachte. 'De rijken doen de dingen echt anders,' zei ze.

Toen ze in de rij stonden, zei een lange, kaarsrechte man achter hen: 'Hallo, meneer, mevrouw. Bent u niet de ouders van Rehman Ali?'

Ze keken om. De man gaf meneer Ali een hand, vouwde zijn handen en wenste mevrouw Ali 'namaste'.

Meneer en mevrouw Ali keken de man verwonderd aan. 'U kent me niet,' zei hij. 'Ik ben de hoofdinspecteur van politie van het district Vizag. Ik moest uw zoon in Royyapalem arresteren.'

'Het spijt me dat hij u zoveel last heeft bezorgd,' zei meneer Ali.

'We doen gewoon ons werk. Het is geen enkel probleem. Trouwens, u zou trots op uw zoon moeten zijn. Hoeveel mensen nemen de moeite zich in te zetten voor de rechten van anderen?' zei hij.

Mevrouw Ali glunderde. 'Dank u,' zei ze.

Na het eten gingen meneer en mevrouw Ali naar het podium met Ramanujam en Aruna. Aruna wilde opstaan toen ze hen zag, maar ze vroegen haar te blijven zitten.

'Hoe gaat het met je?' vroeg mevrouw Ali.

Aruna glimlachte. 'Het leven is goed, mevrouw. Weet u wat

er daarnet is gebeurd? We stonden allebei mensen te ontvangen en Ramanujam merkte dat ik het niet meer volhield – mijn glimlach was verkrampt en ik wipte van de ene voet op de andere. Hij zei meteen tegen zijn vader dat hij moe werd en even wilde pauzeren. Is dat niet lief?'

Mevrouw Ali drukte haar knokkels tegen haar slaap en liet ze kraken. 'Moge het boze oog nooit op je vallen,' zei ze.

'We kwamen alleen even afscheid nemen,' zei meneer Ali. 'Nog veel plezier vandaag. Wanneer gaan jullie op huwelijksreis?'

'Morgen,' zei Aruna, die rood aanliep.

'Fijn. Heb je warme kleren? Het zal wel koud zijn in Kula Manali in de Himalaya,' zei mevrouw Ali.

'We gaan niet naar Kulu Manali. We hebben besloten naar een mangoboomgaard even buiten Simhalacham te gaan,' vertelde Aruna.

'O? Maar Kula Manali is zo mooi. En je had me verteld dat je er nog nooit was geweest,' zei mevrouw Ali.

'Het was Aruna's idee,' mengde Ramanujam zich in het gesprek. Hij vervolgde op vertrouwelijk zachte toon: 'Het kwam eigenlijk heel goed uit. Toen Aruna zei dat ze geen dure huwelijksreis wilde, waren mijn ouders er eindelijk van overtuigd dat Aruna geen goudzoeker is. Mijn vader vindt haar nu de beste schoondochter die hij zich maar had kunnen wensen en zelfs mijn moeder doet bijna beleefd tegen haar.'

'Néé...' zei Aruna verontwaardigd. 'Hoe kun je dat zeggen? Je moeder is zo'n aardige vrouw.'

'Schat,' zei haar echtgenoot lijzig, 'ik ken haar beter dan jij.'

Het was voor iedereen zichtbaar dat ze dol op elkaar waren. De ervaring had meneer Ali jaren geleden al geleerd dat die romantische liefde maar een paar jaar zou duren en dat ze dan een nieuwe band voor de rest van hun leven zouden moeten smeden, maar het bleef hartverwarmend om te zien.

'Tot over een paar weken,' zeiden ze tegen Aruna.

Ramanujams vader kwam naar hen toe. 'Ik laat u even uit,' zei hij.

Bij de deur zei hij tegen meneer Ali: 'Weet u, u had gelijk. Ik hoef niet meer geld; ik heb behoefte aan een goede schoondochter. Het klinkt misschien afgezaagd, maar dankzij u ben ik geen zoon kwijtgeraakt, maar heb ik er een fantastische dochter bij gekregen.'

Meneer en mevrouw Ali liepen het hotel uit. Meneer Ali wees naar de zee en zei: 'Laten we naar het strand gaan, daar zijn we al zo lang niet meer geweest.'

Ze liepen naar het strand, waar de branding rumoerig tegen het zand sloeg. De zon was al onder, maar dankzij de volle maan was het nog licht. De meeste mensen waren al vertrokken en de kooplieden braken hun kraampjes af.

Toen ze naar het water liepen, zei meneer Ali: 'Je bent de laatste tijd druk aan het schrijven. Ben je nu nog niet klaar met die cursus Engels?'

'De cursus is afgelopen,' zei mevrouw Ali, 'maar de docent die de lessen voor de krant had geschreven, zei dat het nu pas begon en dat we regelmatig Engelse kranten en tijdschriften moesten lezen en elke week een opstel over het een of ander moesten schrijven om onze taalvaardigheid te verbeteren.'

'Hm...' zei meneer Ali, die wel onder de indruk was van de discipline van zijn vrouw, maar er niet echt van opkeek.

Meneer Ali ging een stukje boven het hoogste punt dat de golven bereikten op het strand zitten. Mevrouw Ali zette haar schoenen bij hem neer en liep dichter naar het water toe, met haar sari tot vlak boven haar enkels opgetrokken.

'Dat is een dure sari, hoor,' riep meneer Ali.

Ze knikte, maar liep door.

Meneer Ali dacht aan zijn huwelijksbureau. Hij had zich in zijn stoutste dromen niet kunnen voorstellen dat het zo'n succes zou worden, niet alleen financieel, maar ook in sociaal opzicht. India veranderde, en dat bleek ook uit zijn succes. Een buitenstaander zou kunnen denken dat de Indiërs geobsedeerd waren door het kastenstelsel en dat er de afgelopen eeuw niets was veranderd, maar dat is niet waar, dacht meneer Ali. Het huwelijk was een instituut waarbinnen kaste nog belangrijk was, maar op andere gebieden verloor het kastenstelsel zijn greep. Mensen van verschillende kasten bezochten dezelfde scholen en werkten op dezelfde kantoren; ze gingen met elkaar om en raakten met elkaar bevriend. Nog maar een paar jaar eerder werden mensen van een lagere kaste – of moslims, overigens – niet uitgenodigd voor de bruiloft van mensen uit een hogere kaste. Tegenwoordig keek geen mens er nog van op. India veranderde en meneer Ali hoopte maar dat hij nog een tijdje getuige zou kunnen zijn van de veranderingen, al kreunde hij bij het vooruitzicht van de komende weken zonder Aruna; het zou hard werken worden zonder haar.

Een bijzonder grote golf rees hoog boven het wateroppervlak op en mevrouw Ali deinsde snel achteruit, giechelend en half bang. De golf rolde terug en het water stroomde het strand op. Mevrouw Ali slaakte een gil en trok haar sari tot bijna halverwege haar kuiten op om hem droog te houden. Ze liep terug en ging bij meneer Ali zitten. Ze keken samen naar de koppen van de golven, die zilverig oplichtten in het maanlicht. In de verte waren de silhouetten zichtbaar van een lange rij schepen, die aan de horizon wachtten tot ze de haven binnen mochten lopen. De brede lichtbundel van de vuurtoren op de top van Dolphin's Nose beschreef een baan over zee.

Meneer Ali keek zijn vrouw aan en zei: 'Vraag Rehman of hij morgen bij ons komt lunchen. Ik heb al een tijd niet meer met mijn zoon gekibbeld.'

Mevrouw Ali keek hem even ongelovig aan en toen biggelden de tranen haar over de wangen en straalde haar gezicht nog meer dan de branding in het maanlicht.

Fragmenten uit de Engelse opstellen
van mevrouw Ali

Fragment 1

Viskhapatham wordt ook wel Vizag genoemd. Vizag ligt aan de ene kant aan de kust, en aan de andere kant zijn groene bergen. Er wonen drieënhalf miljoen mensen in Vizag. Toen ik jonger was, was het veel koeler in Vizag, dat toen bekendstond als stad voor gepensioneerden, maar er wonen nu veel meer mensen en het wordt er 's zomers heel warm.

Er zijn veel toeristische plekken in en om Vizag. In de bossen van de Arakuvallei wonen mensen in stamverband. Ze komen soms in kleurige kleding naar de stad om bezems, zeepnoten, broodvruchten, honing, tamarinde en pauwenveren te verkopen. Toen ik nog een klein meisje was, werkte mijn oom bij het bureau dat voor de stammen zorgde. Hij vertelde me dat hij tijgers zag wanneer hij te paard door het bos reed. Die worden nu niet meer gezien. Er zijn daar ook eeuwenoude kalksteengrotten. We zijn er een keer met een gids in geweest. Het is heel stil en koel in de grotten en er groeien enorme druipstenen van de bodem naar het plafond en andersom naar elkaar toe.

De tempel van Simhachalam is ongeveer duizend jaar oud. Het is een heel belangrijke tempel voor hindoes. Vizag zelf heeft drie heuvels: op de eerste staat een hindoetempel, op de tweede staan de graftombe van een moslimheilige en een moskee en op de derde staat een grote kerk. In de kranten staan verhalen over rellen en maatschappelijke problemen in andere delen van India, maar zulke problemen hebben we in Vizag nooit. Mensen van alle godsdiensten en kasten wonen probleemloos met elkaar samen. Daar ben ik trots op.

De weg langs het strand is heel mooi. De zandduinen (is dat het goede woord?) strekken zich langs de weg uit. Als je die weg een kilometer of vijfentwintig volgt, kom je bij de stad Bhimili. Het strand daar is heel bijzonder. Het is net een grote, ronde, doormidden gesneden cirkel. Als we erheen gaan, probeer ik er om twee uur 's middags te zijn. Dan komen de vissers terug naar de kust en kun je echt verse vis kopen. *Vanjaram* en *chanduva* zijn het lekkerst, maar ik weet de Engelse namen niet. Er moet een tweehonderd jaar oud Hollands kerkhof in Bhimili zijn, maar daar ben ik zelf nooit geweest. Een paar jaar geleden hebben we een Hindi film gezien die *Silsila* heette en daarin werd een lied gezongen in een groot veld met knalgele en rode bloemen. Rehman zei dat die mooie bloemen tulpen heetten en in het land van die mensen groeiden. Ik heb het opgezocht, maar ik kon het land Holland niet op de kaart vinden.

Fragment 2

De meeste mensen in Vizag zijn hindoes, zoals Aruna, en spreken Telugu, de verfijnde Zuid-Indiase taal die in dit deel van India wordt gesproken. Een Engelsman, C.P. Brown, heeft Telugu het 'Italiaans van het oosten' genoemd.

Is Italiaans een mooie taal?

Er zijn veel moslims zoals ik in Vizag en wij spreken Urdu. Mijn man zegt dat onze mooie moedertaal, die zich zo goed leent voor het schrijven van liederen en gedichten, is ontstaan in de legerkampen van de Mongoolse keizers, waar soldaten uit verschillende landen zaten die Perzisch, Turks en Hindi spraken. Ik kan het moeilijk geloven, maar soms zie je midden in een vieze groene vijver een lieflijke lotus groeien.

Wat ik ook moeilijk kan geloven, is dat de Engelsen zich kunnen redden zonder woorden voor allerlei soorten familieleden. Zijn familiebetrekkingen niet belangrijk in Engeland? Wanneer een Engelse vrouw bijvoorbeeld over haar grootmoeder vertelt, kan de toehoorder niet bepalen of ze het over de moeder van haar moeder of de moeder van haar vader heeft. Wij hebben ook woorden voor de broer van een moeder en een jongere en een oudere broer van een vader, maar in het Engels is het allemaal 'oom'.

Ik las laatst een mopje in het Engels dat ik niet begreep. Het ging zo:

Hoe noem je de schoonmoeder van je zoon?
Heks!

Hoe kunnen ze zo'n belangrijke relatie belachelijk maken? In het Urdu heet de schoonmoeder van je zoon je *sandham*.

In India geldt ook de regel dat je mensen die ouder zijn dan jij niet bij hun naam noemt. Mijn jongere broer Azhar noemt mij dus aapa (Urdu) en Vani noemt Aruna akka (Telugu). Aruna en ik noemen onze jongere broers en zussen bij hun naam.

Hier is een lijst van woorden voor familieleden:

	Urdu	Telugu
moeder	ammi	amma
vader	abba	naanna
zwager	bhaij-aan	baava
oudere zus	aapa	akka
oudere broer van vader	taaya	pedda-naanna
jongere broer van vader	chaacha	chinnaana
broer van moeder	maama	maavayya

Fragment 3

Er zijn vier kasten onder de hindoes: brahmanen, de priester-klasse; kshatriya's of krijgers; vishya's of kooplieden en shudra's, de arbeiders. Het systeem zit natuurlijk veel ingewikkelder in elkaar.

Er zijn subkasten binnen kasten en daarbinnen zijn ook weer subkasten. Wij moslims maken geen deel uit van het kastensysteem en tot mijn echtgenoot zijn huwelijksbureau begon, was ik me er niet ten volle van bewust hoe ingewikkeld het allemaal was. Aruna heeft me uitgelegd dat het kastensysteem oorspronkelijk was gebaseerd op het beroep dat van oudsher werd uitgeoefend. In de loop van duizenden jaren is het systeem star en erfelijk geworden. Toen ik haar naar de subkasten vroeg, vertelde ze dat die ook gebaseerd waren op het uitgeoefende beroep. Ze zei dat wij misschien denken dat alle leerbewerkers tot dezelfde subkaste van de shudra's behoren, maar dat binnen die subkaste de leerlooiers weer tot een andere subkaste behoren dan de schoenmakers, die weer anders zijn dan de zadelmakers.

Onder de brahmanen zijn de mensen die het priesterambt bekleden, zoals Aruna's familie, vaidiki brahmanen. Zij zijn doorgaans bedreven in het Sanskriet. Ramanujams familie behoort tot de niyogi-brahmanen. Deze brahmanen bekleden geen religieuze ambten. Ze spreken goed Engels en Telugu en zijn dorpshoofd, ambtenaar of accountant.

Het meest omstreden aspect van het kastenstelsel is uiteraard de onaanraakbaarheid. De laagste kasten, die 'onreine' beroepen hebben waarbij ze dode mensen of menselijk afval moeten aanraken, worden als kasteloos beschouwd. Hindoes uit hogere kasten laten deze paria's niet in hun huis en staan niet toe dat ze hen aanraken. In dorpen moeten ze afzonderlijk van de anderen wonen en er worden hun veel beperkingen opgelegd. Zo mogen ze bijvoorbeeld niet dezelfde put gebruiken als de andere dorpelingen. Hun kinderen moeten soms buiten het klaslokaal zitten, uit de buurt van de leerlingen van hogere kasten.

De onaanraakbaarheid is verboden en de overheid houdt een deel van de banen en plaatsen op de universiteit vrij voor paria's, maar een probleem dat in meer dan tweeduizend jaar is gegroeid, kun je niet zomaar uit de weg ruimen. Niet alle mensen uit de hogere kasten zijn rijk, maar de meeste mensen uit de lagere kasten zijn arm.

Fragment 4

Tussen zeven uur en halfacht 's ochtends begin ik het ontbijt te maken. Toen Rehman nog klein was en mijn man nog werkte, begon ik om halfzeven, maar dat hoeft nu niet meer.

We eten nooit twee dagen achter elkaar hetzelfde bij het ontbijt. Als ik de ene dag *paratha's* maak, maak ik de dag daarna dosa's of idli's. De dag daarna kan ik dan *upma* of pesaratt maken. Om dosa's of idli's te bakken moet ik de linzen de avond tevoren een paar uur laten weken en er dan in de vijzel een dikke pasta van maken, zodat ze gaan gisten. Meestal geef ik er chutney bij; kokos en ui zijn twee favorieten. Soms maak ik ook sambhar, een dikke vloeistof van linzen, uien, tamarinde en andere specerijen. Sambhar kan bij het ontbijt als dipsaus dienen, maar je kunt het voor de lunch of het avondeten ook door rijst mengen. Rasam daarentegen wordt alleen bij de lunch en het avondeten gegeten. Het is een waterige saus van tamarinde en specerijen die door de rijst wordt gemengd.

In alle jaren dat ik getrouwd ben, heb ik er altijd voor gezorgd dat mijn man en zoon een warm ontbijt kregen voordat ze de deur uit gingen, ook al moest ik om vier uur opstaan als we een vroege trein moesten halen. Rehman was als kind gek op zijn ontbijt. Ik krijg soms tranen in mijn ogen wanneer ik aan hem denk, ergens in een dorpje. Wat eet hij daar? Hoe kan eten dat in een hotel is bereid, zonder liefde, zich aan zijn lichaam hechten? Geen wonder dat hij zo mager is. Ik hoop maar dat hij snel gaat trouwen. Ik zal zijn vrouw al zijn lievelingshapjes leren bereiden, zoals mijn schoonmoeder mij ook heeft geleerd wat mijn man wel en niet lekker vond.

Toen we jonger waren, aten we maar één keer per week vlees en was kip een lekkernij voor heel af en toe. Nu hebben we meer geld en kunnen we vaker vlees eten, maar naarmate we ouder worden hebben we minder vaak trek in machtige kost. Meestal eten we op zondag vlees. Ik maak zelden een schotel die alleen uit vlees bestaat. Ik meng het vlees met groente, dat is smakelijker en goedkoper bovendien!

Ik maak soms ook zoete gerechten thuis. Een toetje dat heel makkelijk te maken is, is halwa. Hier volgt mijn recept.

Ingrediënten:

1 kopje fijn griesmeel (ca. 200 gram)

1 kop suiker

½ kop ghee (of ongezouten boter)

2 koppen water

50 gram cashewnoten

25 gram rozijnen

4 peultjes kardemom

4 kruidnagelen

2 kaneelstokjes

Bereiding:

1. Smelt de ghee op middelhoog vuur in een pan met vlakke bodem en voeg er de kardemom, kruidnagelen en kaneel aan toe.
2. Bak de cashewnoten en rozijnen met de specerijen lichtbruin in de ghee.
3. Voeg het griesmeel toe en bak met bovenstaande ingrediënten mee tot de kleur verandert.
4. Voeg het water toe en roer goed door.
5. Laat het geheel met het deksel op de pan een paar minuten op laag vuur sudderen. Het water moet opgenomen zijn en het griesmeel gaar.
6. Voeg de suiker toe. Goed doorroeren op laag vuur. Na een paar minuten gaat het griesmeel borrelen.
7. Zet het deksel weer op de pan en laat nog een minuutje sudderen.
8. Zet het gas uit.
9. Warm serveren.

Dankwoord

Dit boek was niet mogelijk geweest zonder...

Mijn vader, die me ertoe heeft aangezet verhalen te gaan schrijven en altijd heeft geloofd dat ik een boek in me had.

Mijn moeder, die in de paranoïde overtuiging verkeerde dat als haar kinderen niet leerden, ze geen dak boven hun hoofd zouden krijgen en zouden verhongeren.

Mijn zus Nilofar, die me het halwa-recept heeft gegeven.

Oom Ramachandran en tante Suseela, een fantastische gastheer en -vrouw die me een blik hebben gegund in een brahmaans huishouden.

Mijn vrienden en eerste lezers van het manuscript: Tom, Sue, Suchi en Jasmine, die ik bedank voor hun opmerkingen en bemoediging.

Marion Urch van Adventures in Fiction, die mijn eerste versie heeft doorgenomen en me heeft gewezen op het belang van vertelperspectief en het concept van scènes in een roman.

Jenny McVeigh, mijn fantastische agent, die me zo leuk vond schrijven en me heeft gepusht om mijn werk te verbeteren.

Jenny Parrott, mijn redacteur bij Little, Brown, die ik bedank voor haar enthousiasme en overvloed aan ideeën.

Mijn vrouw Sameera, die me gedurende het hele proces heeft gesteund en nog meer van het huishouden op zich heeft genomen dan anders terwijl ik me bijna elke avond na een lange werkdag in mijn studeerkamer terugtrok.

Mijn twee zonen, die denken dat alle schrijvers net zo rijk en beroemd worden als J.K. Rowling. Was het maar waar.